आधा साझा

लेखिका -
अभिलाष

BlueRose ONE.com
Stories Matter
NewDelhi • London

BLUEROSE PUBLISHERS
India | U.K.

Copyright © Abhilash 2024

All rights reserved by author. No part of this publication may be reproduced, stored in a retrieval system or transmitted in any form or by any means, electronic, mechanical, photocopying, recording or otherwise, without the prior permission of the author. Although every precaution has been taken to verify the accuracy of the information contained herein, the publisher assume no responsibility for any errors or omissions. No liability is assumed for damages that may result from the use of information contained within.

BlueRose Publishers takes no responsibility for any damages, losses, or liabilities that may arise from the use or misuse of the information, products, or services provided in this publication.

For permissions requests or inquiries regarding this publication, please contact:

BLUEROSE PUBLISHERS
www.BlueRoseONE.com
info@bluerosepublishers.com
+91 8882 898 898
+4407342408967

ISBN: 978-93-6261-386-8

Cover design: Tahira
Typesetting: Tanya Raj Upadhyay

First Edition: September 2024

आदरणीय (स्वर्गीय) मेरी माँ
मंजू को समर्पित

मेरे गुरू जी अश्विनी त्रिवेदी के आशीर्वाद से मुझे इसे लिखने की प्रेरणा मिली है।
शत् शत् नमन

आधा साझा

भूमिका

शे'र

मैं मुकम्मल कभी न हो पाई
ज़िंदगी में अधूरापन है बहुत

रूबीना मुमताज़ रूबी

मेरा इस आधा साझा लिखने के पीछे एक ही मक़सद है । यह मेरी नायिका की आपबीती है। मात्र १४ वर्ष की आयु में जब उसने अपने से तीन साल बड़े लड़के की आँखों में पहली बार देखा तो उसे अजीब सा अहसास होता है। मंत्रमुग्ध होकर वह उसे देखती है। उसे लगता है वह तो बरसों से एक-दूसरे को जानते हैं। हम-दोनों तो एक-दूसरे की प्रतिछाया हैं। तब वह इन सब बातों का मतलब नहीं जानती थी। तब न तो टी.वी. था, न इन्टरनेट, न ही फ़ोन, न ही घर-परिवार में इतनी छूट दी जाती थी कि आप किसी से खुल कर बात कर सकते हैं। उसके मन पर इस रिश्ते का इतना ज़्यादा प्रभाव रहता है कि वह शादी तो कर लेती है पर कहीं न कहीं उसके मन में, जिसे उसने अपना सबकुछ मान लिया है हर समय, हर जगह दिखाई देता है या उसके नाम का कोई व्यक्ति हर वक़्त उसके जीवन में किसी न किसी रूप में रहता है। कई बार वह उसे सपने में भी दिखाई देता है, हर जगह उसे कुछ नंबर भी दिखाई देते हैं जैसे कि १११,२२२, ५५५। उसके मन में उससे मिलने की इच्छा अधूरी रह जाती है। बार-बार वह उसे ढूँढने की कोशिश कर रही होती है। शादी के ३५ साल बाद उसे उसका मोबाइल नंबर मिलता है। उम्र के उस पड़ाव पर जहां उम्र तो ढल गई पर वह अधूरापन जो हमेशा से उसने महसूस किया है दोनों को नज़दीक ले

आता है। न चाहते हुए भी वह दोनों बेचैन हो जाते हैं। दोनों अपनी-अपनी मजबूरियों की दुहाई देते हैं। फिर कभी न अलग होने के वादे लेते हैं। कहीं न कहीं एक अधूरेपन का अहसास व एक-दूसरे से अलग होने का दर्द दिखाई देता है। वह अपने अतीत के बारे मे बताती हुए कहती है कि मैंने जब १४ वर्ष की उम्र में उससे पहली बार देखा, उसके बाद मेरा उसके घर पर आना-जाना लगभग छह साल रहा पर हम दोनों के बीच कोई नज़दीकियाँ नहीं रही। कोई क़समें-वादे नहीं लिए, इसके बावजूद वह उसे अपना मान लेती है। उसे यह लगता है दोनों का रूह का रिश्ता है जो कई जन्मों का है। वह सिर्फ़ उसे चाहती ही नहीं है बल्कि वह उसे महसूस करती है। कई बार उसे लगता है कि यह कोई साधारण बात नहीं है। वह उसकी धड़कन में बसा है। जब भी वह बात करते हैं न चाहते हुए भी धड़कन इतनी तेज़ हो जाती मानो वह एक नइ नवेली दुल्हन है। पहली मुलाक़ात में जो अनुभव होता है, वह हर समय उसे महसूस करती है। हर बार उसके साथ यही हो रहा है। वह उसके पास खिंचे चली जा रही है। उसका उसके मन पर नियंत्रण नहीं रहता है।

मेरा जन्म राजस्थान के एक छोटे से क़स्बे पुष्कर मे संयुक्त नामी परिवार में हुआ है। पहले तो संयुक्त परिवार का ही जमाना था। मेरे पिता, का नाम कृष्ण कुमार सिंह था, जो घर के मुखिया हैं। उन्होंने अपनी शिक्षा एक अच्छे यूनिवर्सिटी से पूरी की थी। मेरी माँ का नाम सुधा था। मेरे बीच वाले काकासा, उनके परिवार में मेरी बीच वाली काकीसा, उनकी एक बेटी व एक बेटा। सबसे छोटे काकासा-काकीसा, उनकी दो बेटी व एक बेटा। हमारी छोटी बुआसा, जो कम उम्र में विधवा हो गई थी। वह और उनकी एक उनकी बेटी, जो हमारे यहाँ ही हमारे साथ रहती थी। हमेशा हमारे यहाँ पर दो-तीन नौकर रहते थे, जिनके लिए बाऊजी ने अलग से कमरे बनाए थे। मेरी बड़ी बुआसा, वह भी अक्सर हमारे यहाँ ही रहती थी। उनका घर एक गली छोड़कर ही था। मेरे बड़े जीजासा, उनके दो बेटियाँ व दो बेटे हैं।

हमारी एक बड़ी दुकान थी मुख्य बाज़ार में जहाँ ज़रूरत का सब सामान मिलता था। राशन से लेकर कपड़े, कॉपी-किताबें, फर्नीचर, बर्तन, छोटे से लेकर बड़ा सब सामान। बाऊजी ने काकासा, भाई, माँ, को एक एक डिपार्टमेंट सौंप दिया था। माँ मेरी सामान के देख-रेख से लेकर दुकान के सारे सामान, आर्डर से लेकर कब क्या करना है, सब देखती थी। बाऊजी गल्ला सँभालते थे। काकासा के दोनों बेटे सबका हाथ बँटाने में मदद करते थे। मेरे घर का माहौल शांत व ख़ुशनुमा रहा था। हम बच्चों को कभी किसी भी छोटी या बड़ी ज़रूरत के लिए परेशान नहीं होना पड़ा था। बिना माँगे हमारी हर ज़रूरत पूरी हो जाती थी। हम बच्चों को अनुशासन में रखा था। मेहनत करना सिखाया

गया था। छुट्टियों में हम या तो खेलते रहते थे या अपने मामा के घर चले जाते थे। मेरी दोनों काकीसा व बुआसा घर पर ही रहकर हम बच्चों के रसोईघर के सारे छोटे-बड़े काम मिल-बाँटकर कर लेती थीं। कभी किसी काम को लेकर या किसी भी बात को लेकर विवाद नहीं हुआ था। घर के दूसरे काम के लिए नौकर थे। बाऊजी की सब इज़्ज़त करते थे। माँ कभी भी घर पर नहीं रहती थी। वह सुबह जल्दी उठकर सबसे पहले दुकान पर पहुँचकर सफ़ाई से लेकर दुकान पर मंदिर में पुराने फूल हार निकाल कर नए पहनाना, भगवान को दीया-अगरबत्ती लगाना, यह उनका रोज़मर्रा का काम था। सुबह जल्दी जाना व रात में सबसे आख़िरी में दुकान को बंद करके अपने हाथों से ताला लगाकर ही वह मेरे काकासा के साथ आती थीं। रात के ग्यारह बज जाते थे। उनसे बात करनी हो तो या तो दोपहर में दुकान पर जाकर या रविवार के दिन ही होती थी। जब से मैंने होश संभाला तब से यही देखती आ रहा थी। हमें बुआसा ने ही बड़ा किया था।

मुझे चौदहवां साल लगा ही था कि मुझे एक दिन खेलते हुए कुछ गर्म सा महसूस हुआ। दौड़कर बाथरूम बंद कर देखती हूँ कि खून बह रहा है। घबराहट में मैंने वहीं से मेरी बुआ, जो पास में ही गेहूं सुखा रही थी उन्हें आवाज़ लगाई। वह मेरे इस तरह घबराहट की आवाज़ को सुनकर दरवाज़े के बाहर से ही पुछ रही थी कि लाडो क्या हुआ? मुझे रोना आ रहा था और रोते हुए मैंने कहा- बुआसा मुझे खून आ रहा है, पता नहीं कहाँ से मेरे पूरे पैरों पर से बह कर निकल रहा है। तब उन्होंने कहा- अरे पगली रोना बंद कर और नहा ले, सब साफ कर, मैं तेरे लिए नए कपड़े व कुछ सामान देती हूँ। उनकी मिठास भरी आवाज़ ने मेरे रोने के प्रवाह को धीमा कर दिया था। जैसे-तैसे मैंने अपने पैरों पर लगे खून को साफ़ किया। नहा ही रही थी कि बुआ ने दरवाज़े के बाहर से ही मुझे आवाज़ लगा कर कहा- ले नए कपड़े पकड़। मैंने दरवाज़े को हल्के से खोल कर बुआसा के हाथ से कपड़े लिए और पहन ही रही थी कि बुआसा ने

फिर मुझे आवाज़ लगा कर कहा- मैं अंदर आकर बात करती हूँ। तब बुआ अंदर आकर मुझसे थोड़ी दूरी पर खड़ी हो गई। उन्होंने मुझे सब बताया कि अब तुम बच्ची नहीं रही हो, तुमने अपने यौवन के पहली सीढ़ी पर कदम रखा है। बेटा घबराने कोई बात नहीं है। हर लड़की को इस उम्र मे ऐसा होता है। तुम्हें अब आज की तारीख़ याद रखना है। हर महीने तुम्हें ऐसे ही महावारी आएगी। तुम्हें तब ध्यान रखना होगा। कुछ ख़ास हिदायतें व साफ़-सफ़ाई की मुख्य बातें समझा कर उन्होंने मुझे कहा कि आज से तुम्हें भी एक अलग कमरे में रहना है। जैसे काकी व बुआ वैगरह रहती हैं। यह कह कर उन्होंने वह कमरा मेरे लिए खोल दिया व कहा- तुम यहीं रहो, मैं आती हूँ। अंदर जाकर उन्होंने यह खबर मेरी माँ व सब काकीजी को दी।

मैंने कमरे मे चारों तरफ़ नज़र दौड़ाई तो मुझे वहाँ एक कोने में दरी व उसके अंदर कंबल तकिया नज़र आया। दूसरे कोने मे एक तिपाए पर पानी का मटका व उसके उपर उल्टा रखा हुआ ग्लास नज़र आया। पास में ही बाथरूम था जहाँ गर्म व ठंडे पानी की सुविधा थी। हम कभी भी इस कमरे में नहीं आते थे क्योंकि हमें आने की मनाही कर रखी थी। पर आज जब मैं इस कमरे में पहली बार आई तो मुझे नया-नया सा लगा। पर अब तो मुझे चार दिन यहीं रहना है तो कमरे से मुलाक़ात तो करनी होगी। सामने वाली दीवार पर खिड़की है जो दूसरे तरफ के बरामदे में खुलती है जहां अक्सर कोई नहीं जाता है।

अभी मैंने कमरे का मुआयना पूरा भी नहीं किया था कि मुझे रसोई में से मेरी बीच वाली काकीसा, उनका परिचय मैंने नहीं दिया है, उनका नाम है रेखा, उनकी आवाज़ सुनाई दी। इस कमरे से थोड़ी दूरी पर ही हमारी रसोई है। वहाँ यदि कोई बात करे तो सब सुनाई देता है। मुझे रसोई से बाऊजी की आवाज़ सुनाई दी। लगता है बाऊजी दोपहर का खाना खाने आए हैं। मेरे बाऊजी दोनों काकाजी रोज़ दोपहर दो बजे घर पर ही आकर खाना खाते थे। उन्हें चूल्हे पर

से उतारी हुई गर्म रोटियाँ ही पसंद थी। हमारे यहाँ चूल्हा तीन बजे तक जलता रहता था। बाऊजी खाना खाने बैठे ही थे कि काकीसा ने मेरा ज़िक्र शुरू करते हुए कहा कि भाईसा अपनी गायत्री को आज महावारी आ गई है। आप बुरा न मानें तो एक बात कहूँ। तभी मुझे बाऊजी की खाना खाते हुए 'हाँ' के हुंकार भरी आवाज़ सुनाई दी।

तभी काकीसा ने बाऊजी से कहा- भाईसा अपनी गायत्री का रंग दबा हुआ है। उसके लिए हमें आगे जाकर रिश्ते मिलना मुश्किल होगा। इसलिए हमें अभी से ध्यान देना पड़ेगा। रति और रंभा इनका रूप-रंग निखरा हुआ है। उन्हें आसानी से रिश्ते मिल जाएंगे। रति और रंभा, जो मेरी दोनों काकीसा की बेटियाँ हैं। हम तीनों बहनें हमउम्र हैं, महज दो-दो महीने का फ़र्क़ है। मुझे सुन कर बुरा ज़रूर लगा पर मैं जानती हूँ कि मेरा रंग ज़रूर साँवला है। पर मैं उन दोनों से हर तरह से बेहतर हूँ। शायद यह मेरी दोनों काकीसा को मालूम नहीं था। वह तो बस अपनी बेटियों के गोरे रंग पर गुमान करती थीं। पढ़ाई हो या कोई भी जीवन का मसला हो, मुझे बहुत अच्छे से सुलझाना आता है। मैं हर मुश्किल समय का मुक़ाबला डट कर करती हूँ, कभी पीछे नहीं हटती हूँ, मेहनत करने से भी नहीं डरती हूँ। यह संस्कार मुझे अपनी दादीसा व माता-पिता से मिले हैं। मेरे बाऊजी ने मुझे किताबें पढ़ने की आदत डाली है। माँ ने मुझे सलीके से रहना सिखाया है। शायद यह मेरी दोनों ककेरी बहनों में नहीं है। यह कोई गुमान करने की बात नहीं है। यह भी हमारे जीवन की एक ऐसी सच्चाई होती है कि हम अपने आप को कितना जानते हैं। हमारी कमजोरी या हमारी ताक़त क्या है, यह भी हमें मालूम होनी चाहिए।

मैं तो अपनी बात लेकर बैठ गई पर इतनी कम उम्र में ही मुझे यह सब आता है। तभी मुझे बाऊजी की आवाज़ सुनाई दी। बाऊजी काकीसा से कह रहे थे- ठीक है, कोई लड़का है तुम्हारे निगाह में तो बताओ, छोटी से भी पूछ

लेना, उसके रिश्तेदार में कोई हो तो? तभी मेरी छोटी काकीसा भी रसोई मे आ गई तो मेरी बड़ी काकीसा ने उन्हें आवाज़ देकर पास बुलाया और सारी बातें बताई। तब मेरी छोटी काकीसा ने एकदम से खुश होकर कहा- है न मेरी दूर की एक बहन का बेटा जो पास में ही रहता है। तब बाऊजी में पूछा- कौन वह जयदेव! जैसे ही बाऊजी ने जयदेव कहा, पता नहीं क्यों मेरा दिल तेज़ी से धड़कने लगा और शर्म से मेरे गाल गर्म हो गए क्योंकि मैं उसे जानती थी, अभी पिछले महीने ही मैंने उसे देखा है। हम अक्सर मेरी छोटी काकीसा के कहने पर उनके बहन के घर जाते थे। पिछले बार मैं जब गई थी तो अकेली ही गई थी। उस दिन उनकी बहन के घर का दरवाज़ा जब मैंने खटखटाया तो जयदेव ने ही खोला था। जैसे ही हम दोनों की नज़रें मिली तो हम दोनों थोड़ी देर के लिए एक-दूसरे में खो गए थे। यदि पीछे से जयदेव की माँ आवाज़ नहीं लगाती तो हमें पता ही नहीं चलता, हम दोनों बुत बने एक-दूसरे को ही देखते रहते।

मैं जयदेव की माँ को मासी जी कह कर ही बुलाती थी। जब हम दोनों के कानों में मासीजी की आवाज़ सुनाई दी तब जयदेव घबरा कर दरवाज़ा छोड़ कर खड़ा हो गया था। मैं झट से अंदर भाग कर गई और जो सामान मुझे मेरी छोटी काकीसा ने उन्हें देने के लिए दिया था, वह सामान जल्दी जयदेव की माँ के हाथ में थमा कर पलटी ही थी कि मैंने देखा जयदेव फिर से मेरे सामने आकर खड़ा हो था। मैं जयदेव से नज़रें चुरा कर वहाँ से भाग ली। मेरा दिल अभी भी ज़ोर-ज़ोर से धड़क रहा था, रूकने का नाम ही नहीं ले रहा था। मुझे ऐसा लग रहा था मेरा दिल बस बाहर आने को था। मैंने जल्दी से चप्पल पैरों में डाली और दरवाज़ा खोल कर सड़क पर आ गई और तेज कदमों से अपने घर की तरफ़ जाने लगी। उस समय मई-जून का महीना चल रहा था। हमारी स्कूल की छुट्टियाँ लग गई थीं। पास ही मेरी सहेली नीति का घर था, सोचा पहले उसी के यहाँ रूक कर पानी पी लेती हूँ फिर घर चली जाऊँगी। मैंने अपने पैर जैसे ही नीति के घर की तरफ़ मोड़े मुझे दूर से ही नीति दिखाई दी। मुझे देखते ही वह

ख़ुशी से उछल पड़ी और मेरे पास आकर मेरा हाथ पकड़ कर अपने घर ले गई। मेरे दिल की हालत तब भी इतनी ख़राब थी कि नीति मुझे देखते ही झट से पहचान गई और मुझसे पुछा- क्या हुआ... तू इतनी घबराई हुई क्यों है। कहाँ से आ रही है। मैंने उससे कहा- तू सबसे पहले मुझे मटके का ठंडा पानी पिला... मुझे थोड़ी श्वास तो लेने दो। तब वह दौड़कर कर गई व मेरे लिए मटके में से लोटा गिलासभर कर पानी ले आई। मटके का ठंडा पानी पीने के बाद मुझे थोड़ी राहत महसूस हुई। तब मैंने उससे कहा- यहाँ नहीं, छत पर चल... तुझे अकेले में कुछ बताना है।

हम दोनों उसकी छत पर पहुँचे ही थे कि मैंने नीति को अपने गले लगा लिया तो नीति थोड़ा घबरा कर बोली- अरे क्या हुआ तुझे? तब मैंने नीति से कहा- मुझे किसी से मिलकर पूर्णता का अहसास हुआ है। पता नहीं आज किसी ने मेरा सब कुछ छिनकर मुझे अपना बना लिया है। नीति को मेरी बातें समझ नहीं आ रही थी। वह आश्चर्यचकित होकर मुझे घूरने लगी और बोली- किससे कैसे कब कहाँ बता जल्दी! तब मैंने उसे मेरे साथ जो जयदेव के घर पर हुआ, सारी बातें बताई और कहा- पता नहीं मुझे उसे देखते ही क्या हो गया कि मैं अपनी सुधबुघ खो बैठी और उसे अपना सब कुछ देकर उसे अपना बना लिया है। यह सब इतनी जल्दी में हुआ कि मुझे कुछ समझ नहीं आ रहा था। पर यह अहसास मुझे पहले कभी नहीं हुआ। तब वह बोली- वह है कौन मुझे भी तो पता चले कि हमारी गायत्री को किसने अपना बना लिया है। नीति जानती हो जैसे ही मेरी और जयदेव की आंखे मिली हम दोनों को ऐसा लगा जैसे हम दोनों एक हो गए। बरसों से हमें एक-दूसरे की तलाश थी। मुझे उसकी आँखों में अपनी ही सूरत नजर आई। हमारी रूह एक-दूसरे को मिलने को बेचैन है। जयदेव मेरा ही प्रतिबिंब है। हम अलग नहीं, एक हैं। मैं उसका आधा हिस्सा व वह मेरा आधा हिस्सा, उस पल में जैसे जादू चल गया था। कोई दैविय शक्ति है जिसने आज हम दोनों को एक-दूसरे के आमने सामने लाकर खड़ा कर दिया

था। मैं और जयदेव यह जान पाए कि हम एक-दूसरे के बिना अधूरे हैं। हमें पूरा होना है।

नीति की उत्सुकता बढ़ती ही जा रही थी। तब मैंने नीति से कहा- तू उसे जानती है शायद, मेरी छोटी काकीसा की दूर की बहन का बेटा जो तेरे पीछे वाली गली में रहता है। तब नीति चिल्ला कर बोली- वो घोंचू जयदेव! अरे वह तो इसी साल ग्यारहवीं में गया है। वह तो मेरे भाई के साथ एक ही क्लास में है। दोनों ने गणित लिया है। मैंने शरमा कर 'हाँ' कर दिया। तब नीति मुझे छेड़ने लगी- ओहो हमारी गायत्री प्यार में पड़ गई। पर यार यह तो बता तू तो आज पहली बार मिली है... फिर? मैंने उससे कहा- वही तो मैं भी नहीं समझ पा रहीं हूँ कि कैसे एक नजर में ही जैसे मैं उसकी हो गई व वह मेरा। मुझे पता ही नहीं चला, ऐसे लगा जैसे मैं उसे कई जन्मों से जानती हूँ। वह मेरा ही एक अंश है और मैं उसका। जयदेव के ख़्यालों में इतनी खो गई कि मुझे होश ही नहीं रहा।

मैं यह सब सोच रही थी। यह भी भूल ही गई थी कि मैं तो अभी यहाँ कमरे में बैठी हूँ। तभी मुझे मेरे बाऊजी की आवाज़ सुनाई दी। वह मेरी छोटी काकीसा से कह रहे थे- छोटी तुम अभी बात मत छेड़ना, अभी गायत्री आठवीं कक्षा में ही गई है। थोड़ा रूको मैं बताता हूँ। तभी तुम जयदेव की माँ से बात करना। जयदेव ने अभी ग्यारहवीं भी पास नहीं की है।

मेरी दोनों काकी सा ने बाऊजी की बात में अपनी सहमति जताई। खाना खाने के बाद बाऊजी मेरे कमरे में आए। जब बाऊजी के पैरों की आवाज मुझे मेरे कमरे के बाहर सुनाई दी, मैंने अपना सर उठा कर देखा तो बाऊजी दरवाज़े के सामने खड़े होकर मुस्कुरा कर बोले- बेटा सब ठीक है। एक काम करना, मैं तुम्हारे लिए कुछ किताबें भेजता हूँ। ख़ाली समय में पढ़ना तो तुम्हारा मन लगा रहेगा। मैंने भी 'हाँ' मे अपना सर हिला दिया। बाऊजी चले गए। तभी

मेरी बहनों के साथ मेरी सहेलियों की फ़ौज आ गई। ज़ोर-ज़ोर से चिल्लाने लगी- अरे तू यहाँ क्या कर रही है? चल न खेलने का नहीं है क्या? तभी मेरी छोटी बुआ की बेटी सुमन ने पीछे से आवाज़ लगा कर कहा- हटो दूर वह चार दिन अब इस कमरे में ही रहेगी, तुम अंदर मत जाना। गायत्री चार दिनों बाद तुम्हारे साथ खेलने आएगी। मेरी दोनो ककेरी बहनों और सहेलियों को तो कुछ समझ नहीं आ रहा था। सुमन जीजी की डांट सुनकर चुप होकर सब चल दी वहाँ से। तभी मैंने सुमन से कहा- हालाँकि सुमन जीजी मुझसे तीन साल बड़ी हैं। पर मैंने हमेशा उसे अपनी प्रिय सखी माना है। हमेशा उसे उसके नाम से ही बुलाती हूँ। घर में मेरी दोनों बहन उसे जीजी कह कर बुलाती हैं। तभी मैंने सुमन से कहा- तुम तो मुझसे बड़ी हो तुम तो सब जानती हो, फिर तुमने हमें पहले क्यों नहीं बताया महवारी के बारे में। तब सुमन हँस कर बोली- अरे मैं पहले बता देती तो उससे क्या फ़र्क़ पड़ जाता, यह तो जब पहली बार शुरू होता है तभी हम महावारी के बारे मे जाने तो ज़्यादा अच्छा होता है। चल अब बता सब कुछ ठीक है। मैंने कहा- सब ठीक है। पेट दर्द तो नहीं हो रहा है। मैंने डर के पूछा- पेट दर्द भी होता है। सुमन ने फिर हँस कर कहा- पेट दर्द सबको नहीं होता है। किसी को होता है। मैंने राहत की श्वास ली। तभी दुकान से नौकर आकर तीन-चार किताबें बाहर रख गया। सुमन ने उठा कर मेरे कमरे में सरका दी। सुमन कुछ देर रूककर मुझसे इधर-उधर की बातें करती रही। फिर थोड़ी देर बाद आने का कह कर चल दी।

मैंने किताबें उठा कर दरी पर रख दी और सुस्ताने लगी। तभी मुझे माँ ने दरवाज़े के बाहर खड़े होकर आवाज़ लगाई... शायद उन्हें भी पता चला है। मुझे पहली बार महावारी आई है। मेरी माँ वही पूछने आई थी। माँ सुबह जल्दी उठकर, हमारी जो बड़ी सी दुकान है, वहाँ चली जाती है। पूरा दिन दुकान संभालती है जब तक बाऊजी व मेरे दोनों काकासा नहीं आते। नौकरों से साफ-सफाई करवा कर मंदिर में दीया लगा कर पूजा कर लेती हैं। यही उनके दिन की

शुरुआत होती है। मैंने पलट कर देखा तो माँ बाहर खड़ी होकर मेरी तरफ़ देख कर बोली- सब पता है न क्या करना है। तब मैंने कहा- हाँ मुझे छोटी बुआसा ने सब समझा दिया है। तब उन्होंने कहा- हाँ उर्मि है तो मैं बेफ़िक्री से दुकान पर रह पाती हूँ। उर्मि मेरी छोटी बुआसा का नाम है। वह सबका बहुत ध्यान रखती हैं और मुझे तो वह बहुत ज़्यादा प्यार करती हैं। मेरा तो उन्होंने हमेशा से ही ख़ास ख़्याल रखा है। यह माँ को क्या घर में सबको मालूम है। वैसे भी घर में मुझे हमेशा से ही सबका लाड-प्यार सबसे ज़्यादा मिला है। उसकी वजह है मेरा व्यवहार। कैसी भी परिस्थिति हो, कैसा भी काम हो, हर किसी की मदद करने मैं हमेशा तैयार रहती हूँ। कभी ग़ुस्सा नहीं करती, मैंने कभी किसी से ग़लत व्यवहार नहीं किया है। मुझे सबको खुश रखना आता है। यह मुझे मेरे माता-पिता से विरासत में मिली संस्कारों की देन है। मुझे गर्व है अपने संस्कार पर जो मुझे मिले हैं और शादी के बाद वह मैंने अपने दोनों बच्चों को दिए हैं।

मुझे पता ही नहीं चला कब रात हो गई। भूख सताने लगी थी। सोचा पानी पी लिया जाए। रसोई से मुझे अच्छी सुंगध आ रही थी जिससे मेरी भूख और बढ़ गई। तभी मुझे सामने से मेरी ककेरी बहन नैना हाथ मे थाली लाते हुए आती दिखी। वह पास आकर चिल्ला कर बोली- दीदी आपका खाना। मैंने उससे कहा- इतनी ज़ोर से क्यों चिल्ला रही है। मैं यहीं पर हूँ। तब वह हँस कर बोली- आप अंदर थी, मुझे दिखाई नहीं दी इसलिए मुझे आवाज़ लगानी पड़ी। माँ ने कहा है कि आवाज़ लगा कर बाहर से ही थाली सरका देना, दीदी को छुना मत। उसके बालमन की जिज्ञासा ने उसे इतना परेशान कर दिया कि वह खाने की थाली दूर से मेरे कमरे मे सरका कर वहीं ज़मीन पर बैठ गई। नैना के बालमन में उठ रहे सवालों के जवाब जानने की उत्सुकता से नैना ने मेरे सामने प्रश्नों की झड़ी लगा दी- जीजी ऐसा क्यों? माँ काकीसा सब बारी-बारी से इस कमरे मे रहते हैं। हम उन्हें छू नहीं सकते, ऐसा क्या हो जाता है। और अब आप भी, मुझे कुछ समझ नहीं आ रहा था कि मैं नैना को कैसे बताऊँ, वह अभी

मात्र पाँच साल की है। मैंने उसे बहलाने के लिए कह दिया कि बुख़ार आता है हमें। तब वह झट से बोली- पर बड़े बाऊजी, मेरे बाऊजी व काकासा भाई को भी तो बुख़ार आता, तब वह तो अपने कमरे में ही सोते हैं, अलग कमरे में नहीं। उसकी मीठी बोली सुनकर मुझे ज़ोर से हँसी आ गई। मै निरूत्तर होकर सोचने लगी कि क्या करूँ। तभी काकीसा ने रसोई से आवाज़ लगाई। नैना दौड़कर चली गई। मेरी जान में जान आई कि चलो मेरा पीछा छूटा क्योंकि मुझे समझ नहीं आ रहा था कि मैं उसे यह सब कैसे समझाऊँ। मुझे तभी सुमन की कही बात याद आ गई व समझ आया कि उसने भी मुझे पहले यह सब क्यों नहीं बताया था।

भूख ज़ोर से लगी थी। मैं खाना खाने में मग्न हो गई। ऐसा लगा जैसे बरसों बाद खाना मिला है। मैंने कभी भी अकेले खाना नहीं खाया था। आज तो भूख के कारण यह भी भूल गई कि अकेले ही खा रहीं हूँ। खाना खा कर मुझे संतुष्टि मिली, सोचा थोड़ा कमरे मे ही चहलक़दमी कर लूँ, फिर लेटती हूँ। सामने किताबों पर नज़र गई। अरे मैंने तो देखा ही नहीं कि बाऊजी ने इस बार मेरे लिए कौन सी किताबें भेजी है। थोड़ा झुककर पलटा कर देखा तो गुरूदत्त जी की उपन्यास अनदेखे बंधन, अपने पराए व वैशाली की नगर वधू आचार्य चतुरसेन। मैंने किताब 'अनदेखे बंधन' को उठाया और वहीं पास में कुर्सी-टेबल भी रखी थी, बैठ कर पढ़ना शुरू किया। उपन्यास पढ़ते हुए आधा घंटा बीत गया, मुझे थकान लगने लगी, सोचा सो जाती हूँ। हमारे घर पर बच्चों को रात में देर तक जगने नहीं दिया जाता था। दस बजे तक सब सो जाते थे। मैंने घड़ी की तरफ़ नज़र दौड़ाई तो देखा अभी तो नौ भी नहीं बजे हैं। मुझे नींद आ रही थी। बिस्तर पर लेटते ही नींद ने मुझे अपने आगोश में जकड़ लिया और मैं तो चारों खाने चित होकर सो गई।

सुबह जल्दी उठ गई। स्नान आदि से निवृत्त होकर मुझे फिर से भूख लगी तो मैंने माँ से कहा। माँ दुकान जाने से पहले मेरे लिए झट से दूध-दलिया ले आई। चार दिन पता नहीं जल्दी ही निकल गए। हमारा स्कूल भी चालू होने वाला था। सब सहेलियों से मुलाक़ात होगी, सोच कर ही मन प्रफुल्लित हो गया। सबसे मिलना होगा व नया विषय लिया है, उसकी उत्सुकता थी। बाऊजी ने मुझे कामर्स लेने को कहा था। उन्हें ऐसा लगता था कि वह अकाउंट की पढ़ाई करवा कर मुझसे अपने साथ दुकान में मदद लेना चाहते थे। बाऊजी को नहीं मालूम था कि मुझे हमेशा के लिये पुष्कर छोड़ कर जाना होगा। कल से स्कूल चालू हो रही थी तो नीति से मिलने मैं उसके घर पहुँच गई यह जानने कि उसने कॉपी-किताबें मंगा कर सारी तैयारी कर ली है कि नहीं। जैसे ही नीति के घर पहुँची, बाहर ही मुझे नीति की माँ मिल गई। देखते ही पूछा- अरे गायत्री कैसी है बेटा तुम? सब ठीक है? घर पर सब कैसे हैं? मैंने सबके हाल-चाल बता कर पूछा- काकीसा नीति कहा है। उन्होंने कहा- देख पिछले बरामदे में होगी... कल की स्कूल की तैयारी में लगी है। जा वहीं जाकर मिल ले। मेरा उनके घर पर बचपन से ही आना-जाना लगा रहता था। मैं नीति के घर के एक-एक कोने से वाक़िफ़ हूँ। जैसे ही पिछले बरामदे में जाने के लिए मैं मुड़ी, मुझे नीति सामने से आती हुई दिखाई दी। देख कर ही बोली- चल ऊपर छत पर चल। मैंने कहा- पर तू तो कल की स्कूल की तैयारी कर रही थी न। तब नीति बोली- हो गई है। अभी-अभी पूरा बैग तैयार करके रख दिया है। चल तू उपर चल... मैं कुछ खाने के लिए लेकर आती हूँ, भूख लगी है। हम दोनों नीति के घर की छत पर अक्सर बैठ कर घंटों बातें किया करते थे। कुछ देर इधर-उधर की बातें करने के बाद अचानक नीति मुझे छेड़ने लगी- क्या हुआ... हमारे जीजा जी से फिर मुलाक़ात हुई कि नहीं? मैंने शरमाकर कहा- धत्। थोड़ा रूककर, उदास होकर मैंने कहा- नहीं... मुझे मिला नहीं, कैसे मुलाक़ात होगी। मैं बाहर कहीं आती-जाती नहीं हूँ। न ही जयदेव के घर हाल-फिलहाल मेरा

अभी जाना हुआ। तभी नीति ने कहा- अरे उदास मत हो, मिल जाएगा, कहीं न कहीं तो टकराएगा। पुष्कर है ही कितना बड़ा? कुछ देर और मैं नीति के साथ बातें कर अपने घर वापस आ गई। कल स्कूल के पहले दिन नई क्लास, नया विषय, इन सबकी उत्सुकता लिए मैं सो गई।

आज स्कूल के पहले दिन हम सबसे पहले स्कूल पहुँच गए। प्रार्थना के बाद हमें अपनी नई क्लास में बैठाया गया। मैं हमेशा की तरह ही साईड की पहली बेंच पर बैठी। मेरे पास नीति बैठी। हम दोनों ख़ुश थे। तभी और भी हमारी पुरानी सहलियों ने आना शुरू कर दिया। नीति ने अचानक चिल्लाकर सबको अपने पास बुलाकर बोली- सुनो सुनो आज की ताज़ा ख़बर! मैं कुछ समझ पाती उसके पहले ही उसने सबको बता दिया मेरे व जयदेव के बारे में। मैं भौचक्की सी नीति को देखती रह गई। समझ नहीं आ रहा था कि क्या बोलूँ। तभी मेरी सब सहेलियों ने 'जयदेव जयदेव जय मंगल मूर्ति' यह भजन गाना शुरू कर दिया। जैसे ही टीचर क्लास में अंदर आई सबने चुप्पी साध ली। 'नमस्ते टीचर' कह कर सब अपनी-अपनी जगह पर बैठ गई। पहला दिन था तो पढ़ाई तो कुछ ख़ास हुई नहीं, बस हम सब सहेलियों ने मस्ती कर घर लौट आए। रास्ते में अकेले में मैंने नीति से कहा- नीति मैं तुमसे बहुत नाराज़ हूँ... तुमने सबके सामने मेरे और जयदेव के बारे मे क्यों कहा? तब नीति बोली- तू जयदेव को अपना मान बैठी है तो फिर कैसा डर। हम सब तो लड़कियाँ हैं। हम सब एक-दूसरे को अच्छे से जानते हैं। मैंने नीति से कहा- कल को यह बात किसी को या मेरे घर पर पता चली तब? नीति ने कहा- नहीं, मैं सब लड़कियों को जानती हूँ... कोई नहीं बताएगा। फिर भी मैं आज ही सबके घर जाकर कह दूँगी कि किसी से कुछ ना कहे। तू परेशान मत हो, हम छह लड़कियों के ग्रुप में कोई भी ऐसा नहीं है। मैंने इसलिए पूरी क्लास में सबको नहीं बताया है। नीति का घर मेरे घर से पहले आता है। वह अपने घर चली गई और थोड़ी दूर पर मेरा घर था। मैं भी घर के अंदर प्रवेश कर ही रही थी कि मुझे दूर से ही मेरे

नानाजी व नानीजी की आवाज़ सुनाई दी। मैं दौड कर नानीजी से लिपट गई। मेरे अचानक के व्यवहार ने उन्हें चौंका दिया। वह मुझसे लिपटकर बोली- अरे गायत्री बेटा तूने तो मुझे डरा ही दिया, अच्छा चल... जा बस्ता रखकर हाथ-पैर धोकर आ। देख तेरे लिए मैं नई फ्राक लाई हूँ, साथ में तेरे मनपसंद लड्डू लाई हूँ। मैं खुशी से उछल पड़ी। जल्दी जाकर घर के कपड़े पहन कर वापस आकर मेरी फ्राक व लड्डू लेकर खाने के लिए रसोई में चली गई। वहाँ मैंने काकीसा को बड़ा सा लड्डू से भरा डब्बा देकर उसमें से एक लड्डू उठा कर रसोई में खाने बैठ गई।

पन्द्रह दिन मेरे नानाजी व नानीजी रह कर फिर अपने गाँव चले गए। मैं अपने कमरे मे अपना आज का गृहकार्य कर रही थी। मेरी बुआसा व उनकी बेटी सोम्या, हम तीनों एक ही कमरे में रहते थे। कमरा बहुत बड़ा था। कमरे में ही गुसलखाना बना था। सोम्या दीदी की तीन साल बाद शादी थी। वह अपने नये रिश्ते को लेकर बहुत खुश थी। अभी से उसी की तैयारी में वह पूरा दिन लगी रहती थी। कुछ ना कुछ नया सिखती रहती थी। सिलाई, बुनाई, कढ़ाई व नये-नये खाने बनाने की विधि। स्नेहा दीदी का स्वभाव मेरे ही जैसा शांत व धीरज वाला था। स्नेहा दीदी बहुत कम बात करती थी, हमेशा 'हाँ' या 'ना' में बस। मुझे ऐसा लगता था कि स्नेहा दीदी अपने पिता को हमेशा याद करती रहती थी।

अभी मैं अपना गृहकार्य करके निपटी ही थी कि मुझे नीचे से किसी की आवाज़ सुनाई दी। वह आवाज़ मुझे जानी-पहचानी सी लगी। ऐसा लगा जैसे वह आवाज़ मुझे बुला रही हो। मैंने नीचे झांक कर देखा तो जयदेव नीचे खड़ा था। वह पहली बार हमारे घर आया था। जयदेव बचपन में अपने मामा, जो पास के ही गाँव मे रहते थे, उनकी स्कूल में ही अपनी दसवीं तक की पढ़ाई पूरी की थी। छोटी उम्र से ही वह अपने मामा के साथ ही रहता था। कभी-कभी

छुट्टियों में जयदेव पुष्कर आता था। इसके पहले जयदेव कभी भी हमारे यहाँ नहीं आया था। जयदेव मेरी काकीसा से कुछ कह रहा था पर उसकी नज़रें मुझे ढूँढ रही थी। यह मुझे ऊपर से साफ़ दिखाई दे रहा था। मैं उसे ऊपर खिड़की में से देख सकती थी पर वह मुझे नहीं। उसकी आवाज़ मैंने पहली बार सुनी तो मुझे ऐसा लगा यह आवाज़ को मैं पहचानती हूँ। मेरा दिल फिर तेज़ी से धड़कने लगा। मैं वहीं से चुपके से उसे देखती रही, मुझे कहीं न पाकर थोड़ा उदास हो कर चला गया। उसके जाने के बाद मैं दौड़कर नीचे आकर काकीसा से पूछना चाहती थी कि जयदेव क्यों आया था। संकोचवश कुछ न पूछ पाई। मेरी काकीसा की नज़र जैसे ही मुझ पर पड़ी वह बोली- अरे अच्छा हुआ गायत्री तुम आ गई। मौसी जी ने तुम सब बच्चों को कल के खाना खाने का निमंत्रण भेजा है। अभी-अभी जयदेव निमंत्रण आकर दे गया है। तुम सब बच्चे कल जयदेव के वहाँ दोपहर का भोजन करने चले जाना। मेरा तो ख़ुशी के मारे हाल बेहाल हो रहा था। अपने ख़ुशी को अंदर ही दबाते हुए मैंने 'हाँ' में सिर हिला दिया। वहाँ से भाग कर मैं सीधे नीति के घर पर पहुँच कर नीति को सबसे पहले यह ख़बर दी। नीति फिर मुझे छेड़ने लगी। मेरी धड़कन जयदेव का नाम सुनते ही तेज हो जाती है। यह अहसास मुझे इससे पहले कभी किसी के लिए नहीं हुआ। पहली बार जयदेव से मिलकर हुआ था। ऐसा नहीं है कि मैं इसके पहले कभी किसी लड़के से नहीं मिली, मेरा मतलब कि हमारा बड़ा परिवार है। हमेशा हमारे यहाँ किसी न किसी रिश्तेदार के बेटे, जो जयदेव के उम्र के थे, उनका आना-जाना लगा रहा था। या किसी रिश्तेदार के यहाँ शादी-ब्याह में जयदेव की उम्र के कई लड़कों से मेरा टकाराव तो हुआ ही था। जयदेव से पहली मुलाक़ात में जो मुझे अहसास हुआ, वह मेरे जीवन में पहली बार हुआ। मैं हर बार यही सोचती कि नहीं ऐसा कुछ नहीं है। यह मेरे मन का वहम है। हर बार मेरी कोशिश नाकाम हो जाती। जयदेव का नाम सुनते ही मेरे दिल की धड़कन की तेज हो जाना, मेरा मन करता कि जयदेव मुझे बार-बार दिखे। जब

वह सामने आता तो मैं शर्म के मारे कभी भी उसे देख नहीं पाती। हमेशा नज़र नीचे कर के वहाँ से निकल जाती।

कल सुबह जयदेव के घर पर जाने की मन में ख़ुशी इतनी ज़्यादा हो रही थी कि मैं पूरी रात करवटें बदलती रही। बहुत सारे सपने बुनने लगी। बार-बार ख़ुद ही अपने मन में हो रही ख़ुशी को लेकर कभी हँस पड़ती तो कभी डर के कारण मन उदास हो रहा था। जैसे-तैसे रात गुज़र गई। सुबह जल्दी से सारे कामों से निवृत्त होकर रसोई में गई कि काकीसा के कामों में हाथ बँटा सकूँ। आज छुट्टी का दिन होने से सब आराम से उठते थे। मुझे बचपन से मेरी बुआ के कारण सुबह चार बजे उठने की आदत है। तभी मेरे कानों में माँ की आवाज़ सुनाई दी, वह मुझे पास बुला रही थी क्योंकि सुबह दुकान पर जाने से पहले ही उनके पास समय रहता था जब माँ हम बच्चों से बात करती थी, हमें जो भी हिदायतें देना हो, हमारी ज़रूरत, सब कुछ पूछ लेती थी। माँ ने पास आकर धीरे से पूछा- बेटा कैसी चल रही है तुम्हारी पढ़ाई? नया विषय, नई क्लास टीचर सब कुछ ठीक है। मैंने हामी भर दी क्योंकि मैं अभी भी जयदेव के सपनों में इतना खोई हुई थी कि मुझे माँ की बातें भी सुनाई नहीं दे रही थी। बस मन कर रहा था कब सब मेरे भाई-बहन उठे और कब मैं जयदेव के घर जाऊँ। तभी मुझे मेरी दोनों काकीसा भी नहा-धोकर रसोई में आती हुई दिखाई दी। मुझे देखकर दोनों ख़ुश होकर बोली- देखो यह है हमारी लायक़ बेटी... इसे कभी भी सुबह उठाना नहीं पड़ता। छुट्टी के दिन भी ख़ुद ही सुबह-सवेरे तैयार होकर हमारी मदद के बिना बुलाए आ जाती है। नहीं तो हमारे बच्चे, उन्हें तो दस बार आवाज़ लगाओ तो भी नहीं उठते। माँ ने जब सुना तो उनके चेहरे पर संतुष्टि व ख़ुशी दिखाई दी। आँखों ही आँखों में जैसे वह मुझे कह रही हों कि बेटा तुम हमेशा ऐसे ही रहना, कभी भी मत बदलना। हमेशा अपने माँ-बाप के दिए संस्कार से अपनी अलग पहचान बनाना। मुझे लगा माँ मुझे आशीर्वाद दे रही हों। आँखों ही आँखों में मैंने भी उनकी तरफ़ देखकर मुस्कुराते हुए कहा कि हाँ

माँ आप निश्चित रहिए। कभी भी मैं अपने परिवार का सर किसी के आगे शर्म से झुकने नहीं दूँगी या कोई ऐसा कार्य नहीं करूँगी कि मेरी वजह से आपको किसी को जवाब देना पड़े। कभी मुझे अपने आप को आईने के सामने खड़े होकर यह न पूछना पड़े कि यह मैंने क्यों किया? आपके दिए संस्कार से ही मुझे यह ताक़त मिली है। हमेशा मैं गर्व से सर उठा कर चल सकूँ।

दस बजे हम सब तैयार होकर जयदेव के घर की तरफ़ चल पड़े। रास्ते में मेरे दोनों भाई मस्ती करते हुए चल रहे थे। उन्हें मुझे बार-बार टोकना पड़ रहा था। जयदेव का घर जैसे ही मुझे सामने दिखाई दिया मेरी धड़कन फिर तेज हो गई। जयदेव के घर के अंदर पहुँच कर मेरी नज़रें जयदेव को ढूँढ रही थीं। वह मुझे कहीं दिखाई नहीं दिया। मन थोड़ा बेचैन व उदास हो गया। तभी जयदेव गुसलखाने से गीला बदन, बाल बिखरे हुए, टॉवेल लपेट कर आता दिखाई दिया। पहले तो वह मुझे सामने देख कर हिचककर रूका पर फिर तेज़ी से मेरे बहुत पास से निकल गया। जयदेव मेरे इतने पास से निकल कर गया कि यदि जरा सा धक्का लगता तो हम दोनों एकदम क़रीब आ जाते। मानो हम आलिंगन कर रहे हों। यह सोच कर ही मैं शर्म महसूस करने लगी कि मैं यह क्या सोच रही हूँ। ओह पर वह जैसे ही मेरे पास से निकल कर गया, पता नहीं मुझे उसके शरीर की खूशबू आई, जैसे मैं इस ख़ुशबू को जानती हूँ। वह ख़ुशबू साबुन की नहीं थी, वह ख़ुशबू ऐसी थी जिससे मुझे नशा हो गया। यह सब भी मेरे लिए नया-नया था। जयदेव मुझे दिखाई दे गया, मेरे मन की बात हो गई। मेरा मन प्रसन्न हो गया था। तभी मासी ने हम बच्चों को आवाज़ लगाकर रसोई में बुलाया और हम सब मिलकर उनके काम में हाथ बँटाने में लग गयें। हम लड़कियाँ आटा गुँथने से लेकर सब्ज़ी साफ करके तैयार करने में लग गई। यह काम लड़कों को रास नहीं आता है। वह चुपचाप खड़े रहे व बाद में बाहर जाकर मस्ती करने लगे।

खाना तैयार हो गया। मैंने मासी को कहा कि पहले सब बच्चों को बिठाकर खाना खिला देते हैं। आप गर्म-गर्म पूरी बनाओ, मैं परोस देती हूँ। बाद में हम दोनों साथ मे खा लेंगे। पहले तो मासी ने ना-नुकर की पर मेरी जिद के आगे उन्होंने हार मान ली और कहा कि चल ठीक है। मुझे कहा- जा जयदेव को आवाज़ लगा दे, वह भी साथ खा लेगा। मेरा तो जयदेव का नाम सुनते ही हाथ-पाँव फूल गए। सोचने लगी मैं जयदेव को क्या संबोधन करके आवाज़ लगाऊँ। तभी मेरे दिमाग़ में एक आइडिया आया कि क्यों न मैं अपने भाई को भेज कर जयदेव को बुलवा लूँ। मैंने अपने छोटे भाई राज के कान में धीरे से बोला कि कोई सुन न ले- जा ऊपर से जयदेव को बुला ले। अक्सर घर-परिवार या आस-पड़ोस में कोई आपसे उम्र में बड़ा है तो उसे आदर से भाईसा कहना पड़ता है पर मैं जयदेव को न तो नाम से बुला सकती थी न ही भाईसा कह कर, यही धर्म संकट मेरे मन में था। मैंने तो जयदेव को अपना सबकुछ मान लिया था, दिल जो दे बैठी थी। तभी जयदेव अपने कमरे से रसोई में आकर खाना खाने बैठ गया। मैंने भी अपनी गर्दन को नीचे झुकाकर सबके साथ जयदेव को भी खाना परोसा। हाँ पर एक-दो बार मुझे लगा कि जयदेव मुझे देख रहा है। जयदेव चाहता था कि मै भी नज़रें मिलाऊँ पर मेरा तो हमेशा से ही उसे अपने पास देखकर दिल की धड़कन बढ जाती हैं। यदि नज़रें उठाकर मैंने जयदेव को देख लिया तो पता नहीं मेरा क्या हाल होगा। जैसे-तैसे मैंने अपने आप पर क़ाबू पाकर सबको खाना परोस दिया। सबने अच्छे से खाया। मैंने मासी को कहा- मासी सबका खाना हो गया है, आप पुरियाँ हम दोनों के लिए ही बनाना। इतना कह कर जैसे ही मैंने मासी जी को देखा तो जयदेव अपनी माँ के आंचल से अपना मुँह पोंछ रहा था। मुझे रसोई में आया देख झट से पल्लू छोड़कर चल दिया।

मैंने व मासी ने सब काम निपटा कर आख़िरी मे खाना खाया। मैंने बाद का भी सारा काम निपटाने में भी मासीजी की मदद की। मेरे इसी स्वभाव के

कारण मासी जी मुझे पसंद करने लगी थीं। हमेशा कोई भी काम होता वह झट से मदद के लिए मुझे बुलवा लेतीं। मुझे तो हर बार जयदेव के घर पर जाने के लिए कोई बहाना नहीं बनाना पड़ता। वह काम तो मासी कर रही थी। जयदेव के घर पर हर बार मैं कोशिश करती कि मुझे जयदेव की एक झलक देखने को मिल जाए बस, पता नहीं मुझे यह समझ नहीं आता कि क्यों मैं जयदेव को देखने के लिए इतनी बेचैन हो जाती हूँ। हाँ पर इतना ज़रूर जान गई थी कि बस एक नज़र भर जयदेव को देख लेने से मुझे इतना सुकून मिल जाता था कि मैं उसे बयान नहीं कर सकती। उसे यदि लम्बे समय तक न देखूँ तो मेरा मन कहीं नहीं लगता था... बस इंतज़ार करती थी कि कब मासी मुझे कोई काम के बहाने बुलाए तो मैं उसके दीदार करूँ। यही सिलसिला हमारा चार साल चला और स्कूल में तो मेरी सहेलियों ने मुझे जयदेव के नाम लेकर परेशान करना नहीं छोड़ा था। मुझे जब मेरी सहेलियाँ जयदेव का नाम लेकर चिढ़ाती तो अच्छा लगता था।

जयदेव अगले साल कॉलेज में चला गया वह अब मुझे कम ही दिखाई देता था। पढ़ाई का बोझ ज़्यादा बढ़ गया था। कभी-कभार मैंने जयदेव को मेरे घर के आस-पास चक्कर लगाते हुए देखा था। एक दिन अचानक मैं अपने कमरे की खिड़की पर खड़े होकर बाहर की तरफ़ देख रही थी। तब मुझे जयदेव मेरे घर की तरफ़ आते हुए दिखाई दिया। पहले मुझे लगा शायद हमारे यहाँ आ रहा है पर नहीं वह तो सीधा आगे बढ़ गया फिर सोचा कि कोई काम के लिए जा रहा होगा पर उसके हाथ में कुछ नहीं दिखाई दिया। न ही हमारी गली में कोई दुकान है जहाँ उसे कोई काम हो। मेरे मन ने मुझे यही कहा कि कहीं न कहीं वह भी मुझे देखने के लिए ही मेरे घर के चक्कर लगा रहा हो कि शायद मैं उसे दिख जाऊँ। मेरे मन में आए विचार से ख़ुशी महसूस हुई कि हो न हो वह भी मुझे चाहने लगा था। मेरी तरह जयदेव भी मेरी एक झलक पाने के लिए बैचेन रहता था। समय को तो जैसे पंख लग गए थे। चार साल कहाँ निकल

गया, पता नहीं चला। मैंने भी ग्याहरवीं पास करके कॉलेज में एडमिशन ले लिया था। हम दोनों एक ही कॉलेज में थे। विषय अलग होने से हमारे डिपार्टमेंट दूर थे। एक ही कॉलेज में मेरे एडमिशन लेने का कोई फ़ायदा नहीं था। जब मैंने कॉलेज में एडमिशन लिया तब जयदेव का वह कॉलेज में आख़िरी साल था। वह तो कॉलेज से निकल गया। फिर भी उम्मीद थी कि कभी न कभी तो वह आएगा। लायब्रेरी में या अपना रिज़ल्ट देखने। किसी बहाने मेरी उससे मुलाक़ात होगी। मेरी उम्र भी सत्रह साल की हो गई थी। शरीर के एक-एक अंग के उभार नज़र आने लगे थे। मेरे नैन-नक़्श, शरीर के अंग से यौवन छलक उठता था। आईने के सामने जब मैं ख़ुद को निहारती तो मुझे ख़ुद से ही प्यार हो जाता। मेरा आकर्षण बढ़ गया था। जब भी बाहर जाती तो कई बार ऐसा लगता कि मेरे शरीर पर के अंगों पर मुझे कई आँखें घुर रही हैं। बड़ा अजीब सा लगता जब कोई ग़लत तरीक़े से मुझे घुरता था।

कॉलेज में भी मेरी स्कूल की दो-तीन सहेलियों ने एडमिशन ले लिया था। उन्हें मेरे व जयदेव के बारे में भनक लग गई थी। वह कुछ कहती नहीं थी। कुछ नई लड़कियों ने भी दाख़िला लिया था। नई लड़कियों को ज़रूर मेरी स्कूल की सहलेयो ने मेरे व जयदेव के बारे मे बता दिया था। एक दिन मैं और क्लास की लड़कियाँ ख़ाली पिरियड में लायब्रेरी में जाकर बैठ गए थे। तभी सामने से जयदेव दरवाज़े से अंदर आए, जैसे ही नीति की नज़र पड़ी वह मुझे इशारा करके बता रही थी। मंगला की नज़र नीति पर पड़ी। वह कुछ समझ पाती तब तक तो मेरे हाव-भाव जयदेव को देखते ही बदल गए थे। शर्म से मेरे गाल लाल हो गए थे। मंगला की नज़रों ने भाँप लिया था। फिर क्या... लायब्रेरी से बाहर निकल कर मंगला ने कोई मौक़ा नहीं छोड़ा मुझे छेड़ने का। जब भी कभी जयदेव उसे दिखाई देता वह तो शुरू हो जाती। अब मेरा दिल और ज़्यादा तेज़ी से धड़कने लगा था।

अभी भी घर पर मेरी दोनों काकीसा को मेरी शादी की चिंता सताती थी। उन्हें हमेशा से यह लगता कि मेरे सांवले रंग के कारण मेरी शादी में अड़चन आएगी। बाऊजी निश्चित थे क्योंकि उन्होंने कभी भी रूप-रंग को इतनी अहमियत नहीं दी थी। बाऊजी ने हमेशा से मुझे अंदर से मज़बूत रहना सिखाया था। मेरे बाऊजी मन की सुंदरता पर ज़्यादा ज़ोर देते थे। मेरा चरित्र एक समझदार व मज़बूत लड़की का हो, जहाँ मुझे अच्छे व बुरे में फ़र्क़ पता चले। मैं अपने जीवन के महत्वपूर्ण फ़ैसले हमेशा सोच समझ कर लूँ। बाऊजी उस पर ज़्यादा ध्यान देते थे। बाऊजी को अपने दिए हुए संस्कारों पर और मुझ पर पूरा भरोसा था।

मेरा साँवला रंग हमेशा से घर पर सबको खलता था। मेरी माँ, बाऊजी ने हमेशा से मुझे सही संस्कार देकर मेरी परवरिश की है। मुझे समझदार व इस योग्य बनाया है कि मेरे जीवन में कभी भी कैसी भी परिस्थिति आए, मैं कमजोर न पड़ूँ। शादी के बाद मैंने अकेले ही अपने जीवन के हर तूफान को बड़ी आसानी से गुजरने दिया है। हमेशा मज़बूती से खड़ी रही हूँ। कभी कोई मुझे अंदर से तोड़ नहीं पाया है। मैं हमेशा अपने माँ-बाऊजी की आभारी रहूँगी। आज भी जब भी कोई परेशानी आती है तो लगता है मेरे माता-पिता मेरे लिए संबल बन कर खड़े हैं। हमेशा मुझे सही रास्ता दिखाते हैं।

मेरे पूरे जीवन में मुझे कभी भी भौतिक सुख-सुविधाओं ने अपनी और आकर्षित नहीं किया है। कभी सजने संवरने का शौक़ मुझे नहीं रहा है। हमेशा से ही सादा जीवन रहा है। गहने कपड़ों ने भी कभी मुझे अपनी ओर आकर्षित नहीं किया है। मेरी अपनी शादी के दिन भी मैं सब मेहमानों की ख़ातिरदारी में लगी हुई थी। घर-परिवार में सब को आश्चर्य होता था कि कैसी लड़की है? यह अपनी शादी के दिन भी सादगी से रह रही है। इस सादगी के पीछे भी कहीं न कहीं मेरे अंतर्मन की चोट ही रही है। स्कूल से लेकर कॉलेज के इन सात साल

में मैं जयदेव के घर पर पच्चीस-छब्बीस बार गई हूँ। कभी खाना खाने तो कभी किसी काम से या कभी जयदेव की माँ मुझे काम में हाथ बँटाने के लिए बुला लेती थीं। जब भी मैं जयदेव के घर पर जाती थी। जयदेव और मैं एक-दूसरे को दूर से देखकर ही ख़ुश हो जाते थे। मैं तो कभी जयदेव से नज़रें भी नहीं मिला पाई। हमेशा जब भी वह सामने से देखता, मैं झट से अपनी गर्दन नीचे कर लेती थी। एक बार हमारे कॉलेज के वार्षिक सम्मेलन में मैंने नाटक मे भाग लिया था। नाटक मे मैंने एक लड़के का रोल किया था। तब मुझे इस रोल के लिए पैंट-शर्ट की ज़रूरत पड़ी तो सबसे पहला ख़्याल मुझे जयदेव का आया पर समझ नहीं आया कि कैसे बात करके जयदेव से उसके पैंट-शर्ट माँगू। तभी मुझे उसके छोटे भाई प्रदीप की याद आई। वह मुझे बहुत पसंद करता था। मैं जब भी जयदेव के घर पर जाती थी, जयदेव और मुझे कभी प्रदीप पास में खड़े हुए देख लेता तो झट से कह देता- आप दोनों एक-दूसरे के लिए बने हो, साथ में बहुत अच्छे लगते हो। यह बात प्रदीप हमेशा अकेले में कहता, किसी के सामने नहीं कहता। जयदेव की माँ यदि प्रदीप को यह कहते हुए सुन लेती तो प्रदीप को डाँट पड़ जाती। प्रदीप से मदद की उम्मीद लिए मैं जयदेव के घर की तरफ़ मुड गई। पहले सोचा नीति को साथ ले लूँ, फिर लगा पहले प्रदीप से मदद लेती हूँ। यदि प्रदीप की मदद नहीं मिली तो फिर नीति के भाई को बोल कर उससे कहूँगी, वह माँग कर दे देगा। इतना सब सोचते-सोचते जयदेव का घर आ गया। मैंने जयदेव के घर का दरवाज़ा खुला देखा मैं तो सीधे अंदर चली गई। मुझे बरामदे में ही प्रदीप अपनी साईकिल को साफ करते हुए दिखाई दिया। मुझे देखते ही कहा- माँ तो पड़ोस में गई है। क्या काम है दीदी? मैंने प्रदीप से कहा- मुझे मासी से नहीं आज तुमसे ही काम है। प्रदीप ने खुश होकर कहा- बोलो ना दीदी क्या काम है। आपका काम करने पर बदले में मुझे टॉफी देना होगा। मैंने कहा- पक्का पर मेरा काम क्या है वह तो सुन। तब प्रदीप ने मुझे कहा- दीदी आप बोलेंगे नहीं तो कैसे पता चलेगा। तब मैंने प्रदीप से कहा- मुझे जयदेव के

पैंट-शर्ट चाहिए। मेरी कालेज के वार्षिक सम्मेलन में मैंने नाटक में भाग लिया है जिसमें मैं एक लड़के का पार्ट कर रही हूँ। उसके लिए मुझे जयदेव के पैंट-शर्ट चाहिए। प्रदीप ने मेरी बात सुनकर कहा- दीदी बस इतना सा काम... लो अभी ऊपर जाकर माँग लाता हूँ। मैं प्रदीप को कुछ कहती, उसके पहले ही दौड़कर ऊपर पहुँच गया। ज़ोर से आवाज़ लगाकर प्रदीप जयदेव से उसके पैंट-शर्ट माँगने लगा। मुझे नीचे प्रदीप की आवाज़ साफ़ सुनाई दे रहा थी। भैया मुझे आपके पैंट-शर्ट चाहिए। प्रदीप के इतना बोलने के बाद मुझे जयदेव की भी आवाज़ साफ सुनाई दी। जयदेव प्रदीप से पुछ रहा था क्यों... तुम्हें मेरे पैंट-शर्ट क्यों चाहिए। अभी पहले तू बड़ा हो जा, फिर मेरे सारे कपड़े तुझे आ जाएंगे... एक क्या, सारे ले लेना। तब प्रदीप ने जयदेव से कहा- अरे भाई जी मुझे नहीं, नीचे गायत्री दीदी आई हैं, उन्हें चाहिए। मेरा नाम प्रदीप के मुँह से सुनते ही मुझे ऐसा लगा जैसे जयदेव ख़ुशी से पागल हो गया। तभी मुझे सुनाते हुए जयदेव अपने कमरे से थोड़ा ज़ोर की आवाज़ में हँसते हुए बोला- हाँ रूक मैं जल्दी से निकाल कर देता हूँ। जयदेव को भी मालूम था कि माँ आज घर पर नहीं है। जयदेव अपनी आवाज़ और ऊँची करके बोला- पर मेरी एक शर्त है, बोल देना तेरी गायत्री दीदी से जब भी मैं उससे कुछ माँगूगा तो उसे मेरे पास आकर देना होगा... गायत्री दीदी से बोल देना। यह बात उसने इतनी ऊँची आवाज करके बोली जैसे वह प्रदीप को नहीं, मुझे सुनाने के लिए कह रहा हो। जयदेव के ऐसा कहने पर प्रदीप को तो जयदेव की बात समझ नहीं आई। जयदेव भाई को गायत्री दीदी से क्या चाहिए, प्रदीप सोचने लगा फिर उसने अपनी गर्दन को झटका दिया और मन ही मन सोचा कि मुझे इन दोनों के इस झमेले में नहीं पड़ना। प्रदीप को तो बस मेरी मदद करनी थी। बदले में प्रदीप को मुझसे टॉफी का लालच था। प्रदीप ने कपड़े जयदेव के हाथ से लेकर अपना सर हिला कर कहा- हाँ भाई जी! मैं गायत्री दीदी को आपकी शर्त बता दूँगा। नीचे खड़े होकर मुझे दोनों भाईयों की बात साफ़ सुनाई दे रही थी। मुझे भी समझ नहीं आ रहा

कि ऐसी क्या चीज है जो जयदेव को मुझसे चाहिए, वह भी पास आकर! मैंने सोचा अभी तो मैं कपड़े लेकर जाती हूँ। बाद में जब भी मौक़ा मिलेगा तो हिम्मत करके पूछ लूँगी।

हम सब सहेलियों ने कल सुबह कॉलेज के हॉल में मिलने का तय किया था। कॉलेज में शाम को होने वाले सांस्कृतिक कार्यक्रम के लिए क्या-क्या तैयारी करनी है, एक बार फिर से नाटक का रिहर्सल करना था तो यही सब सोचकर मैं सुबह जल्दी उठ कर स्नान वैगरह करके रसोई मे जा रही थी कि मुझे बाहर ही बुआजी आती हुई दिखाई दी। उन्होंने झट से पूछा- सोम्या नहीं उठी, वो कहाँ है? अभी तक सो रही है क्या? शादी होने वाली है। पता नहीं कब समझेगी यह लड़की, यह बड़बड़ाते बुआ अपने कमरे में चली गई। मैंने जैसे ही रसोई में कदम रखा मुझे वहाँ पर मेरे काकासा नज़र आए। वह रसोई मे पानी पीने आए थे। रसोई में किसी को न देख कर जाने लगे पर तभी उनकी नजर मुझ पर पड़ी तो उनकी आँखों में मैंने चमक देखी। मैं समझ गई काकासा को सुबह-सुबह चाय की तलब लगी थी। मैंने झट से कहा- मैं अपने लिए दूध गर्म कर रही हूँ। एक तरफ आपके लिए चाय बना देती हूँ, आप बैठो। वह खुश होकर मुझे आशीर्वाद देने लगे। तभी मेरी छोटी काकीसा भी जल्दी से नहाकर रसोई में आ गई और वह बोली- मैं करती हूँ, तुम हटो बेटा। उन्होंने मेरे लिए दूध व काकासा व अपने लिए चाय बनाई। मुझे कॉलेज जाने में देर हो रही थी। मैंने अपना दूध जल्दी से पीकर दूध का कप मोरी पर रखा और तेजी से कॉलेज जाने के लिए घर से निकल गई। मुझे रास्ते से मंगला व नीति को भी साथ लेते हुए जाना था। हम तीनों जब कॉलेज के हॉल में पहुँचे तब तक एक-दो सहेलियों को छोड़कर सभी आ गए थे। हमने नाटक की रिहर्सल जल्दी से करके सब लड़कियों से यह पूछ लिया कि उन्होंने अपनी-अपनी तैयारी कर ली हैं। किसी को कोई परेशानी है तो अभी बता दें क्योंकि यह हमारा आख़िरी साल है। अच्छे से करना होगा ताकि हमारे नाटक को पहला पुरस्कार

मिले। सबने ख़ुशी-ख़ुशी हामी भरी और कहा- अरे गायत्री तुम टेंशन मत लो, हम सबने अच्छे से तैयारी कर ली है। पहला पुरस्कार तो हम ही जीतेंगे। एक-दूसरे से विदा लेकर हम सब अपने अपने घर के लिए निकल पड़े। मैं, नीति, मंगला भी कॉलेज कैंपस से बाहर निकल कर बातें करते हुए अपने घर पहुँच गए। जब शाम होने को आई, हम सबने अपने कपड़े का बैग व नाटक में जो सामग्री लेकर जाना था, एक बैग में पहले से रख लिया था। फटाफट उठाकर चल दिए। कॉलेज आज पूरी तरह से रोशनी से जगमगा रहा था। हॉल में भी कुर्सियाँ लग गई थी। रात के कार्यक्रम की सारी तैयारियाँ तक़रीबन पूरी हो गई थी। हमारे कॉलेज के लड़के-लड़कियाँ सब सज-संवर कर आ रहे थे। प्रिंसिपल व हमारी मैडमों ने भी तैयारी का पूरा मुआयना किया। कुछ मैडम तो पहले से ही अपनी सीट पर आकर बैठ गई थी। हमारी मैडम अंकिता, जिन्होंने इस कार्यक्रम की पूरी तैयारी की ज़िम्मेदारी उठाई थी, वह हमारे सब लड़के-लड़कियों के पास आकर यह तसल्ली कर रही थी कि सबने अपनी-अपनी तैयारी समय रहते पूरी की है कि नहीं।। सबके पास जाकर वह कह रही थी कि किसी को भी उनकी मदद की ज़रूरत है तो बता दे। फिर उन्होंने हमें कार्यक्रम की लिस्ट पकड़ा दी। सबको अपने-अपने नंबर आने पर जब आवाज़ लगाकर बुलाया जाएगा तो आप यहाँ लाईन लगा कर खड़े हो जाना। लिस्ट में हमने देखा तो हमारे नाटक का नंबर पीछे था। हम सब निश्चित हो गए, हमें एक बार और प्रेक्टिस करने का समय मिल जाएगा।

हम सभी उत्सुकता से अपने नंबर आने की प्रतिक्षा कर रहे थे। तभी नीति ने आकर हम सबको कहा- इसके बाद हमारे नाटक की बारी है... सब तैयार हो जाओ। सब अपने-अपने डायलॉग बोलते हुए पुनः तैयारी शुरू कर दी। हमारे पहले जिन लड़को का नंबर था, वह युगल गीत गा रहे थे। उनका गाना ख़त्म हुआ और स्टेज से हमारे नाटक के बारी की घोषणा की। हम सबने अपनी-अपनी जगह ले ली। स्टेज पर जाकर टेबल-कुर्सी व अन्य ज़रूरी सामान

रख कर हमने मैडम को इशारा किया। मैडम ने पर्दा उठाने का इशारा किया। बीस मिनट का हमारा नाटक था। हमारे नाटक के कुछ डायलॉग को सामने बैठे सब अतिथिगण खूब मजे ले-लेकर सुन रहे थे व तालियों की गड़गड़ाहट से हमारा उत्साह भी बढ़ा रहे थे। एक नई सोच को लेकर हमने यह नाटक की पटकथा लिखी थी। सबको पसंद आया। जैसे ही अंतिम डायलॉग बोलकर मंगला ने हमारे नाटक को पूरा किया, एक बार फिर से पूरा हॉल तालियों की आवाज़ से गुंज उठा। पर्दा गिरते ही हम सब ख़ुशी के मारे झूम उठे। हमें पूरा भरोसा हो गया था कि सभी ने हमारे नाटक को पसंद किया है। सबको उम्मीद थी कि हमें ही पहला पुरस्कार मिलेगा। अंत में पुरस्कार की घोषणा हुई तो हमारे नाटक को ही पहला पुरस्कार मिला। सारे कार्यक्रम ख़त्म हो गए। घड़ी की तरफ़ देखा तो रात के बारह बज रहे थे। अब घर जाने की चिंता सताने लगी। तभी मुझे ऐसा लगा कि बाहर से कोई मेरा नाम पुकार रहा है। ध्यान से सुनने पर मुझे वह आवाज़ मेरे छोटे काकासा की लगी। मैंने दौड़कर देखा तो मेरे छोटे काकासा खड़े थे। मुझे देखते ही कहने लगे- हो गया है तो चलो बेटा। उनको देखते ही मेरी तो जान में जान आई। हम सब निश्चित हो गए। जल्दी से सारा सामान समेटकर बाहर निकल गए। सबके घर से कोई न कोई लेने आया था। घर जाकर हाथ-पाँव धोकर मैं तो सीधे अपने बिस्तर पर लुढ़क गई। जल्दी ही नींद लग गई। दूसरे दिन छुट्टी थी व कल के कॉलेज के सांस्कृतिक कार्यक्रम ने थका दिया था। मेरा पूरा बदन दर्द कर रहा था। मैं हिम्मत करके उठी। नहाकर नीचे आंगन मे आई। सब मुझे देखते ही पूछने लगे- गायत्री बेटा! तुम्हारा कॉलेज का सांस्कृतिक कार्यक्रम कैसा रहा? पुरस्कार किसने जीता? मेरे कुछ बोलने से पहले ही मेरे छोटे काकासा ने खुद ही सबको बता दिया- अरे कौन जीतेगा... हमारी गायत्री के नाटक के आगे किसी की मजाल है जो पहला पुरस्कार ले जाए, वह तो गायत्री के नाटक को ही मिलना था। सो गायत्री पहला पुरस्कार ले आई। बस फिर क्या था इतना सुनते ही मेरी दोनों बहनों की सुरत

उतर गई। काकीसा ख़ुश तो थी पर कहीं न कहीं उनको भी यह बात हमेशा से ही खटकती थी। हर बार मुझे सबका प्यार मिलता था, वाहवाही मिलती थी। चाहे वह पढ़ाई हो, घर का कामकाज हो या ऐसे ही कई मौक़े।

आज सारा दिन इधर-उधर की बातों में ख़त्म हो गया, कब शाम हो गई, पता ही नहीं चला। सोचा जयदेव के कपड़े धोकर, सुखा देती हूँ। एक-दो दिन में उसके घर पर जाकर उसे दे आऊँगी। जयदेव को धन्यवाद भी दे दूँगी, यह विचार मन में आते ही मुस्कुराहट से मेरे गाल लाल हो गए। मन ही मन जयदेव से मिलने की चाहत और बढ़ गई। जयदेव का नाम लेते ही पता नहीं मुझे क्या हो जाता है, जैसे मैं अपने में नहीं रहती हूँ, कहीं खो जाती हूँ। हमेशा मुझे लगता है कि जयदेव के बिना मैं अधूरी हूँ। मेरा तन-मन सब कुछ उसका है और उसका तन-मन मेरा। एक आत्मा व दो शरीर हैं हम। कोई डोर है जो हम दोनों को बाँधे रखा है। एक अजीब सा खिंचाव मुझे उसके साथ महसूस होता है। यह प्यार से भी ऊपर कोई ऐसा बंधन है। वह मुझे अपना सा लगता है। जन्मों का रिश्ता है। बहुत अच्छे से उसे पहचानती हूँ। जयदेव के बिना बताए भी मुझे सब पता है। कई बार तो मैंने उसका स्पर्श भी महसूस किया है। हम कभी भी पास नहीं आए हैं, न ही मैं न ही वो, पर उसके बदन की ख़ुशबू भी मुझे पहचनी सी लगती है। वह भी मैंने कभी नहीं ली है पर पता नहीं कैसे मुझे हमेशा से ही उसकी ख़ुशबू अपनी सी लगती है, पहचानती हूँ। जब वह पहली बार बाथरूम से नहा कर मेरे पास से गुजरा तो उस दिन पहली बार मुझे उसके बदन की ख़ुशबू ने इतना मदहोश कर दिया था। मैं कई बार इस ख़ुशबू में नहाई हूँ, यह तो मेरी है।

कल से हमारे कॉलेज में दशहरा, दिवाली की छुट्टियाँ शुरू हो गई थीं। मेरा बी. काम का आख़िरी साल है। आगे की पढ़ाई जारी रखने के लिए मुझे अच्छे नंबर लाने होंगे, बाऊजी से वादा किया था। अच्छे नंबर से पास होने पर

वह मेरी आगे की पढ़ाई जारी रखेंगे। मन में यही विचार आ रहा था। अभी से एक-एक चैप्टर शुरू करके ख़त्म करना होगा। पूरी रात यही ताने-बाने बुनने में निकल गई। सुबह जब उठी तो सबसे पहला ख़्याल जयदेव का आया। वैसे भी रोज़ सुबह से शाम तक कई बार मैं उसको याद करती हूँ। जयदेव मेरे ज़ेहन में बस गया है। दिन में कई बार मैं उसके ख़्याल में खो जाती हूँ। सोचा आज सुबह के सारे काम निपटा कर उसके कपड़े वापस कर आऊँगी। आज घर में नीचे आंगन से मुझे सब बच्चों के शोर की आवाजें आ रही थीं। वैसे रोज़ स्कूल जाने के नाम से सारे बच्चे सोए रहते थे। सुबह जल्दी कोई नहीं उठता था। मेरी दोनों काकीसा को उन्हें हिला-हिला कर उठाना पड़ता था। देखो छुट्टियाँ लगते ही मन भरकर खेलने के लिए सब बच्चों की नींद जल्दी खुल जाती है। मेरी बड़ी काकीसा रसोई से आवाज़ लगाकर सबको 'नाश्ता तैयार हो गया है, खाने आ जाओ' रसोई से बुला रही थी। सब बच्चे चिल्लाते हुए रसोई की तरफ़ भागे। तभी मेरे काकासा ने उन्हें डांट लगाई- बस बच्चों ज़्यादा आवाज़ मत करो। सबके सब चुप होकर अपनी-अपनी जगह पर बैठ गए। मैंने जैसे ही रसोई में अपना पहला कदम रखा ही था कि मुझे सामने से मेरी माँ बाहर से आती हुई दिखाई दी। मैंने अपने कदम रसोई की तरफ़ न बढ़ाते हुए माँ, जहां खड़ी थी, वहाँ चल दी। माँ भी मुझे दूर से आते हुए देखकर मेरी तरफ़ मुड़ गई जैसे माँ को भी मुझसे बात करनी हो। तभी पीछे से बाऊजी भी आ गए। हम दोनों को साथ देख कर वह भी पास आकर खड़े हो गए। पहले बाऊजी ने ही बात शुरू की, मुझसे पूछा- अरे गायत्री बेटा! तुम्हरी पढ़ाई कैसी चल रही है? छोटे ने बताया कल तुम्हारे नाटक को पहला पुरस्कार मिला। बधाई हो बेटा... यह सब तो ठीक है। अपनी पढ़ाई पर भी ध्यान देना। पता है न इस साल तुम्हें अच्छे नंबर लाना है। तभी तुम्हें आगे की पढ़ाई जारी रखने दूँगा। बाऊजी ने अपनी बात दोहराई। गायत्री तुम्हें याद है न अपना वादा। मैंने मुस्कुराते हुए झट बाऊजी को गले लगाकर कहा- हाँ बाऊजी आपसे ज़्यादा मुझे चिंता है। इतना कहते

ही उन्होंने अपना हाथ मेरे सिर पर रखकर मुझे आशीर्वाद दिया। बाऊजी ने फिर माँ की तरफ़ देखते हुए कहा- अरे सुधा तुम अभी तक गई नहीं। नाश्ता करके निकलो, दुकान खोलने का समय हो गया है। माँ ने भी मेरी तरफ़ देखते हुए कहा- बस गायत्री को कल के पुरस्कार मिलने की बधाई देनी है। आशीष देकर निकलती हूँ। आप चिंता न करें। मैं अपने समय पर दुकान पहुँच जाऊँगी।

दिवाली की छुट्टियाँ में पूरा दिन बैठकर पंद्रह दिनों में किस दिन कौन सा विषय पढ़ना था, एक कॉपी में सारा लिख लिया। मुझे पता रहे कि मुझे कहाँ से शुरू करनी है। तभी मन में ख़्याल आया कि क्यों न पहले नीति के घर हो आऊँ? उससे भी पूछ लूँ कि उसने अपनी पढ़ाई की तैयारी शुरू की कि नहीं। वैसे भी नीति के पिता उसको आगे की पढ़ाई जारी नहीं रखने देंगे। नीति के बाऊजी ने नीति के लिए लड़के देखना शुरू कर दिये थे। मई-जून की छुट्टियों में ही नीति की शादी करने की सोच रहे थे। तब तक नीति की स्नातक की पढ़ाई भी पूरी हो जाएगी। कपड़े बदलकर मैं अपने कमरे से निकल कर सीढ़ियों से नीचे आई। मेरी नज़रें मेरी काकीसा को ढूँढ रही थीं। मुझे उन्हें बताना था कि मैं नीति के घर जा रही हूँ। रसोई में झांक कर देखा तो वहाँ भी मुझे काकीसा नज़र नहीं आईं। बुआसा दिखाई दीं। मैंने उन्हें ही बता दिया। जयदेव के कपड़े का झोला लेकर मैं पिछले दरवाज़े से बाहर निकल गई। नीति के घर पर पहुँचकर मैं सीधे उसके कमरे में चली गई। देखा तो वहाँ कोई नहीं था। सोचा देखूँ शायद शाम हो गई है छत पर बैठी होगी। ऊपर जाकर देखा तो नीति मैडम सारी कॉपी-किताबें पलंग पर फैला कर बैठी थी। तभी नीति को सीढ़ियों से छत पर आने के लिए किसी के पैरों की आहट सुनाई दी। नीति उठकर सीढ़ियों के पास आकर देखने लगी कि कौन ऊपर आ रहा है। जब उसने सीढ़ियों पर से मुझे आते हुए देखा तो ख़ुश हो गई। मुझे देखते ही नीति बोली- चल अच्छा हुआ तू आ गई। मुझे तो कुछ समझ नहीं आ रहा है कि मैं कहाँ से पढ़ाई शुरू

करूँ। मैंने उससे कहा- रूक मैं बताती हूँ... मैं अभी अपना पूरा सिलेबस, जो अभी तक मैडम ने पढ़ाया, उसे सिलसिलेवार लिखकर आई हूँ। चल तुम्हें भी बताती हूँ। एक कॉपी ले, पेन ले और लिख, तुम्हें आसानी होगी। नीति को सब सिलसिलेवार लिखवाने में क़रीब आधा घंटा लगा। जब ख़त्म हुआ तो मैंने उससे कहा- मेहनत तो करवा ली है, अब चल मेरे लिए पानी और कुछ खाने को ला। वह दौड़कर नीचे गई और जाते-जाते बोल रही थी- तुमने मेरा आधा काम कर दिया है, पानी-नाश्ता क्या, आज तो और भी कुछ चाहिए तो माँग, दे दूँगी। कहते हुए वह सीढ़ियों से नीचे रसोई की तरफ़ चली गई। थोड़ी देर में वह पानी व बहुत सारा खाने के लिए ले आई। मैं और नीति बातें करते-करते सब नाश्ता चट कर गए। तभी नीति की नज़र मेरे पास रखे हुए झोले पर पड़ी। उसने पूछा- इसमें क्या है? कुछ मेरे लिए लाई है तो दे न। तभी मेरा ध्यान भी झोले पर गया जिसे मैं रखकर भूल गई थी। नीति के याद दिलाने पर मैं भी चौंककर बोली- अरे तेरे लिए कुछ नहीं लाई हूँ। इसमें जयदेव के कपड़े हैं जो नाटक में मैंने पहने थे, धोकर, प्रेस करके सोचा लौटा देती हूँ। बस फिर क्या था... नीति को मौक़ा मिल गया मुझे छेड़ने का- ओह तो मेरी लाडो अपने प्यार के पास जा रही है दीदार करने... देखो वापस आ जाना, उसी की होकर मत रह जाना, बिन फिरे हम तेरे तेरे, गायत्री तेरा यह हाल मैं बचपन से देख रही हूँ। अरे पगली कभी तो सामने रहकर उसे बोल न... न तू ही कुछ कहती है न ही जयदेव। ऐसे कब तक चलेगा। किसी न किसी को तो पहल करनी होगी न, दोनों एक-दूसरे को चाहते हो तो इकरार भी करो बल्कि तुम तो कहती हो कि वह तुम्हारा आधा अंग है। तुम उसके बिना अधूरी हो, तुम जब भी उसे देखती हो तो तुम्हें अपने अंदर उसका अहसास होता है। जयदेव और तुम दोनों एक-दूसरे के पुरक हो, दोनों एक-दूसरे के बिना अधूरे हो तो फिर कब तक ऐसे ही तुम मन ही मन उसे अपना मान कर बैठी रहोगी। किसी दिन वह किसी और का हो जाएगा। तभी मैंने नीति से कहा- तू मेरी दोस्त है कि दुश्मन... ऐसा मत

बोल। मैं नहीं रह पाऊँगी उसके बिना। सोचती हूँ नीति तेरी बात मुझे समझ आ गई है। चल अब उठ... मेरे साथ चल, जयदेव के घर पर, जयदेव के कपड़े उसे दे आते हैं। फिर मैं भी अपने घर जाती हूँ। दो घंटे हो गए हैं। रात होने को आई है। यह कहकर हम दोनों नीति के घर से निकलकर जयदेव के घर की तरफ़ चल दिए। जयदेव के घर के बाहर ही मुझे प्रदीप दिख गया। मैंने झोला उसके हाथ में थमाकर उसे कहा- मेरी तरफ़ से जयदेव को धन्यवाद देना। प्रदीप ने झोली हाथ मे लेकर दूसरा हाथ मेरी तरफ़ बढा कर कहा- दीदी मेरी टॉफी? हाँ प्रदीप तुम्हें टॉफी देनी है, मैं भूली नहीं हूँ। अगली बार आऊँगी तो ज़रूर लाऊँगी। प्रदीप ने सुनते ही कहा- दीदी भूलना मत। हम दोनों पलटकर अपने-अपने घर की तरफ़ चल दिए। घर पहुँचकर देखा तो रात के खाने की सारी तैयारी मेरी दोनों काकीसा व बुआ ने कर दी थी। सब बच्चों को आवाज़ लगाकर रसोई में खाना खाने बुला रही थी। मुझे सामने देखकर बुआ बोली- जा ऊपर से तेरी सोम्या दीदी को भी बुला ले। जा तू भी भी हाथ-पाँव धोकर खाना परोसने आ जा। फिर दोनों बहनें साथ में ही खाना खा लेना। बुआ की बात मानकर मैं भी ऊपर जाकर हाथ-मुँह धोकर सोम्या दीदी को साथ लिए नीचे रसोई में आकर हम दोनों मेरी काकीसा व बुआसा को खाना परोसने में हाथ बँटाने लगी। सबको खाना परोसने के बाद हम सब भी साथ में अपनी जगह पर बैठकर मिल-बाँटकर खाना खाने लगे। आख़िर में रसोई का सारा काम समेटने में भी सौम्या दीदी व मैंने काकीसा की मदद की। रात में बाऊजी, काकासा व माँ के खाने के लिए भी जो तैयारी करनी थी, वह भी कर दी। तभी सोम्यादी ने मुझे आवाज़ लगाकर पुछा- तुम चल रही हो कि अभी रूकोगी। मैंने कहा- नहीं दीदी बस पानी का लोटा-गिलास रात के लिए भर कर चल रही हूँ। उस रात तो मैं भी थक गई थी। सोचा अब कल सुबह से ही मैं अपनी पढ़ाई शुरू करूँगी। बिस्तर पर पड़ते ही मुझे नींद लग गई।

एक हफ़्ता कैसे निकल गया, पता ही नहीं चला। बस दिन भर मैं अपनी कॉपी-किताबें लेकर अपने कमरे में बंद रहती। घर पर सबको मालूम है कि मुझे पढ़ाई के समय जरा सी भी लापरवाही पसंद नहीं थी। मन लगाकर पढ़ाई करती हूँ। ऐसे समय मुझे मेरी दोनों काकीसा भी कोई काम नहीं बोलती थी। मेरी दोनों काकीसा को मालूम है कि मैं पढ़ाई में अच्छी हूँ। आज सुबह जब उठी तो मन बड़ा अनमना सा हो रहा था। बहुत दिनों से जयदेव को भी नहीं देखा था। मेरा मन उसे मिलने को मचलने लगा। यह सच है कि जयदेव को भी मुझसे मिलने की हमेशा से ही एक तलब लगी रहती थी। मुझे ऐसा लगता था कि वह भी मुझे एक नज़र भर देखने के लिए तरसता था पर कभी बोलता नहीं था। अभी मन में यह विचार चल ही रहे थे कि मुझे सीढ़ियों से ऊपर आते हुए प्रदीप की आवाज़ सुनाई दी जैसे प्रदीप नीचे किसी को जवाब देते हुए सीढ़ियाँ चढ़ रहा था। पहले तो मुझे लगा कि वह छत पर जा रहा है पर वह जब मेरे कमरे की तरफ़ मुड़ा तो मैंने अपने कमरे का दरवाज़ा खोलकर प्रदीप से पुछा- कैसे हो प्रदीप? कैसे आना हुआ? इतना सुनते ही प्रदीप जल्दी से कमरे में आया। धीरे से मेरे पास आकर मेरे कान मे कहने लगा- जयदेव भाई ने आपको अभी घर पर बुलाया है। मैं कुछ समझ पाती उसके पहले ही वह बड़े मज़े से मेरी तरफ़ मुस्कुराते हुए बोला- मेरी भाभी बनने को तैयार हो तो चलो मेरे साथ, आज घर पर कोई नहीं है। जयदेव भाई जी को तुमसे कुछ बात करनी है। दीदी मुझे तो लग रहा है भाई के दिल की घंटी बज गई है। लगता है कि जयदेव भाई जी आज तुम्हें अपने दिल की रानी बनने का कहें। ऐसी बातें करने में प्रदीप को भी बड़ा मज़ा आता था। प्रदीप वैसे भी मुझसे खुलकर हँसी-मज़ाक़ करता था। प्रदीप भी समझ गया था कि हम दोनों एक-दूसरे को चाहते हैं पर बोल नहीं पाए हैं। मेरा मन प्रदीप की बात सुनकर न जाने कहाँ उड़ रहा था। दिल की धड़कन, वह तो इतनी तेज हो गई थी कि बस अभी मेरा दिल निकल कर बाहर आ जाएगा। अपने दिल को थामकर और मन ही मन ख़ुश होकर मैं प्रदीप के

साथ वैसे ही उठ कर चल पड़ी, मुझे होश ही नहीं कि मैंने घर के ही कपड़े पहने हुए थे। मेरे बाल बिखरे हुए थे। मुझे तो बस जयदेव को देखना था और उससे मिलने को इतनी बेताब हुई जा रही थी। मन ही मन डर भी लग रहा था। मुझे जयदेव की उस दिन वाली बात याद आ गई थी। जयदेव ने कहा था कि वह मुझसे जब कुछ माँगेगा तो मुझे उसे पास आकर देना होगा। पता नहीं जयदेव क्या माँग लेगा? यही विचार मेरे मन मे चल रहा था। मैं और प्रदीप, प्रदीप के घर पर पहुँच गए। घर पर पहुँचकर मुझे प्रदीप ने कहा- दीदी आप अंदर जाओ... मैं यहाँ पर पहरा देता हूँ, भाई का आदेश है। मुझे तब भी समझ नहीं आया। लेकिन मुझे पड़ोस में रहने वाली नानीजी ने अंदर जाते हुए देख लिया था। वह प्रदीप से पुछ रही थी कि तेरी माँ सुबह चित्तौड़ के लिए जाने वाली थी, गई न? फिर यह गायत्री इस समय तुम्हारे यहाँ क्या कर रही है? प्रदीप तो बातों में माहिर है। उसे पता है कि कैसे जवाब देना है। फट से प्रदीप ने अपना दिमाग़ दौड़ाया और पट से नानीजी को कह दिया- वह गायत्री दीदी न जयदेव भाई जी से नोट्स लेने आई है। जयदेव भाई से नोट्स लेकर चली जाएगी। प्रदीप ने उस समय नानीजी को बोल तो दिया जो उसके मन में आया था लेकिन प्रदीप को मन ही मन डर लग रहा था कि नानीजी कहीं माँ या बाऊजी के आगे यह न बोल दे कि जब मैं और जयदेव अकेले घर पर थे तब गायत्री जयदेव से मिलने आई थी।

मेरे कानों में प्रदीप की और नानीजी दोनों के बीच हुई बातें सुनाई दी थी। मेरा तो पुरा ध्यान जयदेव पर था, मेरा दिल तो जयदेव से मिलने को, उसके दीदार को तरस रहा था। पन्द्रह दिन से हमने एक-दूसरे को देखा नहीं था। मेरा दिल उसे देखना चाहता था। मेरी धड़कन तेज हो गई थी। अपने दिल को सँभालते हुए मैं जैसे ही अंदर वाले कमरे में गई तो जयदेव दूसरी तरफ़ मुँह करके खड़ा था। ऐसा लग रहा था कि मुझे कुछ कहने से पहले उसकी भी धड़कन तेज हो रही होगी या मुझसे बात करने की शुरुआत कहाँ से करे, यह

सोच रहा होगा। मैंने जैसे ही दरवाज़े पर दस्तक दी जयदेव ने पलट कर मुझे देखा। मेरी निगाहें फिर से ज़मीन पर गड़ गई। चाहकर भी मैं उसकी तरफ़ देख नहीं पाई। तभी जयदेव मेरे नज़दीक आया। मैंने घबराहट में अपनी नज़रें ऊपर की तरफ़ उठाई। तभी जयदेव ने अपने एक हाथ की उंगली को अपने होंठों पर रख दी और वह मुझसे एक चुंबन के लिए मिन्नतें करने लगा। जयदेव बड़ी उम्मीद लगाए मेरी तरफ़ देख रहा था। यह सब इतनी जल्दी से हुआ। मैं कुछ समझ नहीं पाई और झट से पलट कर थोड़ी दूरी पर अपना मुँह पलटा कर खडी हो गई। जयदेव ने थोड़ी धीमा आवाज में मुझे इशारा किया और अपने होंठों पर फिर से हाथ की उँगली रख कर जयदेव मेरे सामने आकर खड़ा हो गया। मेरे दिल की धड़कन और तेज हो गई। काश मैं उस समय जयदेव का चुंबन वाला इशारा समझ पाती। जयदेव कुछ कहता उसके पहले ही मैं जल्दी से बाहर निकल गई। दौड़कर मैंने घर के बाहर जाने वाला दरवाज़ा खोला और सड़क पर आकर अपने घर की तरफ़ जाने लगी। मेरा दिल अभी भी तेज़ी से धड़क रहा था। दिमाग़ में जैसे सिटियाँ बज कही थी। मैं अपने आप को कुछ सँभाल पाती तभी मुझे सामने से नीति आती हुई दिखाई दी। मैंने दौड़कर उसका हाथ थामा और तेजी से नीति को अपने घर के अंदर ले जाकर ऊपर अपने कमरे में लेकर चली गई। मेरे पूरा शरीर ठंडा पड़ गया था। इससे पहले नीति मेरी इस हालत को समझ पाती, मैंने उससे कहा- दरवाज़ा बंद कर। और मैं बिस्तर पर लेटकर मन ही मन ख़ुशी व शर्म से लाल हुई जा रही थी। तभी वह मेरे पास आकर बोली- कुछ बोल क्या हुआ! तेरे चेहरे को देखकर लगता है कि आज अपने पिया से मुलाक़ात हो गई है। मैंने शरमा कर 'हाँ' कर दिया व अपने चेहरे को दोनों हाथों से ढक लिया। उस पल को सोच-सोच कर ही मेरा मन हवा में उड़ रह था न मेरा मेरे दिल पर काबू था न मेरे जज़्बात पर... बस मैं किसी और दुनिया में पहुँच गई थी। मेरी धड़कन कम हुई तब मैंने नीति से सारी बात बताई। वह तो सुनकर ही ख़ुशी से उछल पड़ी। मैंने उसे इशारे से कहा कि

धीरे बोल कोई सुन लेगा। हम दोनों के लिए यह नई बात थी। न ही मैं उसे पूरी तरह से समझ पाई, न ही नीति क्योंकि शुरू से मैं और नीति ने हमेशा से ही अपनी पढ़ाई पर ध्यान दिया है। नीति और मैं हम दोनों सीधी-सादी लडकियाँ रही हैं। मैंने कभी भी इस तरह का कोई अनुभव नहीं किया है। मुझे चुंबन क्या और कैसे लिया जाता है नहीं पता था। मैं तो जयदेव को अपने इतने क़रीब पाकर उसी में खो गई थी। मन में गुदगुदी सी हो रही थी। उससे लिपट जाने को मन कर रहा था। जयदेव मुझे पास खींचकर अपनी बाँहों में समेट ले और हम एक-दूसरे में खो जाएं जैसे कभी भी हम अलग थे ही नहीं, हमेशा मुझे उसके क़रीब आने पर यही अहसास होता था जैसे हम एक जान दो जिस्म हैं।

उस समय मेरी उम्र उन्नीस साल की थी। मेरे साथ की स्कूल की कई लड़कियों की तो ग्यारहवीं के बाद शादी हो चुकी थी। कईयों के तो दो बच्चे भी हो गए थे। मुझे नहीं मालूम था कि शादी के बाद क्या होता है। न ही मैं यह जानती थी कि बच्चे कैसे पैदा होते हैं। चुंबन क्या और कैसे लेते हैं उसका अनुभव नहीं था। बस मैं इतना जानती थी कि जब पहली बार मैंने व जयदेव ने एक-दूसरे को देखा था, वह पल मेरे जीवन का यादगार पल बन गया था। मैं उसी पल खो गई थी। जैसे मेरे जीवन का मक़सद पूरा हो गया है। मेरी आत्मा इसे पहचानती है, यह तो मैं ही हूँ। मेरा प्रतिरूप कब से इसे ढूँढ रही हूँ। इसे पाकर मुझे पूरा होना है। मेरा अधूरेपन को जयदेव पूरा करेगा, जैसे बरसों से मुझे इसी की तलाश थी। वह मेरा अपना था। मुझसे वह कभी भी अलग नहीं था। एक ऐसा जुड़ाव महसूस होता था कि मेरा ही अंग है। जब भी वह सामने आता, मेरा मन उससे लिपटने के लिए बेचैन हो जाता। लगता वह मुझे कसकर अपनी बाँहों में भर ले, हम दोनों एक हो जाएं व कभी अलग न हों। धीरे-धीरे हम दोनों का शरीर पिघल कर एक हो जाए। मुझे यह अहसास ही इतना सुकून देता था। उस दिन पूरी शाम मैं उसी के ख्यालों में खोई रही... मुझे होश नहीं

था, कब रात हुई और कब सवेरा। सुबह जब नींद खुली तब पता चला कि रात मैं बिना खाना खाए ही सो गई थी।

परीक्षा सर पर थी। सुबह जल्दी से उठ कर मैं दिनचर्या पूरी कर नीचे जा रही थी। मुझे उठा हुआ देखकर सोम्या दीदी ने पूछा- गायत्री तुम रात में खाना खाने रसोई में नहीं आई... बिना खाए ही सो गई, क्या बात है? ज़्यादा पढ़ाई कर रही हो पर अपनी सेहत का ख़्याल रखना भी ज़रूरी है नहीं तो पढ़ाई कैसे करोगी। पढ़ाई के लिए भी ताक़त लगती है। अगली बार से ध्यान रखना। बिना खाना खाए नहीं सोना। मुझे कह देती मैं तुम्हारे लिए गर्म दूध ले आती, वही पी कर सो जाती। दीदी का मेरे लिए इतना लगाव व प्यार देख कर मैं उनसे लिपट गई। कल सौम्या दीदी तुम जब ससुराल चली जाओगी तो बताओ मेरा ख़्याल कौन रखेगा, मुझे इतना प्यार कौन करेगा। वह मुस्कुराते हुए बोली- कोई बात नहीं, मैं आज ही मामाजी से बात करती हूँ। हमारी गायत्री के लिए भी कोई राजकुमार ढूँढे जो इसका ध्यान रखे, इसे प्यार करे। मैं शरमा के धत् कहकर मैं वहाँ से भाग आई पर मन ही मन मुझे भी लगता था कि वह तो मेरा जयदेव है न जो मुझे अपने साथ ले जाएगा। मैं कभी भी जयदेव के साथ शादी के सपने नहीं देखती थी। मुझे तो यह लगता था कि हम दोनों को इसकी ज़रूरत नहीं है। हम तो बिना शादी के भी एक-दूसरे के लिए बने हैं। हमें कोई अलग नहीं कर सकता है। मेरे मन में ऐसे ख़्याल ही हमेशा आते थे। यही सब सोचते हुए मैं कब रसोई में पहुँच गई, पता ही नहीं चला। मेरी तन्द्रा तब टूटी जब सामने से मेरे भाई ने मुझे आवाज़ लगाई। मैंने उसकी तरफ़ देखा तो वह अपने बगल वाले पटिये पर मुझे बैठने बुला रहा था- नाश्ता लग गया है। मैंने 'हाँ' में सर हिलाया व उसके पास जाकर बैठ गई। दूध के साथ आज दलिया बना था, गुड़-घी डाल कर। मैंने जल्दी से उसे पूरा कर उठकर अपने कमरे में जाकर पढ़ने बैठ गई। कल दोपहर के बाद से मैंने अपनी कॉपी-किताबों को हाथ नहीं लगाया था। वार्षिक परीक्षा को बस पाँच दिन बचे हैं, जल्दी से कोर्स पूरा करना होगा।

परीक्षा की तैयारी व पेपर देने में पन्द्रह दिन निकल गए। परीक्षा का आज आख़िरी दिन था। मेरे सारे पेपर अच्छे गए थे। बस आज का भी पेपर अच्छे से हो जाए तो फिर आराम से नींद पूरी करनी है। कई दिनों से पूरी नींद नहीं हो पाई है। परीक्षा के टेंशन में मुझे वैसे भी नींद नहीं आती थी। पेपर ख़त्म कर मैं जैसे ही कॉलेज से घर पर पहुँची तो मुझे मेरी छोटी काकीसा के कमरे से जयदेव की माँ की आवाज़ सुनाई दी। मन किया जाकर उनके पैर छूकर आशीर्वाद लूँ। आज तक मेरे मन में ऐसा विचार कभी नहीं आया, फिर आज क्यों? कुछ समझ पाती तभी दोनों की बातें मेरे कानो में सुनाई दी। मासी काकी से मेरे व जयदेव के रिश्ते को लेकर कोई बात कर रही थी। मेरा मन हुआ कि कमरे में जाकर दोनों की बात सुनूं पर शर्म के मारे मैं बाहर से ही उनकी बातें सुनने की कोशिश कर रही थी। तभी मेरी काकी सा ने उनसे कहा- मैं शाम को जेठजी से बात करती हूँ। अब तो उन्हें भी गायत्री के हाथ पीले करने की चिंता सता रही है। अपने जयदेव से अच्छा जीवन साथी उसे कहाँ मिलेगा। देखा-भला परिवार है। हमारी गायत्री को कोई तकलीफ़ नहीं होगी। घर के पास ही ससुराल होगी। हम गायत्री से जब चाहें मिल सकते हैं। काकीसा और जयदेव की माँ की बात सुनकर मेरे मन में तो जैसे लड्डू फूट रहे थे। मुझे जयदेव का नाम सुनते ही उस दिन उसका होंठों पर हाथ रख कर याचना करना याद आया। मेरा मन रोमांच से भर गया। उसके समीपता का अहसास मुझे अंदर तक प्रसन्न कर रहा था। ऊपर अपने कमरे में जाकर उसके ख़्यालों में खो गई। जल्दी ही मुझे नींद लग गई। शाम होने को आई। तभी मुझे नीति मेरे कमरे में आती हुई दिखी। नीति मेरे पास आकर बैठ गई। मैंने अपना सर उसकी गोद में रख दिया। अपना सर उसकी गोद में रखकर जैसे ही मैंने नीति की तरफ़ देखकर उसकी प्रतिक्रिया जाननी चाही, उसने झट से झुककर मेरे माथे को चुम लिया और कहने लगी- क्या बात है, बड़ी ख़ुश लग रही हो... सपना देखा क्या जयदेव का। मैंने कहा- नहीं रे परीक्षा के कारण नींद पूरी नहीं हुई थी। आज तो मुझे

होश ही नहीं था। गहरी नींद लग गई थी। पर हाँ एक ख़बर है, आज जब मैं कॉलेज से आई तो काकीसा के साथ मैंने जयदेव की माँ को बात करते हुए सुना। वह मेरे व जयदेव की शादी की बात करने आईं थीं। मेरी बात पूरी होती उसके पहले ही नीति ने कहा- पर तुम्हें तो आगे पढ़ाई जारी रखनी है तो फिर? हाँ देख काकीसा आज रात में बाऊजी से बात करेंगी तब पता चलेगा कि बाऊजी क्या जवाब देते हैं। मुझे तो आगे पढ़ाई जारी रखनी है।

सुबह जब उठी तो मुझे नीचे रसोई से आवाजें सुनाई दे रही थीं। रविवार की वजह से घर पर सब काम आराम से होते थे। दुकान को भी जल्दी खोलने की मशक्कत नहीं रहती थी। जल्दी से अपना बिस्तर छोड़ गुसलखाने की तरफ़ चल पड़ी। थोड़ी देर में तैयार होकर नीचे रसोई में गई यह देखने कि आज नाश्ते में क्या बन रहा था। हमारे यहाँ रविवार को नाश्ता रोज़ से हटकर कुछ अच्छा बनता था। यही सोचकर जब मैं रसोई में गई तो माँ व दोनों काकीसा को व्यस्त देखा। सबके हाथ जल्दी-जल्दी चल रहे थे। आज बहुत देर हो गई थी। बाऊजी का नाश्ता करने आने का समय हो रहा था। घर में सब बाऊजी की बहुत मान करते थे। हमेशा बाऊजी की बातों को सम्मान से सुना जाता था। बाऊजी की किसी भी बात का घर में कोई भी विरोध नहीं करता था। उसकी वजह मेरे बाऊजी का स्वभाव बहुत मिलनसार, हँसमुख था। बाऊजी कोई भी निर्णय अकेले नहीं लेते थे। सब से विचार-विमर्श करने के बाद जो उन्हें सही लगता, वही करते थे। रसोई में दोनों काकीसा और माँ इतने मग्न होकर नाश्ता बना रहे थे कि उन्हें मेरे आने का पता ही नहीं चला। जैसे ही मैं पास पहुँची काकीसा ने मुझे देखते ही खुद ही कहा- बहुत अच्छा किया बिटिया तू आ गई... चल जल्दी से सब के लिए नाश्ता लगाने की तैयारी कर तो, सब आ जाए उसके पहले ही। आज घर पर आलू-मटर डालकर सब्ज़ी पूरी बनी थी और साथ में हलवा सबकी पसंद का। मैंने जल्दी ही पटिये बिछा कर नाश्ता लगा दिया। तभी बाऊजी मेरे दोनों काकासा के साथ रसोई में आ गए। हमारे यहाँ नियम

था, मेरे दोनों काकासा व बाऊजी रविवार को साथ में नाश्ता करते थे। नाश्ता करने के बाद बाऊजी और मेरे दोनों काकासा हमारे घर के बैठक में जाकर पूरे हफ़्ते का हाल-चाल एक-दूसरे को सुनाते थे। आपस में चर्चा करते थे कि आगे क्या करना है। यदि कोई परेशानी होती थी तो उसे तीनों मिलकर सुलझाते थे। मेरे घर का माहौल हमेशा से ही सुकून भरा रहा था।कभी किसी के मन में किसी के लिए कोई मन-मुटाव नहीं। हमेशा घर का हर सदस्य एक-दूसरे की मदद करने को तैयार रहता था। सब ख़ुश रहते थे। बाऊजी और काकासा के नाश्ता करके जाने के बाद में हम सब बच्चों ने और मेरी दोनों काकीसा व माँ ने भी नाश्ता कर लिया। रसोई समेट कर हम सब दूसरे काम निपटाने के लिए चल पड़े। तभी मुझे बाऊजी की आवाज़ सुनाई दी। वह मुझे बैठक में बुला रहे थे। मेरे वहाँ पहुँचने पर मेरे छोटे काकासा मेरी तरफ़ देखकर मुस्कुरा दिए जैसे कह रहे हों कि बेटा चलो तैयार हो जाओ अपने नए जीवन में जाने के लिए पर मैं कुछ समझ पाती उसके पहले ही बाऊजी ने मुझे अपने पास बिठा लिया। बड़े प्यार से सिर पर हाथ फेरते हुए पूछा- कैसे हुए पेपर गायत्री बेटा! मैं कुछ कहती उसके पहले ही मेरे काकासा ने झट से बीच मे बोल दिया- भाईसा इस साल तो रिकार्ड टूटेगा। आप चिंता न करो, गायत्री बिटिया अच्छे नंबर लाएगी। काकासा के मज़ाक़िया लहजे में बोलने की वजह से हम सबकी एक साथ हँसी फूट पड़ी। बाऊजी ने मेरा हाथ अपने हाथ में लेकर सहलाते हुए पूछा- तुम्हें जयदेव कैसा लगता है। तुम तो जयदेव के घर पर अक्सर जाती हो, जयदेव तुम्हारे कॉलेज में भी था। कभी तुमने जयदेव से बात की है क्या? एकदम स्पष्ट व सटीक प्रश्न बाऊजी ने मुझसे पूछा जिसकी मुझे उम्मीद नहीं थी। पहले तो जयदेव के बारे मे सुनकर मुझे समझ नहीं आ रहा था कि मैं क्या जवाब दूँ। अपने आप को संभालकर मैंने बाऊजी से कहा- बाऊजी मैंने कभी जयदेव से बात तो नहीं की है। पर हाँ अक्सर जयदेव के घर जाती हूँ। एक-दो बार मैंने

जयदेव से नोट्स भी लिए हैं। बस इतना जानती हूँ मैं जयदेव के बारे में कि वह पढ़ाई में अच्छा है।

मेरा मन तो बाऊजी से जयदेव के बारे मे बहुत कुछ कहना चाहता था। मेरे संस्कारों ने मुझे रोक दिया। बाऊजी ने अपनी बात जारी रखते हुए कहा कि मैं आज ही छोटे के साथ जाकर जयदेव के पिताजी से बात करता हूँ, जयदेव आगे क्या करने की सोच रहा है। सब पता करके रिश्ते की बात करता हूँ। तुम्हें कोई आपत्ति तो नहीं है बेटा? मैंने कोई जवाब नहीं दिया। बस सर नीचे करके बैठी रही। जब बाऊजी जयदेव के घर पर जाने की बात कर रहे थे तब पता नहीं क्यों मेरा मन बैठा जा रहा था। मन में डर सा सताने लगा था। मेरा मन तो हमेशा से जयदेव के साथ रहने को करता था। मुझे हमेशा से यही बात परेशान करती थी कि भले ही हमारा रिश्ता तय हो जाए पर हम कभी भी मिल नहीं पाएँगे। मन में बार-बार यह विचार आ रहे थे, पता नहीं क्यों? हमेशा से यही लगता था कि हम दोनों का एक-दूसरे को लेकर जो चाहत है, वह कोई साधारण नहीं है। हम दोनों ने पहली बार जब एक-दूसरे की आँखों में देखा था, तो मुझे अपनी आँखों मे उसका चेहरा व उसकी आँखों मे मेरा, जैसे मैं और जयदेव दो शरीर हैं लेकिन हमारी आत्मा एक ही है। कोई बंधन नहीं, कोई भी पर्दा नहीं जैसे हम दोनों एक-दूसरे के सामने नग्न है। एकरूपता नज़र आई। यही विचार मन में आता है कि हम एक हैं पर कभी भी मिल नहीं पाएँगे। कोई हमें एक नहीं होने देगा। हमेशा से मैं जयदेव और मेरे बीच एक दीवार महसूस करती हूँ। जैसे कोई जयदेव को मुझसे दूर ले जा रहा है। पता नहीं कोई अनचाही ताक़त है जो जयदेव और मुझे मिलने नहीं दे रही थी।

परमात्मा ने एक ही आत्मा के दो हिस्से कर के हमें दो अलग-अलग शरीर में बाँट कर धरती पर भेज दिया है। भले ही प्रकृति ने हमें एक-दूसरे के सामने लाकर खड़ा कर दिया था लेकिन हमारा मिलकर एक होने का समय

नहीं आया है। हमें लम्बे समय के लिए एक-दूसरे के बिना रहना होगा। यही विचार मेरे मन में बार-बार आने लगा था। अभी कुछ समय पहले जब जयदेव ने मुझे पहली बार पास बुलाकर चुंबन लेने की इच्छा जताई थी, उस दिन भी हमने एक-दूसरे को स्पर्श तक नहीं किया था। हमेशा मैं और जयदेव एक-दूसरे को दूर से ही देखकर मन को तसल्ली कर लेते थे। हमें कोई अलग नहीं कर सकता है। हम दोनों एक हैं, यह मैं जान गई थी। जयदेव और मेरे कर्मों का लेन-देन भले ही हमें कुछ समय के लिए एक-दूसरे से दूर ले जाए। जब तक मैं और जयदेव इस जन्म के अपने-अपने कर्मों के बंधन में बंधे हुए हैं, मैं और जयदेव उसे पूरे नहीं कर लेते तब तक हमारे रास्ते अलग हैं। हमें एक-दूसरे से दूर रहना होगा। जब हम दोनों को हमारे इस जन्म के कर्म बंधन से मुक्ति मिलेगी, उसके बाद ही मैं और जयदेव इस जन्म में मिलेंगे। यही एक उम्मीद थी। यह विचार मेरे मन में इतना दृढ़ था। मुझे अपने जीवन की आगे की यात्रा को इसी उम्मीद को लेकर पूरी करनी होगी।

आज दोपहर को मैं भी अपने कमरे में जाकर सो गई। बहुत दिनों की परीक्षा की थकान की वजह से मुझे गहरी नींद लग गई थी। शाम होने को आई... सोचा नीचे चल कर देखा जाए, बाऊजी जयदेव के यहाँ से बात करके आ गए होंगे। बाऊजी जयदेव के बाऊजी से क्या बात करके आए हैं पता चलेगा। मैं सीढ़ियों से नीचे उतर ही रही थी कि मुझे बुआसा दिखाई दी। मुझे देख बुआसा ने मुस्कुराते हुए कहा- चलो हमारी लाडो के लिए भी राजकुमार मिल गया है... लो आ गई है गायत्री। सबने एक साथ मुझे देखा। शर्म के मारे मैं घबराकर रसोई में जाकर मटके में से पानी लेकर पीने लगी। पूरे घर में ख़ुशी का माहौल बन गया था। माँ ने मुझे पास बुलाकर पूछा- बेटा तुम्हें पसंद है न जयदेव? तुम ख़ुश तो हो न? मैं माँ से लिपट कर उनके कानों में धीरे से कहा- हाँ माँ मुझे जयदेव पसंद है। आप सब बड़ों ने यदि मेरे लिए यह निर्णय लिया है, सही होगा। मेरे लिए अच्छा सोचकर ही आप सभी ने जयदेव को मेरे लिए

जीवन साथी चुना है। माँ आप तो जानते हो कि मुझे आगे पढ़ाई जारी रखनी है। पहले मैं अपने पैरों पर खड़ी होना चाहती हूँ। उसके बाद ही मैं शादी के बंधन मे बंधना चाहती हूँ। वक़्त आने पर अपने परिवार की ज़िम्मेदारी उठानी पड़े तो यही शिक्षा मेरे काम आएगी। माँ ने कहा- गायत्री तेरी शादी हम इतनी जल्दी नहीं करेंगे। अभी तो तेरे बाऊजी जयदेव के माता-पिता से बातें करके तसल्ली कर आए हैं। जयदेव और उसका परिवार तुम्हारे लिए उचित है कि नहीं। तेरे बाऊजी को जब अपनी तरफ़ से पूरी तसल्ली हो गई तो हाँ कर के आए हैं। उन्होंने जयदेव के घर पर जाने से पहले तुम से तुम्हरी मर्जी पूछ ली थी। तभी वह निश्चित होकर गए थे। वहाँ सब उन्हें अच्छा लगा तो रिश्ते के लिए 'हाँ' किया है। तुम्हारे बाऊजी ने सिर्फ़ 'हाँ' कहा है, रिश्ता तय नहीं किया है। हम सब और अच्छे से विचार करते हैं, फिर देखते हैं। माँ ने अपनी बात जारी रखते हुए कहा- गायत्री बेटा तुम चिंता मत करो... तुम्हें आगे पढ़ाई जारी रखनी है तो तुम रख सकती हो। पढ़ाई पूरी होने के बाद ही तुम्हारी शादी करेंगे। वैसे भी जयदेव ने भी अपनी आगे पढ़ाई जारी रखी है। पढ़ाई के साथ-साथ जयदेव सरकारी नौकरी के लिए भी बहुत सी परिक्षाओं की तैयारी कर रहा है। जब तक जयदेव की नौकरी नहीं लगेगी, उसके माता-पिता भी जयदेव की शादी नहीं करेंगे। माँ ने मुझे मेरे और जयदेव के रिश्ते को लेकर जो कहा उसे सुनकर मुझे सुकून मिला। मेरे मन में जो डर था कि मेरी और जयदेव की इस जन्म में शादी होगी कि नहीं, क्या यह महज मेरे मन का वहम है। मेरी और जयदेव की शादी को लेकर मुझे उम्मीद बंध गई थी। मेरा मन है कि अभी भी माँ की बातों पर भरोसा नहीं कर पा रहा था। सच में इस जन्म में मेरी और जयदेव की शादी होगी? बार-बार मन में आ रहे प्रश्न मुझे परेशान कर रहे थे। सोचा इनसे बचने का एक ही तरीक़ा है कि मैं नीति के घर हो आती हूँ। जब नीति मेरे और जयदेव के रिश्ते की यह ख़बर सुनेगी तो वह ख़ुशी के मारे पागल हो जाएगी। ऐसा नहीं है कि मुझे ख़ुशी नहीं है, मेरे अंतर्मन की आवाज़ मुझे

हमेशा से ही हर बात के लिए पहले से ही सचेत करती आई है जिसे मैं नज़रअंदाज नहीं कर सकतीं हूँ। जयदेव और मेरे संबंध के लिए भी मन मे जो संशय बना हुआ है, वह कहीं न कहीं मेरे अंदर की आवाज़ है। मुझे यही लगता है कि जयदेव मेरा होकर भी मेरा नहीं होगा।

मैं नीति के घर के लिए निकल तो गई पर मेरा मन कहीं न कहीं यह उम्मीद लगाए बैठा था कि मुझे एक बार तो जयदेव मिल जाए। नज़र चुराकर ही उसे जी भर के देख लूँ। जयदेव को हमारा रिश्ता तय हो गया है पता है कि नहीं? मिलेगा तो उसके चेहरे के भाव से ही समझ जाऊँगी। सारे रास्ते मैं इधर-उधर सड़क पर नज़रें घुमाए देखती हुई जा रही थी। मुझे कहीं भी जयदेव दिखाई नहीं दिया। मेरा मन उदास हो गया। मैं नीति के घर पहुँच गई। नीति आंगन में बैठी थी। मुझे देखकर मुझे खींचकर अपने कमरे में ले गई और दोनों हाथ पकड़ कर नाचने लगी। मुझे समझ आ गया कि नीति को मेरा और जयदेव का रिश्ता तय हो गया है, पता चल गया था। मेरा मन भी ख़ुशी के मारे गाना गाने लगा। मेरी आवाज़ न ही गायकी के लिए बनी है न ही मेरे सुर सही लगते थे पर मुँह से ख़ुशी के मारे गाने के बोल फूट रहे थे। मैं और नीति नाचते व गाते रहे। मदमस्त होकर नाचने के बाद मैं और नीति थक गए। मैंने हाथ पकड़ कर नीति को पास में पड़े बिस्तर पर बिठाया और नीति से पूछा- तुम्हें कैसे मालूम पड़ा? आज नीति को मुझ पर कुछ ज़्यादा ही लाड आ रहा था। मेरे गले में हाथ डाल कर बोली- मुझे कैसे नहीं पता चलेगा क्योंकि तू तो मेरी पक्की वाली सहेली है। सबसे पहले खबर तो मुझे ही लगी। गायत्री ने फिर पूछा- बता दे किससे? मेरी उत्सुकता देख कर नीति मुझे और ज़्यादा चिढ़ाने लगी- बोली भाई जी के पास जयदेव आया था। तेरा और जयदेव का रिश्ता तय हो गया है, उसने ही भाईजी को बताया। जयदेव थोड़ी देर भाई जी से इधर-उधर की बातें करके बस दस मिनट पहले ही गया। तू भी दस मिनट पहले आती तो तेरी और जयदेव की मुलाक़ात हो जाती। बिचारा जयदेव! नीति ने लम्बी श्वास ली। देख गायत्री,

जयदेव को मालूम है कि तू मेरी पक्की सहेली है। जयदेव इसी उम्मीद में भाईजी के पास आया था कि तू उसे यहाँ मिल जाए। इतना सब कुछ नीति से सुनकर, मेरे मुँह से 'ओह' निकल गया! तभी नीति ने कहा- अभी तो गया जयदेव बाहर सड़क पर तुम्हें नहीं मिला? मैंने 'नहीं' में अपना सर हिला दिया। अब मेरा मन और ज़्यादा जयदेव को मिलने के लिए बेचैन हो गया पर कैसे मिलूँ यही सोच रहा थी। नीति की बातों से मुझे यह पता चल गया क़ि उसे मालूम पड़ गया कि मेरे और उसका (जयदेव) रिश्ता तय हो गया है। कहीं न कहीं जयदेव भी बेचैन हो रहा था, मुझसे मिलकर तसल्ली करना चाहता होगा कि मुझे कैसा लग रहा है। मेरे चेहरे के भाव देखने के लिए उत्सुक होगा। जानता तो जयदेव भी है कि मैं भी उसे चाहती हूँ। आजतक जयदेव और मैंने कभी भी अपने मन की बात एक-दूसरे से नहीं कही है। पता नहीं क्यों? मैं कभी भी जयदेव की आँखों में आँखें डाल कर बात नहीं कर पाई न ही कभी उससे यह कह पाई कि पहली नज़र में ही मैं उसकी हो गई व जयदेव को अपना मान लिया है। दिन-रात सिर्फ़ जयदेव के ही सपने बुने हैं। मुझे हमेशा से लगता है कि जयदेव और मैं एक-दूसरे के अर्धांग हैं। एक-दूसरे को पूरा करते हैं। पता नहीं जयदेव मेरे बारे में क्या सोचता है? क्या जयदेव को भी ऐसा ही अधूरापन लगता है जैसा मुझे लगता है। कई बार मन किया कि अकेले में जयदेव के गले में बाँहें डालकर उससे पूछूं कि क्या तुम्हें भी ऐसा लगता है। हम एक आत्मा दो शरीर हैं। अपने होंठों को उसके होंठों के पास ले जाकर उसे धीरे से कहूँ- लो छू लो इन्हें, यह तो तुम्हारे लिए ही है। मेरा तन-मन आत्मा सब कुछ तुम हो और तुम्हारा सब कुछ मेरा है। हम कभी भी अलग नहीं हैं। भले हमारे शरीर अलग हैं पर आत्मा, वह तो एक है। मैं यह सब सोच ही रही थी कि मुझे लगा जयदेव ने मुझे कसकर अपनी बाँहों मे भर लिया। हम दोनों एक-दूसरे में समा गए, मेरा पूरा शरीर धीरे-धीरे पिघलकर जयदेव के शरीर में एकरस हो रहा है। मैं और जयदेव एक हो गए। पता ही नहीं चल रहा है कि हम कभी दो थे। उसके स्पर्श मात्र से ही मेरा पूरा

शरीर पिघल गया। जयदेव की बाँहों में ही हम एक-दूसरे में आपस में समा गए। आज मुझे पहली बार ऐसा अहसास हो रहा था। मेरी आँखें खुली हुई थी पर मेरी इन खुली आँखों से मुझे सब दिखाई दे रहा था। सिर्फ़ जयदेव और मेरे लिए सोचने मात्र से यह सब मेरे साथ हो रहा था।

हमारी आत्मा एक-दूसरे में समा गई जैसे कभी भी अलग नहीं थे। मुझे आत्मसंतुष्टि मिल रही थी। जैसे हम बरसों से एक-दूसरे से अलग रहकर एक-दूसरे के होने के लिए तड़प रहे थे। हम दोनों को पूर्णता का अहसास हो रहा था। सब तरफ़ शांति थी। घंटों हम एक-दूसरे की बाँहों में यूँ ही पड़े रहें, न हमें समय का पता चल रहा था न ही जयदेव और मुझे होश था कि हम कहाँ हैं। एक-दूसरे में खोए हुए थे। कोई हमें अलग न करे, यही मन कह रहा था।

यह मेरे मन की कोई कल्पना नहीं है, यह मेरे जीवन का वह सत्य है जो मुझे जयदेव से पहली मुलाक़ात में ही पता चल गया था। समय जैसे-जैसे आगे बढ़ रहा था, मेरा जयदेव को लेकर खिंचाव बढ़ता जा रहा था। अब मुझे वह हर जगह दिखाई देता था। जयदेव के जीवन में जो भी होता था, वह मुझे पता चलता था। पहली बार जब जयदेव और मेरी आँखें आपस मे मिली थी तो यह फिल्मों वाला पहली नज़र वाला प्यार नहीं था। यह मेरी व जयदेव के आत्मा की आवाज़ थी जिसे मैंने सुना था। उसकी आँखों में अपने आप को देखा, जयदेव की आँखों में मुझे दिखाई दिया अर्घ्यनारिश्वर का वह रूप जैसे हम दोनों एक ही हैं। एक लाल डोर जिसने मुझे और जयदेव को आपस में एक-दूसरे से जोड़ कर रखा है। मेरा जयदेव से आत्मा का बंधन है। सिर्फ़ हमारे शरीर अलग हैं। कुछ समझ पाती, उसके पहले ही मैंने उस दिन अपनी पलकों को नीचे झुका लिया था। हर समय जयदेव का मेरे पास आने पर मेरा दिल तेज़ी से धड़कना, जैसे मेरे अंदर जयदेव का दिल है वह आपस में मिलकर धड़कन को बढ़ा रहे हैं। मेरे दिल के आस-पास का हिस्सा गर्म हो जाना, यह सब क्या था?

जयदेव और मैंने कभी एक-दूसरे को छुआ तक नहीं था। बिना स्पर्श किए मुझे जयदेव के बदन की ख़ुशबू, जयदेव का स्पर्श हर समय अपने पास शरीर पर महसूस करती हूँ।

इस बार दिवाली अक्टूबर में होने से ठंड का असर अभी से मौसम में दिखाई दे रहा था। पूरे घर की साफ़-सफ़ाई का काम हम बच्चों पर छोड़ दिया जाता था। सबको अपने-अपने काम करने होते थे। काकीसा-माँ रसोई में मिठाई बनाने का काम करती थी। बीच-बीच में वह हम बच्चों का हाथ भी बँटाती थी। दिवाली का दिन आते तक पूरा घर जगमगाने लगता था। घर की सफ़ाई हो जाती थी। जितना भी पेपर, रद्दी, फूटा सामान सब अटाले वाले को समेट कर दे दिया जाता था। हमारे पुराने कपड़े गरीब बस्ती में जाकर हम सब बांट आते थे। यहाँ तक कि हमारी पुरानी कॉपी-किताबें भी। दिवाली का दिन आ ही गया। हम सब बच्चे सुबह जल्दी उठ कर तैयार होकर दुकान पर जाते थे। वहाँ बड़ी पूजा होती थी। बहीखातो की दुकान के दहलीज़ से लेकर सब जगह फूलों से सजाया जाता था। यह काम हम सब बच्चों के ज़िम्मे आता था। फिर पंडित जी आकर दिवाली पुजन करते दोपहर हो जाती थी घर जाकर खुब सारे पकवान खाने को मिलते थे। रात में पूरा घर तरह-तरह की रंगीन लाइटों की रोशनी से जगमगा जाता था। पूरे मोहल्ले में हमारा घर बड़ा व सबसे ऊँचा था। तो दिवाली के दिन तो जब वह रोशनी में नहाता था दूर से ही सबको दिखाई देता था। रात में बाऊजी काकासा व सब घर के सदस्य नये-नये कपड़े पहन कर पटाखे जलाने के लिए आंगन में इकट्ठा हो जाते थे। घर पर भी बाहर की तरफ़ हम तोरन व रंगोली से आंगन को सजाते थे। यह काम हम सब लड़कियों का होता था। मज़ा आता था हमारा पूरा परिवार उस दिन एक साथ रहता था। वार त्यौहार ही तो एक ऐसा समय रहता था जब हम सब साथ में खाना खाते थे और सब कुछ मिल-बाँट कर साथ में करते थे। रात में भी हम सब बच्चे मिल कर पटाखे जलाते थे।

हमारे घर के सब बड़े फटाके का लुफ्त उठा रहे होते थे। साथ में यह भी ध्यान रखते थे कि किसी को भी चोट न लगे, आग से बच्चे दूर रहे। दिवाली के दूसरे दिन से अड़ोस-पड़ोस सबके घर जाकर मिठाई बांटना व मिलने का प्रोग्राम चलता था। दिवाली के पंद्रह दिन तक घर पर रखी हुई व बाहर मिली हुई सब मिठाई ख़त्म नहीं हो जाती तबतक पूरी दोपहर सब बच्चे रसोई मे ही चक्कर लगाते रहते थे। फिर आ गया नवंबर का महीना... ठंड शुरू होते ही गर्म कपड़े निकल आते हैं। ठंड में अच्छा लगता था। जब ठंड ज़्यादा बढ़ जाती है तो जान निकल जाती थीं। मुझे शुरू से ठंड का मौसम अच्छा लगता है। दिन भर धूप सेंकते हुए आंगन में बैठे रहो। गर्म दूध, गोंद के लड्डू, मूंग, गाजर का हलवा, मटर की कचौरियाँ खाना बहुत सारे तरह-तरह के चटपटे खाने बनते था। ठंड के मौसम में ही तो अच्छे से भूख लगती है। सोच कर ही मेरे मुँह में पानी आ रहा था। मन किया कि रसोई में जाकर देखूँ आज खाने में क्या बन रहा है। रसोई से सुगंध तो बड़ी बढ़िया आ रही है। लगता है काकीसा ने आज भी कुछ मीठा बनाया है। रसोई में घुसते ही मुझे देख कर काकीसा ने मुझे काम में लगा दिया। थाली परोस कर सब को बुलाकर लाने का काम बताकर वह दूसरा काम निपटाने लगी। काकीसा ने जो काम मुझे सौंपा था, मैं उसी में व्यस्त हो गई। मीठे मे आज क्या बनाया है, यह तो मैं काकीसा से पूछना भूल गई, सोचा चलो थाली में आएगा तब देख लूँगी। थोड़ी देर में सब बच्चे आ गए हम सब बातें करते हुए खाना खाते थे। रोज़ डांट पड़ती थी, खाते समय बातें न करें पर यहाँ कौन सुनता था। कभी-कभी तो हम सब बच्चे ज़ोर-ज़ोर से हंसते थे, चिल्लाते, एक-दूसरे को चिढ़ाते थे। तब जाकर काकीसा हमें डाँट कर कि खाना नहीं मिलेगा की धमकी देती थी। यदि काकीसा हमें धमकी नहीं देती तो हम बच्चे चुप ही नहीं होते थे। काकीसा की धमकी से डरकर भी हम बच्चे चुप नहीं होते थे। बस यह होता था कि चिल्लाने की आवाज़ें बंद कर देते थे और इशारों-इशारों में एक-दूसरे को चिढ़ाना शुरू करते थे। बड़ा मज़ा आता

था। मस्ती-मज़ाक़ में हम सब बच्चे खाना भी ज़्यादा ही खा लेते थे। पता ही नहीं चलता कि पेट भर गया है। हम सब बच्चों की बढ़ती उम्र थी। खाना ज़्यादा भी खा लिया है तो पच जाता था। दिन भर भाग-दौड़ करने में पता ही नहीं चलता कि कब खाना पच जाता था। दोपहर को फिर हम सब बच्चों को भूख लग जाती थीं। घर पर सबको मालूम था। ठंड आने से पहले ही हम सब बच्चों के लिए लड्डू-पापड़ी व न जाने क्या-क्या नाश्ता बनकर बड़े-बड़े डिब्बों में भर भंडार घर में रखा रहता था। दिन भर खाते रहो मज़ा आता था। ठंड के दिनों में तो सब को अच्छा लगता था देर तक बिस्तर में पड़े रहो। पढ़ाई भी करना तो कंबल या शाल लपेटे हुए ठिठुरते हुए पढ़ाई करो। छत पर बैठकर धूप सेंकते हुए किताबों के साथ पड़ोसियों के साथ, थोड़ी गपशप करना बड़ा अच्छा लगता था। ठंड भी चली गई। मार्च का महीना शुरू हो गया। होली ढुलंडी आने वाली थी, गुजियाएँ बनेगी। सब होली के रंग में रंग जाएँगे। हमारे यहाँ तो होली पर बहुत ज़्यादा तैयारियाँ होती थी। सब अड़ोस-पड़ोस के परिवार इकट्ठे होकर ठंडाई बनाते और खुब रंग गुलाल से होली मनाते थे। होली वाले दिन बस मस्ती करने में निकल जाता था। इस साल की होली मेरे लिए यादगार थी क्योंकि मेरी दोनों बहनों ने मेरे साथ मज़ाक़ करने का मन बना लिया था। सुबह जल्दी से उठकर दोनों मेरे कमरे में आकर बैठ गई। फिर मुझे जल्दी तैयार होकर नीचे आंगन में आने का बोलकर चल दीं। मुझे समझ नहीं आया कि मेरी दोनों बहनों को मुझ पर इतना लाड क्यों आ रहा था। वह तो मुझे शाम होने के बाद समझ आया कि आज इन्होंने मुझे परेशान करने की ठान लिया था, बस फिर क्या था... मैं अपने कमरे से जैसे ही नीचे आंगन में उतर कर आई, मेरी बहन ने मेरे हाथ में दूध का गिलास थमा दिया। मैंने भी बिना कुछ कहे-सुने मुँह से लगा कर पी गई। मेरे लिए नाश्ता भी आ गया। कुछ समझ नहीं आ रहा था इन बच्चों के मन में क्या चल क्या रहा है? आज सब मेरा कुछ ज़्यादा ही ख़्याल रख रहे थे। हमारे घर पर होली पर रंग-गुलाल के सब बच्चों के लिए अलग-

अलग पैकेट तैयार रहते थे जो सब बच्चों मे बाँट दिए जाते थे। ताकि हम बच्चे आपस मे लड़े नहीं। नाश्ता ख़त्म कर हम सब बच्चे आंगन में ही खड़े थे। तभी मुझे मेरे घर के बाहर जाने वाले दरवाज़े से अंदर आते हुए जयदेव दिखाई दिया। जयदेव मुझे रंग लगाने मेरी तरफ़ बढ़ता, उसके पहले ही मैं सीढ़ियों से चढ़कर अपने कमरे में पहुँचकर दरवाज़ा अंदर से बंद कर लिया था। जयदेव ने भी मुझे सीढ़ियों से चढ़ते देख मेरे पीछे साढ़ियों से ऊपर आकर मेरे कमरे के पास आता, उसके पहले ही मैंने दरवाज़ा बंद कर लिया था। जयदेव के साथ मेरे दोनों छोटे भाई-बहन भी आ गए थे। वह जयदेव की तरफ़ देखकर हँसने लगे। जीजू आपकी तो टाय-टाय फिस जयदेव ने कोई जवाब नहीं दिया और मुझे धीरे से आवाज़ लगाई- गायत्री दरवाज़ा खोलो। मैंने कमरे में से कहा- ना, मैं नहीं खोलूँगी दरवाज़ा। कुछ देर तक जयदेव मेरे दरवाज़ा खोलने का इंतज़ार करता रहा। फिर खुद ही मुझे ज़ोर से आवाज़ लगाकर बोला- देखो अब तुम कभी मिलना। मेरे दोनों भाई-बहन को पास खड़े देखकर फिर वह चुप हो गया। जयदेव नीचे उतर कर जब आंगन में पहुँचा तो मेरे भाई ने सबको बता दिया था कि मैंने दरवाज़ा बंद कर लिया था। जयदेव रंग नहीं लगा पाया। माँ ने जयदेव को नीचे उतरते देख कर उसे बैठक में ले जाकर नाश्ता दिया। जयदेव झेप के कारण कुछ कह नहीं पा रहा था। माँ ने उसकी इस हालत देखकर कहा- बेटा चल मुझे ही रंग लगा दे। गायत्री तो कमरे में बंद हो गई है। जयदेव ने बात को समझते हुए माँ से कहा- ना ना मासी जी कोई बात नहीं है। नाश्ता ख़त्म कर जयदेव अपने घर चला गया।

घर के सारे बच्चों ने एकसाथ मिलकर मुझे रंग लगा दिया। मैं भी कहाँ पीछे हटने वालो में से थी। मुझे भी इस साल की होली में कुछ ज़्यादा ही मज़ा आ रहा था। रंगों से खेलने के कुछ समय बाद मुझे ऐसा लगने लगा कि मेरी अपने आप ही सोचने-समझने की शक्ति ख़त्म हो गई। समझ नहीं आ रहा था कि मेरे साथ यह क्या हो रहा था... बस एक तरंग सी अपने अंदर महसूस कर

रही थी। दौड़-दौड़ कर मैं सबके गले लगकर बधाई दिए जा रही थी। मेरे भाई-बहनों को मुझे इस हालत में देखकर बड़ा मज़ा आ रहा था। इस हालत को देखकर मेरे भाई-बहन रूकने वाले कहाँ थे। रंभा के कहने पर मेरे छोटे भाई ने मेरे हाथ में एक और भांग वाला दूध का गिलास लाकर मेरे हाथ में थमा दिया। फिर क्या था मैं भांग वाली दूध का दूसरा गिलास भी बड़े स्वाद लेते हुए पी गई। दूसरा दूध का गिलास पीने के क़रीब आधा घंटे बाद तो मेरी हालत बस देखने लायक़ थी। भांग का पूरा असर मुझ पर दिखाई दे रहा था। मैं ज़ोर-ज़ोर से हसे जा रही थी, कभी नाच रही थी, कभी गाना गा रही थी। सबने मिलकर मुझे दो गिलास भांग वाले दूध पिला दिए थे। असर कैसे नहीं होता। मैंने अपने जीवन में पहली बार भांग पी थी। भांग का पूरा नशा चढ़ गया था। मुझे थोड़ा-थोड़ा होश भी था। मेरे चारों तरफ़ जैसे फुलझड़ियाँ जल रही थीं। हर तरफ़ मुझे ख़ुशियाँ ही ख़ुशियाँ दिखाई दे रही थीं। मन प्रफुल्लित होकर नाच रहा था। मेरी भांग के नशे की हालत बहुत देर तक घर के बड़ों से छुपी नहीं रही। सबसे पहले मुझे मेरे बड़े काकासा ने देखा। वह मेरी हालत को देखकर समझ गए कि मुझे किसी ने भांग पिला दी थी। मेरे बड़े काकासा बच्चों के उत्साह और मेरे नशे में खुशी से झूमते हुए मुझे नाचते हुए देखकर कुछ देर खड़े होकर मेरी इस हालत का मज़ा ले रहे थे। मैं बहुत खुश होकर नाच रही थी। काकासा को मुझे खुश देखकर बड़ा अच्छा लग रहा था। तभी मुझे माँ ने देखा, मेरे पास आकर वह मुझे रूकने के लिए कह रही थी। मुझसे रूका ही नहीं जा रहा था। मेरे पैर लगातार नाचने के लिए उठ रहे थे। मैं तो बस अपने ही तरंग में पता नहीं क्या-क्या कर रही थी। यह सिलसिला क़रीब दो घंटे तक चला। जब मेरे पैरों ने जवाब दे दिया तब मैं धड़ाम से नीचे बैठ गई। वही नीचे आंगन में ही पसर गई। मुझे बिल्कुल भी होश नहीं रहा। माँ ने आवाज़ देकर मुझे सहारे से उठाया व पास के कमरे में ले जाकर दरी पर सुला दिया। पता नहीं कब तक मै भांग की तरंग में सोई रही। शाम होने को आई... तभी मुझे माँ ने आवाज़ लगाई। मुझे

तब भी पूरी तरह से होश नहीं आया था। लेकिन मुझे सब याद आ रहा था। आज मैं भांग के नशे में क्या कर रही थी। माँ ने दुबारा आवाज़ लगाई तो मैं एकदम उठकर बैठ गई। सोचने लगी कि ऐसा क्या हुआ था कि मेरी यह हालत हो गई। याद करने पर पता चला कि मुझे भांग वाला दूध पिलाया गया था। आज मेरे भाई-बहनों ने मिलकर यह बदमाशी मेरे साथ की थी। मुझे सोचकर ही हँसी आ रही थी। चलो अच्छा है मेरे भाई-बहन मुझ पर अपना हक समझते हैं। मेरे भाई-बहनों को मालूम है कि मैं कभी भी ग़ुस्सा नहीं करूँगी। हिम्मत करके दरी पर से उठी और अपने कमरे में जाकर नहा कर बदन पर से रंग को उतार कर मैंने दूसरे कपड़े पहने। मैं सीढ़ियों से उतर कर नीचे रसोई में गई। मुझे बहुत ज़ोर से भूख लगी थी। मुझे रसोई में आया देखकर मेरे भाई-बहनों को हँसी आ रही थी। सब मेरे पास आकर मुझे प्यार से गले लगा रहे थे। आज परिवार में सबने मेरा वह रूप देखा जिसकी वह कल्पना भी नहीं कर सकते थे। मैं हमेशा घर पर चुप रहा करती थी। ज़्यादा बोलना नहीं, बस अपने काम से काम रखना। मेरे मिलनसार स्वभाव के कारण सब मुझे पसंद करते थे। घर पर मैं कम बोलती हूँ तो सब को यही लगता है कि मैं नीरस हूँ। आज जब मैं खुलकर नाचने लगी, सबसे बातें कर रही थी तब मैंने आज भांग के नशे में जो किया, अभी तक के जीवन में कभी नहीं किया। मुझे घर के पिछले दरवाज़े को खोलने की आवाज़ सुनाई दी। मैंने नजरें उठाकर रसोई की खिड़की से देखा तो मुझे प्रदीप आंगन में आता दिखाई दिया। रसोई में मुझे खड़ा देख प्रदीप मेरे क़रीब आकर मुझे होली की बधाई देकर छेड़ने लगा- अब तो भाभी बोल सकता हूँ। तो मेरी प्यारी भाभीसा मेरे भाई को रंग नहीं लगाना है, जयदेव भाई जी को अपने रंग में रंग दो... फिर उस पर किसी और का रंग न चढ़ने पाए। जयदेव भाई जी सुबह से आपकी याद में देवदास बने बैठे हैं। मैंने प्रदीप के गाल पर हल्के हाथ से थप्पड़ लगा कर कहा- शैतान कहीं का... शर्म नहीं आती है, मैं तेरी भाभी हूँ। प्रदीप की नज़र जैसे ही रसोई में खड़े हुए माँ पर पड़ी,

वह चुप हो गया। पहले तो माँ को रसोई में देखकर प्रदीप थोड़ा सा घबराया, फिर झट से माँ के पैर छूकर आशीर्वाद लेने लगा। माँ ने भी उसके सिर पर हाथ रखकर आशीर्वाद दिया। माँ से आशीर्वाद मिलने के बाद प्रदीप ने माँ से कहा- कल घर पर माँ ने भाभीसा को खाना खाने बुलाया है। प्रदीप ने कहा- बस यही कहने आया था, अब मैं चलता हूँ। माँ ने प्रदीप को कहा- रूको! माँ ने मुझे इशारा कर नाश्ता लाने को कहा और प्रदीप को अपने साथ बैठक में ले जाकर बैठने को कहा। तभी बाऊजी भी बैठक में आ गए। प्रदीप ने झुककर बाऊजी के भी पैर छूकर आशीर्वाद लिया। रसोई में नाश्ते की ट्रे लेकर बैठक में जाकर मैंने पहले नाश्ते की प्लेट बाऊजी के हाथ में दी, फिर प्रदीप को दी। पानी के गिलास पास वाली टेबल पर रख कर मैं बैठक से चल दी। माँ ने बाऊजी को प्रदीप के आने की वजह बताई। बाऊजी ने 'हाँ' में सिर हिलाकर अपनी सहमति दे दी। मैं पहले भी उनके घर पर हमेशा से ही जाती रही हूँ तो घर पर किसी को कोई आपत्ति नहीं थी। अब तो मेरा उस घर से रिश्ता जुड़ने जा रहा था तो मना करने की तो कोई वजह नहीं थी। रात होने को आई... मैं भी खाना खाकर कुछ देर छत पर टहल कर अपने कमरे में जाकर लेट गई। होली खेलने के बाद रात में शरीर में कुछ ज़्यादा ही थकान लग रही थी। आज की होली के दिन मैंने सबको भांग के तरंग में अपना एक अलग ही रंग बता दिया था। रात में कब नींद ने मुझे आ घेरा, यह पता तब चला जब सुबह मुझे बुआसा ने झकझोर कर उठाया। कितनी देर तक सोना है। रोज़ तो जल्दी उठ जाती हो, फिर आज क्या हुआ। सूरज सर पर आ गया है। उठ तुमको तैयार होकर जयदेव के यहाँ नहीं जाना है। जयदेव के घर जाने की बात बुआसा के मुँह से सुनते ही मैं तो घबरा कर उठ बैठी। मैं कभी भी इतनी देर तक सोती नहीं हूँ। शायद भांग के कारण मेरी सुबह नींद नहीं खुली। जल्दी से बिस्तर छोड़ कर नहाने के लिए बाथरूम में घुस गई। नहाने के बाद जब मै नीचे आंगन मे उतर कर आई। मैंने जैसे ही आंगन में खड़े हुए मेरे भाई-बहनों को देखा मैंने अपनी नज़र को चारों

तरफ़ घुमाया, तो नजारा कुछ और ही दिखाई दिया। घर के सारे बच्चे लाइन बना कर मेरी कल वाली नकल उतार रहे थे। मुझे सामने देख कर हँसने लगे। मेरे पास आकर सब मुझे छेड़ने लगे। तभी मैंने हँसकर पूछा- किसने किया है। बताओ तो इसके पीछे किसका शरारती दिमाग़ है। हाँ पर जिसने भी किया, मुझे मज़ा आया। शायद मैं भी अपने आप को नहीं जानती थी कि मेरे अंदर का बच्चा वक़्त आने पर इस तरह से इठलाएगा और मुझे ही मुझसे मिलवाएगा। बहुत-बहुत अच्छा लगा मुझे... तुम सब तो मेरे अपने हो, मेरे साथ मज़ाक़ करने का हक है तुम सब को, डरो मत। कोई भी बताने को तैयार नहीं हुआ सब एक-दूसरे का नाम लेकर बचने की कोशिश करने लगे। हँस कर मैंने सबके सिर पर प्यार से हाथ फेरकर माँ के कमरे की तरफ मुड़ी तो मुझे माँ की आवाज़ सुनाई दी। वह फ़ोन पर किसी से बात कर रही थी। माँ ने जैसे ही मुझे अपने कमरे में देखा अलमारी में से सुंदर सी साड़ी, उसके साथ का ब्लाउज़ व पेटीकोट निकाल कर मेरे हाथ में दे दिया। साड़ी मेरे हाथ में पकड़ाकर कहने लगी- आज यह पहन कर जयदेव के घर पर जाना। मैं ना-नुकर करती, उसके पहले ही उन्होंने कड़क आवाज़ में कहा- गायत्री बेटा आदत डाल लो। दिवाली पर भी तो तुम जयदेव के घर साड़ी पहन कर ही गई थी... फिर अभी? माँ ने प्यार से कहा- गायत्री बेटा हमारी संस्कृति में एक औरत की सुंदरता साड़ी में ही निखर कर आती है। फिर तुम तो वैसे ही इतनी दुबली पतली हो तो और साड़ी में और भी अच्छी लगती हो। पहना करो। एक बार कोई व्यक्ति तुम्हें साड़ी में देख ले तो नज़रें तुम पर से हटा नहीं सकता है।

भगवान ने तुम्हें तुम्हारी दूसरी दोनों बहनों की तरह गोरा रंग नहीं दिया है पर तुम्हें एक आकर्षक व्यक्तित्व का मालिक बनाया है। यह सुंदर आकर्षक शरीर तुम्हें मुझसे मिला है। छरहरा बदन, उभरे हुए गोल नितंब, पतली कमर... जब तुम साड़ी पहनती हो तो और भी सुंदर लगती हो। तुम मेरी बेटी हो या साड़ी पहनो इसीलिए नहीं कह रही हूँ लेकिन यह सच है मैंने हमेशा से देखा है

जब भी तुम साड़ी पहनकर निकलती हो अनायास ही सबकी नजरें तुम पर आकर ठहर जाती हैं। माँ ने कभी मुझसे इस तरह की बात नहीं की थी मतलब मेरी इतनी तारीफ़ सुनकर अच्छा लगा कि उन्हें मेरी फिक्र थी। वह मुझे गौर से देखती थीं। साड़ी हाथ में लेकर मैं अपने कमरे में आ गई। साड़ी पहनकर नीचे उतर कर मैंने मंदिर में जाकर हाथ जोड़े। मुझे मंदिर में देख कर काकीसा ने एक झोला मेरे हाथ में थमा दिया। उसमें एक बड़ा सा डिब्बा था जिसमें गुजिए व बहुत सारा नाश्ते का सामान था। मैं कुछ कहती उसके पहले ही उन्होंने हमारे यहाँ काम करने वाले रमेश भाई को मेरे हाथ से झोला लेकर उसे थमा दिया और आदेश दे दिया कि यह जयदेव के यहाँ पहुँचा दो, उसके बाद दुकान जाना। वह गायत्री दीदी के बारे में पूछे तो कह देना कि वह आ रही है। रमेश भाई झोली हाथ में लेकर मेरी और काकीसा की खड़े होकर बातें सुनने लगे तो काकीसा ने डांट कर भगाया उसे- चल रमेश जल्दी जा, नहीं तो दुकान से अभी फ़ोन आ जाएगा। रमेश भाई ने तभी मेरी तरफ़ देखकर मुझे कहा- गायत्री दीदी आप बहुत सुंदर लग रही हो। काकीसा ने फिर रमेश भाई जी से कहा- हो गई तारीफ़, चल अब जा जल्दी! काकीसा की बात सुनकर रमेश भाई मुड़कर जाने लगे। मैंने भी अपनी चप्पल पहनकर सोचा कि निकलती हूँ नहीं तो धूप बढ़ जाएगी। अकेले साड़ी पहनकर जाना मेरे लिए थोड़ा मुश्किल था। जाना तो पड़ेगा। आज जयदेव से बहुत दिनों बाद मुलाक़ात होगी। जबसे हमारा रिश्ता तय हुआ था तब से मैंने यह नोटिस किया था कि वह ज़्यादातर समय पढ़ाई करने में लगा हुआ था। जयदेव चाहता था कि जल्दी नौकरी लग जाए। अपने घर के हालात को सुधारने के लिए इतनी मेहनत कर रहा था। मुझे समझ यह आता है क्योंकि जयदेव जानता था हमारे रहन-सहन और जयदेव के घर के रहन-सहन में फ़र्क़ था। जयदेव मुझे नहीं जानता था, न ही मेरी परवरिश के बारे में, मेरे माँ बाऊजी ने हमें अच्छी शिक्षा दी है। मैं एक अमीर घर में ज़रूर पैदा हुई हूँ। बचपन से ही हमें पैसों का महत्व सिखाया गया था। हम सब बच्चों को

भी तंगी में रहने की आदत डाली गई थी। कपड़ों से लेकर हर छोटी-बड़ी बातें जो हमारे जीवन को बेहतर बनाने के लिए कितना ज़रूरी है, यह हम बच्चों को सिखाया गया था। ज़रूरत की वस्तुओं के लिए मेहनत करना, किसी वस्तु के न मिलने पर अपने मन पर नियंत्रण। अच्छी व बुरी हर परिस्थिति में अपने आप को ढालना। किसी भी चीज की कमी रहने पर कैसे रहना, कोई शिकायत नहीं करना किसी से भी, हर परिस्थिति को मज़बूती से निपटने के लिए हमेशा से ही तैयार रहना, यह सब हम बच्चों को तो घुट्टी में पिलाया गया था।

जयदेव के घर के पास आते ही मेरी नज़र सबसे पहले ऊपर खिड़की की तरफ़ अपने आप उठ गई इस उम्मीद से कि शायद जयदेव की एक झलक मिल जाए। जयदेव वहीं खिड़की के पास बैठकर अक्सर पढ़ाई करता था। आज मुझे जयदेव वहाँ दिखाई नहीं दिया। शायद नीचे हो, यही ख़्याल मन में लिए मैं जयदेव के घर में दरवाज़े से अंदर गई। मैंने जैसे जयदेव के घर में कदम रखा, वह मुझे दरवाज़े की तरफ़ आता दिखाई दिया। जयदेव के हाथ में झोला था। कुछ सामान लेने बाज़ार जा रहा था। हम दोनों ने एक-दूसरे को देखा पर जैसे ही जयदेव की नज़र मुझ पर पड़ी, वह आज शरमा गया। मैंने जयदेव को इसके पहले कभी भी इस तरह से शर्माते हुए नहीं देखा था। जयदेव को शर्माते हुए देख कर मुझे हँसी आ रही थी। जयदेव मेरे पास से गुजरते हुए धीरे से मेरे नज़दीक आकर मुझे 'आय लव यू' कहकर निकल लिया। मैं कुछ समझ पाती, उसके पहले ही जयदेव देहलीज पार कर चुका था। जयदेव की हिम्मत देखकर मैं तो दंग रह गई। यह समझ आ गया था कि जयदेव भी मुझे प्यार करता था। कहीं न कहीं उसे भी वही अधूरापन लगता होगा जो मुझे लगता है। जयदेव भी मुझे दिलो जान से चाहता है। जयदेव के बाहर जाने के बाद मैं जयदेव के घर के अंदर गई तो मुझे बहुत दिनों बाद आज जयदेव के पिताजी उनके घर के बैठक में हाथ में पेपर लिए पढ़ते हुए दिखाई दिए। जयदेव के पिताजी अक्सर दौरे पर रहते थे। कभी-कभी पुष्कर में घर पर दिखाई देते थे। मैंने बैठक में जाकर

झुककर उनके पैर छूकर आशीर्वाद लिया। वे मेरे सर पर हाथ रखकर आशीर्वाद देते हुए मुझे पास बैठने को कहा। जयदेव के बाऊजी ने पेपर को पास वाली टेबल पर रखकर मुझसे मेरी पढ़ाई से लेकर मेरे घर पर सबके हाल-चाल कैसे हैं, यह पूछने लगे। मैंने प्रेम से हर बात का जवाब दिया। मैंने पहली बार जयदेव के बाऊजी के पास बैठकर उनसे इतनी बात की थी। पहले जब भी जयदेव के बाऊजी मुझे दिखाई दिए तो मैंने हमेशा दूर से ही झुककर उन्हें प्रणाम किया था। जयदेव के बाऊजी को मुझसे बात करके तसल्ली हो गई तो वह उठकर ऊपर की तरफ़ चल दिए। जयदेव के घर में बैठक के सामने ही रसोई घर था। जयदेव के बाऊजी के बैठक से जाने के बाद मैं भी मासी का हाथ बँटाने की उम्मीद से रसोई घर में चली गई। रसोई में मैंने चारों तरफ़ नज़र दौड़ाई तो मुझे मासी कहीं दिखाई नहीं दी। सोचा कुछ सामान निकालने भंडार घर में गई होगी, थोड़ा इंतज़ार करती हूँ। तभी मासी मुझे देखते ही सामने से आकर बड़े स्नेह से मेरे सर पर हाथ फेरते हुए बोली- चल तू आ गई है। अब मुझे कोई चिंता नहीं है। हम दोनों फटाफट सब काम निपटा लेंगे। मुझे सुनकर अच्छा लगा कि जयदेव की माँ मुझ पर इतना भरोसा करती थी। रिश्ते के लिए यह बहुत ज़रूरी है, यह सबको समझ कहाँ आता है। रिश्ते की पहली सीढ़ी तो भरोसा होता है वर्ना आप कुछ भी कर लो, भरोसा नहीं है तो वह रिश्ता चाहे कोई भी हो, कैसा भी हो, लंम्बे समय तक चल नहीं पाएगा। जरा सी बात पर मन में दरार पड़ जाती है। विश्वास ही एक ऐसी डोरी है जो हमें आपस में बांधकर रखती है। जयदेव बाज़ार जाकर सामान लेकर आ गया था। जयदेव के हाथ में जो झोला था, उसमें कुछ सब्ज़ी व किराना सामान था। रसोई में मुझे खड़ा देख वह मेरे पास आकर मेरे हाथ में झोला देने के लिए जैसे ही उसने हाथ बढ़ाया मासी ने तुरंत जयदेव से कहा ला- झोला मुझे लाकर दे, मैं ख़ाली करती हूँ। अपनी माँ की बात सुन कर जयदेव का चेहरा उतर गया। मुझे ऐसा लगा शायद वह थैला देने के बहाने मेरा हाथ छूना चाह रहा होगा।

मैं अपनी गर्दन नीचे झुकाकर काम करती रही, हिम्मत नहीं हुई कि अपनी नज़रें ऊपर उठाकर जयदेव की आँखों में आँखें डाल कर देखूँ। फिर से मुझे अपनी सूरत व मेरी आँखों में उसकी सूरत नज़र आए। मन तो बहुत किया पर शर्म से मेरी दिल की धड़कन बहुत ज़्यादा बढ़ जाती थी। जयदेव बहुत देर तक रसोई में यूँ ही चहलक़दमी करने लगा, इस उम्मीद में कि मैं उसकी तरफ़ गर्दन उठाकर देखूँगी। जयदेव को रसोई में चहलक़दमी करते देख मासी ने जयदेव को डांट लगाई, बोली- जयदेव अब जा न पढ़ाई कर। अब तेरी पढ़ाई का नुक़सान नहीं हो रहा है। मेरी तरफ़ देख कर मासी ने अपनी बात जारी रखते हुए मुझसे जयदेव की शिकायत करने लगी। देख तो गायत्री इसे जब भी काम का बोलो तो जयदेव हमेशा यही जवाब देता है, मेरी पढ़ाई का नुक़सान होता है। आज इसके बाऊजी घर पर थे। नीचे उनके डर से जल्दी आ गया वरना मुझसे इतनी मिन्नतें करवाता है कि बस पूछो मत, मैं भी मासी की बातें सुनकर धीरे से मुस्करा दी। बस फिर क्या था, जयदेव को लगा कि अब माँ गायत्री के सामने मेरी सारी पोल खोल देगी। जयदेव उसके पहले ही वहाँ से चला गया। जयदेव के जाते ही मैं और मासी दोनों ज़ोर से खिलखिलाकर हँसने लगे। देख गायत्री मेरा जयदेव कैसा शर्माता है। लड़कियों को तो मैंने देखा है शर्माते हुए पर जयदेव तो लड़कियों से भी ज़्यादा शर्माता था। तुम्हें तो वह कई सालों से जानता है। तुम हमेशा से घर पर आती रही हो फिर तुमसे कैसी शर्म... प्रदीप को देखो वह तो कभी नहीं शर्माता है। बिना किसी झिझक के सबसे बात करता पर मेरा जयदेव न मन का बहुत भोला है। नरम दिल है। बिल्कुल तुम्हारी तरह हर किसी की मदद के लिए हमेशा तैयार, तुम्हारी तरह कम ही बोलता है पर सबका ध्यान रखता है। कभी लड़ाई नहीं, मन में किसी से बैर नहीं रखता। जल्दी ही सबको माफ कर देता है। मैंने कहा न तुम दोनों एक-दूसरे के लिए ही बने हो, जैसे तुम दोनों एक-दूसरे की परछाई हो। एक-दूसरे के बिना अधूरे हो तुम, मेरे जयदेव को तुमसे अच्छा जीवन साथी नहीं मिलेगा, तुम हमेशा उसका

ध्यान रखोगी। ख़ुद भी ख़ुश रहोगी और उसे भी भरपूर सम्मान व प्यार दोगी। इतना सब कुछ मासी बोल गई, मुझे सुनकर अच्छा लगा। आज के पहले मासी ने अपनेपन से मुझसे कभी इस तरह बात नहीं की थी। मासी और मैंने आज खाना बनाते हुए सिर्फ़ बातें ही की। खाना बन गया तो मासी ने रसोई में से ही प्रदीप को आवाज़ लगाकर जयदेव और बाऊजी को खाना खाने के लिए बुलाकर लाने के लिए कहा। हम सबने साथ में बैठ कर खाना खाया। खाना खाकर मासी जी और मैंने रसोई समेट बाहर आंगन में आकर बैठकर बातें करने लगे। तभी मुझे लगा कि जयदेव चुपके से मुझे सीढ़ियों पर खड़े होकर देख रहा था। जयदेव को लगा कि मेरा ध्यान नहीं है। मैंने जयदेव को सीढ़ियों पर खड़े हुए देख लिया था। घड़ी में समय देखा तो दोपहर के तीन बज गए थे। मैंने मासी से घर जाने की इजाज़त माँगी। मासीजी का मन नहीं था कि मैं इतनी जल्दी घर लौट जाऊँ। मेरी परिक्षा पास में आ रही थी तो मासी मुझे चाहकर भी रूकने के लिए नहीं बोल पाई। मासीजी से जाने की मंज़ूरी मिलते ही मैं उठकर जाने लगी। मेरी साड़ी की प्लिट् बिगड़ गई थी। साड़ी पहन कर काम करने की आदत नहीं है। मैंने मासी से कहा- मासी साड़ी ठीक कर लूँ। फिर घर जाने के लिए निकलती हूँ। अंदरकमरे में जाकर मैंने अपनी साड़ी को ठीक किया। आंगन में से अपनी चप्पल पहनकर मैं घर से बाहर जाने वाले दरवाज़े से बाहर निकल गई। मेरे मन में ख़्याल आया जयदेव अपने कमरे की खिड़की पर खड़े होकर मुझे चुपके से देख रहा होगा। मैं चाहकर भी पलट कर देख नहीं सकती थी। इस डर से मैं सर नीचे करके अपने घर के लिए चल पड़ी। मैं और जयदेव बस डर व लिहाज़ के कारण कभी भी एक-दूसरे को जी भर कर देख नहीं पाए थे। हमेशा से ही नज़रें चुरा कर एक-दूसरे को देख लेते थे। जल्दी से घर पर पहुँचकर साड़ी उतार कर घर के कपड़े पहने तब जाकर मेरी जान में जान आई। पता नही माँ काकीसा साड़ी पहन कर घर का सारा काम कैसे करते हैं। मुझे तो घबराहट होती है। माँ ने कहा है तो आदत तो मुझे भी डालनी होगी। माँ की साड़ी की

अच्छे से तह कर के मैं उनके कमरे में रख आई। शाम होने को आई थी। रात के खाने में क्या बनेगा, इसकी तैयारी में मेरी दोनों काकीसा में चर्चा हो रही होगी, यही सोचते हुए मैं रसोई में गई कि शायद मैं काकीसा की कोई मदद कर पाऊँ। मुझे देखते ही मेरी दोनों काकीसा एक साथ बोली- कब आई गायत्री बेटा तुम? कैसा रहा आज का दिन? क्या बनाया था दीदी ने? इतने सारे प्रश्न छोटी काकीसा ने कर दिए कि मुझे समझ नहीं आ रहा था कि पहले किस बात का जवाब दूँ। मैं वहीं ज़मीन पर पसर कर बैठ गई और बोली- थोड़ा धैर्य रखो, सब बताती हूँ। मैंने, मासी ने जो बनाया था और दिनभर की सब बातें मेरी दोनों काकीसा को सिलसिलेवार बता दिया। तब जाकर उन्हें शांति मिली। काकीसा मुझे कहने लगी- तुम्हें अच्छा तो लग रहा है न गायत्री बेटा... कोई परेशानी है तो अभी बता देना। जयदेव और तुम्हारे रिश्ते से तुम ख़ुश तो हो। मैं बस इतना जानती हूँ मेरी दीदी हमारे जैसे पैसे वाले नहीं हैं पर दिल बहुत बड़ा है, मेरे जीजासा तुम्हें बहुत पसंद करते हैं। कभी भी तुम्हें अपने ससुराल में कोई तकलीफ़ नहीं होगी। मैं उन्हें और दीदी को बहुत अच्छे से जानती हूँ। गायत्री बेटा तुम और जयदेव हमेशा ख़ुश रहोगे। मुझे तुम पर भरोसा है। गायत्री तुमने हमेशा से आपसी रिश्ते को ज़्यादा महत्व दिया है। रिश्तों में तालमेल बनाकर रखना तुम्हें आता है। तुम अपने जीवन के महत्वपूर्ण फ़ैसले सोच समझ कर लोगी। सुख-सुविधाओं की तुमने आदत नहीं डाली है। मैं जानती हूँ सुख-सुविधाओं का असर तुम अपने रिश्ते पर कभी नहीं आने दोगी। समझदार हो, मेहनती हो, पढ़ाई पूरी करके तुम चाहो तो नौकरी भी कर सकती हो। मुझे मालूम है जीजासा कभी भी मना नहीं करेंगे। उनके विचार दक़ियानूसी नहीं हैं। मेरे जीजासा सबको इज़्ज़त देते हैं। मेरे जीजासा के व्यवहार से दीदी बहुत खुश हैं। आजतक कभी भी मेरे जीजासा ने दीदी से ऊँची आवाज में बात नहीं की है। मेरी दीदी के यहाँ पर हमारे घर जैसा ही वातावरण है। इसलिए मैं भी निश्चित हूँ कि तुम्हें कभी कोई तकलीफ़ नहीं होगी।

मार्च का पूरा महीना भी बीत गया। कॉलेज में वार्षिक परीक्षा की तैयारी के लिए पन्द्रह दिन की छुट्टियाँ लग गई थीं। पूरा दिन मैं अपने कमरे में पढ़ाई करती रहती थी। घर में क्या चल रहा था, मुझे होश नहीं रहता... बस पढ़ाई पढ़ाई और कुछ नहीं। आख़िर परीक्षा शुरू होकर ख़त्म हो गई। आज आख़िरी पेपर था। चलो अब निश्चित होकर सोने को मिलेगा। एक महीने से ऊपर हो गया... मैंने पूरी नींद नहीं ली थी। मुझे तसल्ली थी कि मेरे सारे पेपर अच्छे हुए थे। इस बार रिज़ल्ट अच्छा आया तो मुझे आगे की पढ़ाई के लिए जयपुर जाना पड़ेगा। हॉस्टल में रहना होगा, सुनकर ही मन में उत्सुकता हो रही थी। हॉस्टल का जीवन कैसे होगा बस मैंने सुना है। हमारे घर से कभी कोई हॉस्टल में रहा नहीं था। बाऊजी ने अपने दोस्त, जो जयपुर में रहते थे, उनसे मेरी आगे की पढ़ाई के लिए कॉलेज व हॉस्टल की सारी जानकारी निकलवा ली थी। बाऊजी को पूरा विश्वास था कि मैंने वादा किया है तो अच्छे नंबर से पास होऊँगी। हमारा इस साल रिजल्ट जल्दी आ गया था। मेरा कॉलेज में मेरिट लिस्ट में दूसरा नंबर आया था। घर पर जब सबको पता चला तो ख़ुशी से ज़्यादा सबको मेरे हॉस्टल चले जाने का दुख और ख़ुशी दोनों हो रही थी। बाऊजी ने आज दुकान जाने से पहले मुझे पास बुलाकर कह दिया- कल सुबह जल्दी से तैयार हो जाना... तुम्हारा कॉलेज में एडमिशन व हॉस्टल में रहने के लिए व्यवस्था करने जयपुर जाना है। माँ ने सुना तो चिंता में बोली- कल ही... इतनी जल्दी क्या है। अभी कुछ दिन तो रहने दो पास में। तभी काकासा पीछे से आगे आकर माँ से कहने लगे- अरे भाभीसा चिंता क्यों कर रही हो, जयपुर यहाँ से कितना दूर है... बस दो घंटे। हम जब चाहे गायत्री से मिलने जा सकते हैं। माँ ने मेरे काकासा की बात सुनकर कहा- हा भाईजी वह तो है, पर हम सबको गायत्री बेटी ने इतना बिगाड़ रखा है, हमें इसकी ज़्यादा याद आएगी। गायत्री तो हॉस्टल जाकर नई सहेलियों में, नए माहौल में इतनी रम जाएगी कि इसे हमारी याद नहीं आएगी। सच है कि नहीं बोलो। कोई और बोलता उसके पहले ही बाऊजी

ने कह दिया- सुधा आदत डाल लो... अभी तो हॉस्टल जा रही है, कल को शादी होगी, ससुराल जाएगी तब क्या करोगी तुम। बाऊजी की बात सुनकर सब हँस पड़े माहौल को हल्का करने के लिए पर मन ही मन सब मेरे दूर जाने से दुखी हो रहे थे। मैं सबकी लाडली जो थी। मैं भी कहाँ चुप रहने वालों में से थी, झट से बोला- मैंने अपने सारे शागिर्दों की फ़ौज आप सबकी सेवा के लिए तैयार कर दी है। वह मेरी सारी कमी पूरी कर देंगे, आप चिंता न करो। मेरी काकीसा ने बीच में आकर कहा- हाँ हाँ वह तो है, हम जानते हैं तुम्हारी फ़ौज को, काम के समय सब मुँह छुपाते फिरते हैं और खाने के समय सबसे पहले रसोई में पहुँच जाते हैं... गायत्री बेटा समझी न! मैंने कहा- नहीं काकीसा अब सब समझदार और बड़े हो गए हैं।

सुबह जल्दी उठ कर नाश्ता करके मैं और बाऊजी दोनों अपनी कार में बैठकर जयपुर के लिए निकल पड़े। रास्ते में जयदेव का घर पड़ता था। सोचा वह दिखाई देगा तो इशारे से उसे 'बाय' कह दूँगी। मेरे आगे की पढ़ाई की जानकारी वैसे तो उसके घर पर सबको थी। जिस दिन बाऊजी मेरी और जयदेव के रिश्ते की बात करने गए थे, उस दिन बाऊजी ने 'मुझे आगे पढ़ाई जारी रखना है' इस बात का ज़िक्र जयदेव के माँ-बाऊजी से कर दिया था। जयदेव भी आजकल मुझे कम ही दिखाई देता था। वह भी परीक्षा की तैयारी में शायद कुछ ज़्यादा ही व्यस्त हो गया था। मैंने कभी भी उसे परेशान नहीं किया है, न ही जयदेव ने मुझे। भले मैं और जयदेव एक-दूसरे से बात नहीं करते थे, एक-दूसरे को दूर से ही सपोर्ट करते थे। दोनों को अपने अपने भविष्य की चिंता थी। हम दो घंटे मे जयपुर पहुँच गए। सबसे पहले हम बाऊजी के दोस्त नरेंद्र काकासा के घर पर गए। माँ ने उनके लिए मिठाई व बहुत सारा नमकीन रख दिया था साथ में, कुछ फल व मेवे भी थे। बाऊजी मुझे इशारे से नरेंद्र काकासा के पैर छूकर आशीर्वाद लेने को कहते, उसके पहले ही मैं नरेंद्र काकासा के पैरों में झुककर आशीर्वाद ले चुकी थी। तभी अंदर से सुमन काकीसा व उनकी दोनों

बेटियों ज्योति और कुसुम ने भी हॉल में प्रवेश किया। मैंने उन सभी को प्रणाम व काकीसा के पैर छूकर आशीर्वाद लिया। माँ के भेजे हुए सारे सामान मैंने ज्योति दीदी के हाथ में दिया तो सुमन काकीसा ने कह दिया- मुझे मालूम है तेरी माँ कभी नहीं सुधरने वाली... ख़ुद तो कभी मिलने आती नहीं है, ढेर सारा प्यार भेज देती है। सुधा की एक अच्छी आदत है। महीने में एक बार मुझसे फ़ोन पर बात करने की। सुधा फ़ोन पर ही सबके हालचाल पूछ लेती है। मैं जानती हूँ दुकान के काम से सुधा को फ़ुरसत नहीं मिलती है। सुमन काकीसा ने फिर मेरे बाऊजी की तरफ़ मुड़कर बाऊजी से कहा- भाईसा कभी तो छुट्टी दो मेरी सहेली सुधा को। बाऊजी ने मुस्कुराते हुए सुमन काकीसा से कहा- मैंने कब मना किया है भाभीजी! सुधा है कि अपने आप को दुकान और घर के काम की ज़िम्मेदारी में इतना उलझा लेती है कि कभी-कभी तो सुधा मुझे भी भूल जाती है। सुधा को मुझे याद दिलाना पड़ता है। इसपर हम सब खिलखिला कर हँस पड़े। नाश्ता करके मैं और बाऊजी कॉलेज और हॉस्टल में एडमिशन के लिए नरेंद्र काकासा के घर से निकल पड़े। सारा दिन हमें कॉलेज व हॉस्टल के एडमिशन में लग गया। शाम होने को आई थी, हमें पुष्कर वापस भी जाना था। पुष्कर निकलने के पहले हमें नरेंद्र काकासा के यहाँ जाकर उन्हें यह बताना भी ज़रूरी था कि मेरा हॉस्टल व कॉलेज दोनों जगहों पर ऐडमिशन हो गया है। उसके बाद हम निश्चित होकर पुष्कर के लिए निकलने की सोच रहे थे। नरेंद्र काकासा के घर जाकर उन्हें बताया। इन सब कामों में हमें शाम के सात बज गए। उसके बाद हम जयपुर से पुष्कर के लिए रवाना हुए। दो घंटे में हम घर पर पहुँच गए थे। घर पर पहुँचकर हमने सबको मेरे कॉलेज व हॉस्टल में एडमिशन की खबर दी। रात बहुत हो गई थी। मैं भी निश्चित होकर कपड़े बदल कर सो गई। अब आगे की पढ़ाई व हॉस्टल में रहने के लिए मुझे सारी तैयारी जल्दी से पूरी करनी होगी। मेरे पास सिर्फ़ एक हफ़्ते का समय था। हॉस्टल से सामान की लिस्ट मिल गई थी। सुबह उठकर तैयार होकर सबसे पहले मैंने नीति से मिलने

की सोची और सोचा कि उससे पूछ लूँगी कि वह मेरे साथ जयदेव के घर पर चलेगी। मेरा जयदेव से मिलने का मन कर रहा था। जयदेव से मिलकर बता दूँ कि मैं अगले हफ़्ते जयपुर जा रही हूँ। मेरा एडमिशन जयपुर के कॉलेज और हॉस्टल दोनों जगह पर हो गया है। चप्पल पैरों में डालकर मैं अपने घर से निकल कर सड़क पर तो आ गई। मेरे मन में चल रहे विचारों में इतनी उलझ गई कि मुझे पता ही नहीं चला कि कब और कैसे मेरे पैर अपने आप नीति के घर जाने की बजाय जयदेव के घर की तरफ़ मुड़ गए। वह तो अगर सामने से प्रदीप आकर मुझे आवाज़ देकर बुलाता नहीं तो मुझे पता ही नहीं चलता। मैं जयदेव के घर के सामने खड़ी हूँ। अब जब जयदेव के घर तक पहुँच गई ही हूँ तो मैंने सोचा घर के अंदर जाकर मासी को प्रणाम कर दूँ। मासी को ही सबसे पहले बता दूँ कि मेरा एडमिशन जयपुर के कॉलेज और हॉस्टल में हो गया है। शायद मेरी आवाज़ सुनकर, मुझे अपने घर पर आया देख कर जयदेव किसी बहाने से अपने कमरे से नीचे उतर आए व मेरी एडमिशन वाली बात उसके कानों में भी पड़ जाए। मन तो मेरा जयदेव के पास में बैठकर उसका हाथ अपने हाथ में लेकर बताने का था। डर भी था कि एकदम से यह सब मैं जयदेव के पास बैठकर कैसे बताऊँगी? आज तक मैंने कभी भी सामने से रहकर जयदेव से बात नहीं की है।

अपने आप को सँभालने के बाद मैंने घर में कदम रखा। मासी सामने ही गेहूं को आंगन मे सुखाते हुए दिखाई दी। मैंने उनके पैर छूकर आशीर्वाद लिया व उनके काम में हाथ बँटाने लगी। गायत्री बेटा तुम्हें कैसे पता चल जाता है कि मुझे तेरे मदद की ज़रूरत है बता तो? जब भी तुम्हें याद करती हूँ तुम आ जाती हो। मासी की बातों का जवाब मैंने हँसकर दिया। मैं अपनी गर्दन को ऊपर उठाकर इधर-उधर देख रही थी कि मुझे जयदेव कहीं दिखाई दे जाए। मेरे हाव-भाव से मासी मेरे दिल की बात समझ गई। मासी मेरी तरफ़ देख कर बोल पड़ी-जयदेव को ढूँढ रही हो। तुम दोनों एक-दूसरे के साथ बात तो करते नहीं हो,

बस एक-दूसरे को ढूँढते रहते हो। तुम भी बहुत शर्मिली हो। अच्छा है गायत्री बेटा बड़ों का इतना लिहाज़ होना चाहिए। शादी के पहले लड़का लड़की का इस तरह चिपक-चिपक कर बातें करना शोभा नहीं देता है। अच्छे परिवार के बेटे-बेटियों के यही तो अच्छे संस्कार होते हैं। आजकल के बच्चों को देखो, कैसे नैन मटक्का करते हैं, चिपक-चिपक एक-दूसरे के पास बैठना, यह भी नहीं देखते कि कोई बड़ा हमारे सामने बैठा है। ख़ैर तुम जयदेव को ढूँढ रही हो, जयदेव घर पर नहीं है, जयपुर गया है। कल उसकी परीक्षा है। कई दिनों से जयदेव अपने कमरे से बाहर नहीं निकला है, न ही ढंग से खाना खा रहा है। बस धुन सवार है सरकारी नौकरी लग जाए बस, और कुछ नहीं... ज़िद्दी है।

मासी की बात सुनकर मैं थोड़ी उदास हो गई कि आज भी मैं जयदेव को नहीं देख पाऊँगी। मन में उसके लिए भगवान से प्रार्थना की कि जल्दी ही जयदेव को अच्छी सरकारी नौकरी मिल जाए। मै जिस काम के लिए आई थी वह तो मैंने मासी जी को कहा ही नहीं। गेहूं सुखाना हो गया तो मासी रसोई में जाकर सुबह के खाना बनाने की तैयारी करने लगी। मुझसे खाना खाने के लिए पूछा तो मैंने इंकार कर दिया कि मुझे नीति के यहाँ जाना है। रसोई में जाकर मैंने मासी से कहा- मासी मैं आपको कुछ बताने आई हूँ। मासी कहने लगी- बता न क्या हुआ। तब मैंने मासी से कहा- मेरा जयपुर के कॉलेज और हॉस्टल में एडमिशन हो गया है। अगले हफ़्ते मैं आगे की पढ़ाई जारी रखने के लिए जयपुर हॉस्टल चली जाऊँगी। सोचा आपको बता भी दूँ। आपका आशीर्वाद भी ले लूँ। मेरी बात सुन कर वह खुश तो हुई पर कहीं न कहीं मासी जी के मन को मेरा जयपुर जाना व हॉस्टल में रहना कुछ अच्छा नहीं लगा। मासी जी ने मुझे कुछ नहीं कहा। मासी जी के भाव-भंगिमा से मैं जान गई थी। मेरा जयपुर के हॉस्टल में रहकर आगे पढ़ाई करना मासी जी को पसंद नहीं आया। मासी जी के मन में मेरे जयपुर में हॉस्टल में रहने की बात सुनकर क्या चल रहा था वह तो मैं नहीं समझ पाई। मेरे बाऊजी ने तो साफ़ बात की थी। मासी जी को यह

मालूम था कि मुझे आगे पढ़ाई जारी रखनी थी। 'ज़्यादा मत सोच गायत्री' यह मैंने अपने मन में ही अपने आप को कहा और मासी जी से नीति के घर जाने की अनुमति माँगी। मासी जी ने बड़े बुझे मन से मेरी तरफ़ बिना देखे ही सर हिला दिया। मासी जी को प्रणाम करके मैं सीधे जयदेव के घर के मेन गेट से निकल कर नीति के घर पर चली गई। वहाँ मुझे नीति नहीं मिली। वह भी पास के गाँव में किसी की शादी में गई थी। मन पर बोझ लिए मैं अपने घर की तरफ़ चल दी। घर पर पहुँच कर सीधे अपने कमरे में जाकर मैं बिस्तर पर लेट कर रोने लगी। पता नहीं क्यों मुझे आज मासी जी का बर्ताव अच्छा नहीं लगा। जयदेव से न मिलने की तड़प व मासी के व्यवहार से मेरे आँसू अपने आप निकलने को आतुर हो रहे थे। बहुत देर तक मैंने अकेले कमरे मै अपने आंसुओं को बहने दिया। जब मन थोड़ा हल्का हुआ तो अपने आप को सँभालते हुए उठ कर अपना मुँह धोकर नीचे चल दी। घर पर सबसे बात करूँगी तो मन लगा रहेगा नहीं तो आँसू आज रूकने का नाम ही नहीं ले रहे थे। मेरे साथ अक्सर यह होता है, जब कोई बात मन में खड़कती है या जयदेव से मिलने को मन बहुत करता है, उसे देखने का मन करता है और मैं जयदेव को नहीं देख पाती हूँ तो अंदर ही अंदर मेरा मन रोता है, तड़पता है उसके पास जाने को। मेरे आँखों से आँसू लगातार बहते रहते हैं, अकेले ही घंटो बैठ कर रोती रहती हूँ। समझ नहीं आता कैसा बंधन है मेरा और जयदेव का। मुझे जयदेव के साथ ही सुकून मिलता है। भले हम साथ नहीं रहते हैं पर एक-दूसरे को देख कर ही मेरा मन प्रसन्न हो जाता है। लगता है मैं जयदेव के बिना नहीं जी पाऊँगी। जयदेव मेरा सब कुछ है। जयदेव के बिना मैं अधूरी हूँ। वही है जो मुझे पूरा करेगा। कैसी पूर्णता... यह नहीं समझ आता था। बस मन उसके पास ही जाने को करता है जैसे जयदेव नहीं तो मैं भी कुछ नहीं हूँ। हम एक-दूसरे को पूरा करते हैं।

मुझे या जयदेव को कभी भी शरीर की भूख महसूस नहीं हुई थी। दोनों जवान हैं, इस उम्र में तो व्यक्ति आकर्षित होते हैं। जवान बच्चे एक-दूसरे के

पास आने का, एकांत में मिलने का कोई मौक़ा नहीं छोड़ते। मेरे साथ की कई लड़कियों की सगाई हो गई थीं। वह अपने क़िस्से सुनाती थीं। मुझे तो इन सबमें मज़ा नहीं आता था। हमारी नीति चटखारे ले-लेकर सुनती है, बाद में मुझे सुनाती है। मैं कभी-कभी तो मैं नीति की पूरी बातें सुनती भी नहीं थी। मैं और जयदेव दोनों हमेशा से दूर से ही एक-दूसरे को देख कर ही संतुष्ट हो ज़ाया करते थे। जयदेव ने भी कभी मेरे पास आकर मुझे छूने की कोशिश नहीं की थी। मैंने जयदेव को भी अक्सर मेरे लिए बैचेन देखा है। जयदेव को मेरी एक झलक पाने के के लिए मेरे घर के चक्कर लगाते हुए मैंने देखा है। जयदेव को मेरे कमरे की खिड़की मालूम है। नीचे बाहर वाली सड़क से दिखाई देती थीं। जयदेव ने कभी भी मेरे शरीर या मुझे पाने की कोशिश नहीं की थी। जयदेव तो शर्मीला, शांत, धैर्यवान समझदार स्वभाव का है। जयदेव को बस अपने भविष्य की चिंता सता रही थी। पढ़ाई और परीक्षा की तैयारी में इतना मगन था कि जयदेव को तो खुद का भी होश नहीं था।

मेरा पूरा हफ़्ता हॉस्टल जाने की तैयारी में निकल गया। काकी सा व माँ ने मेरे हॉस्टल के लिए बहुत सारा नाश्ता भी बना कर थैलियों में भर कर पैक कर दिया था... दूधपाउडर, चायपत्ती, नया स्टोव, कुछ खाने का मन किया तो बनाकर खा सकते हैं। दो-तीन बर्तन, ग्लास, चम्मच, थाली और भी छोटी-छोटी बहुत सारी ज़रूरत का सामान माँ ने याद करके रख दिया था। कल सुबह मुझे जयपुर हॉस्टल अपनी गाड़ी से ही जाना था तो कोई टेंशन नहीं था। सुबह जल्दी उठकर सारा सामान गाड़ी में रखवा कर मैं तैयार होकर नाश्ता करके निकल ही रही थी कि मुझे सामने से जयदेव की माँ (मासी) आती हुई दिखाई दी। आज भी उनके चेहरे से यही लग रहा है कि जैसे मेरे जाने के समय ख़ुश होकर आशीर्वाद देने की बजाय वह मुझे जयपुर हॉस्टल जाने से रोकने के लिए आई थीं। मुझे उनको देख कर लगा कि शायद जयदेव ने भेजा था। उम्मीद इंसान को न कभी-कभी बहुत लाचार कर देती है। मैंने झुक कर आशीर्वाद

लिया व उनके गले लग कर धीरे से मासी जी के कान में कहा- आप अपना व सबका ध्यान रखना। मैं पन्द्रह दिन में एक बार आ जाया करूँगी। मासी जी का व्यवहार मुझे आज भी उखड़ा हुआ सा लगा। पता नहीं यह मेरे मन का वहम है या मेरे घर पर भी सबने महसूस किया था। तभी माँ ने भी शायद उनके उखड़े हुए व्यवहार को भांप लिया था। वह धीरे से मेरे कान के पास आकर कहने लगी- क्या हुआ मुझे ऐसे क्यों लग रहा है कि जयदेव की माँ तेरे जयपुर हॉस्टल जाने से खुश नहीं है। मैंने उनकी तरफ़ देख कर इशारे से कहा- पता नहीं पर मासी खुश नहीं है। फिर धीरे से मैंने माँ के और नज़दीक जाकर कहा कि कल जब मैं जयदेव के घर पर मेरे आगे की पढ़ाई के बारे में बताने गई थी तो मासी जी ने ऐसे ही ठंडा सा व्यवहार किया था। माँ ने मुझे तसल्ली देते हुए कहा कि ठीक है गायत्री बेटा सब ठीक हो जाएगा। तुम ख़ुशी-ख़ुशी जयपुर जाओ और अपनी आगे की पढ़ाई पूरी करो। मैं मौक़ा देख कर जयदेव की माँ से कभी बात करती हूँ। पता तो चले उनके मन में क्या चल रहा है। जानती हूँ जयदेव की माँ दिल की बुरी नहीं है, थोड़ी सी मन की कमजोर है। मुझे सबने गले लगा कर आशीर्वाद व बहुत सारी हिदायतें देकर जयपुर के लिए विदा किया। कार में बैठने के बाद मैं बार-बार सबको बोल रही थी- आप सब मेरे जाने से खुश मत हो जाना, जब मन करेगा धमक जाऊँगी। ज़्यादा दूर नहीं जा रही हूँ, न ही हमेशा के लिए कहीं जा रही हूँ कि आ न सकूँ। मेरे ऐसा बोलने पर मेरे काकासा-काकीसा, माँ-बाऊजी, मेरे भाई-बहन सब हँसने लगे। मुझे सबने हाथ हिला कर 'बाय' कहा। रमेश भाई जी ने कार आगे बढ़ा दी। कार हमारे घर की गली से निकल कर मेन रोड पर आती है। मेन रोड के सामने से ही जयदेव का घर सड़क से दिखाई देता था। हम लोग जयदेव के घर के पास से निकल कर जा रहे थे। मुझे लगा मुझे देखने के लिए जयदेव अपने घर के बाहर खड़ा हो, इसी उम्मीद में मैं लगातार खिड़की से जयदेव के घर की तरफ़ देख रही थी। उसका घर जैसे ही पास आया, मुझे जयदेव दूर से दिखाई दे गया। मेरा दिल तेज़ी से

धड़कने लगा। मेरी नज़र जयदेव पर पड़ी। वह भी मेरी एक झलक पाने के लिए घर से बाहर निकल कर अपने घर के ओटले पर खड़ा था। मुझे एक नज़र देखने के लिए जयदेव भी उतावला हो रहा था। जयदेव को उसके घर के ओटले पर खड़ा देख कर मन को शांति मिली- चलो कम से कम दूर से ही सही, जाने से पहले जयदेव और मैंने एक-दूसरे को नज़र भर कर देख तो लिया। मेरा मन किया रमेश भाई से कहूं कि गाड़ी रोक दें। मैं दौड़ कर जयदेव से लिपट कर उससे अपने आगे की पढ़ाई के लिए जयपुर जाने की बात कहूँ। फिर धीरे से जयदेव के कान में कहूँ कि तुम मुझे बहुत याद आओगे, नहीं रह सकती तुम्हारे बिना... जल्दी से अपना बना लो। ले चलो मुझे अपने साथ जहां सिर्फ़ हम-दोनों हों, ढेरों बातें हों। गली तंग होने से कार को आगे बढ़ाने में रमेश भाई जी को समय लग रहा था। थोड़े से समय में मेरे मन ने कार में बैठे-बैठे ही इतने सारे सपने बुन लिए थे। कार की खिड़की से जयदेव की तरफ़ देखा तो जयदेव उदास नजरों से मुझे निहार रहा था। मैंने भी हल्के से मुस्कुराते हुए दूर से आँखों ही आँखों से अपने मन की बात जयदेव से कह दी थी- देखो जयदेव मैं जयपुर आगे की पढ़ाई के लिए जा तो रही हूँ पर जल्दी ही लौट आऊँगी। तुम अपना ध्यान रखना। जयदेव तुम बहुत कमजोर लग रहे हो, ढंग से खाना खाया करो। मेरे मन में यह सब विचार चल रहे थे। रमेश भाई जी ने कार गली से निकाल कर मेन रोड पर ले आए थे। जयदेव मेरी नज़रों से ओझल हो जाए, उसके पहले मैंने फिर से पलट कर पिछले काँच में से एक बार जयदेव को देखा। वह भी मुझे ही देख रहा था। जयदेव ने अपना हाथ ऊपर उठा कर मुझे 'बाय' कहा। मेरी हिम्मत नहीं हुई कि मैं भी अपना हाथ उठाकर जयदेव को 'बाय' कहूँ। आगे मोड़ था, जैसे ही गाड़ी आगे बढ़ी, जयदेव मेरी आँखों से ओझल हो गया। मेरी आँखों से अश्रुधाराएं फिर बह निकलीं। धीरे से उन्हें पोंछकर मैं खिडकी के बाहर देखने लगी। कुछ देर बाद मेरा रोना बंद हुआ। हमारे रमेश भाई (ड्राइवर) ने मुझे आइने में से आंसू पोंछते हुए देख लिया था। रमेश भाई

जी हमारे यहाँ तब से आते हैं, जब मैं पैदा भी नहीं हुई थी। पहले उनके पिताजी हमारे यहाँ काम करते थे। रमेश भाई जी जब छोटे थे अपने पिताजी के साथ अक्सर हमारे यहाँ आते थे। उनके पिताजी के बूढ़े होने के बाद उन्होंने रमेश भाई को हमारे यहाँ काम पर लगा दिया। रमेश भाई जी सब काम में माहिर थे, गाड़ी चलाने से लेकर घर का, दुकान का, कोई भी काम बोलो, वह कभी मना नहीं करते थे। हमारे पूरे परिवार को किसी के यहाँ शादी-समारोह में जाना हो तो रमेश भाई जी के भरोसे पूरा घर खुला छोड़कर हम निश्चित होकर चले जाते थे। ऐसा कई बार हुआ था। वह मुझे अपनी बेटी की तरह ही प्यार करते थे। मेरी आँखों में आँसू देख कर वह भी भावुक हो गए। मुझे कहने लगे- बेटा पास ही तो जा रही हो, जब भी याद आए पुष्कर घर पर चली आना। मेरा मन जयदेव से दूर जाने की वजह से दुखी हो रहा था, मैं यह रमेश भाई जी से कैसे बताऊँ? रमेश भाई जी ने बात को बदलते हुए कहा- दीदी हम कुछ देर में जयपुर पहुँच जाएँगे।अभी बस एक धंटा और लगेगा। दीदी पानी है तो पी लो और आराम से आँखें बंद कर बैठ जाओ। मैं हॉस्टल आने पर आवाज़ लगा दूँगा। दीदी हॉस्टल जाकर आपको अकेले ही सब सामान निकाल कर व्यवस्थित रखना होगा। आप सुबह जल्दी उठी हो, थक गई होगी। मैंने रमेश भाई जी से कहा- नहीं भाई... मैं ठीक हूँ। आपको कहीं रूक कर चाय पीना है तो गाड़ी रोक कर पी लीजिए। फिर आपको वापस पुष्कर भी लौटना होगा। सुबह नाश्ता करके निकले हो कि नहीं? यदि नाश्ता नहीं किया है तो वह भी कर लेना। मुझे जयपुर हॉस्टल पहुँचने की जल्दी नहीं है। आज तो बस रूम में जाकर सामान रखकर व्यवस्थित कर आराम करना है। मेरे पासपूरा दिन पड़ा है। मेरी बातें सुनकर रमेश भाई जी बोले- नहीं दीदी मैं घर से निकलने के पहले ही नाश्ता-चाय पीकर निकलता हूँ। तुम्हरी भाभी है न वह मुझे बिना कुछ खाए-पिए घर से निकलने ही नहीं देती है। जब उसे पता चला कि मुझे तुम्हें छोड़ने जयपुर जाना है तो सुबह जल्दी उठकर खाना भी तैयार कर, देखो टिफ़िन भी मेरे हाथ में

थमा दिया है। दीदी आपकी भाभी जैसी पत्नी क़िस्मत वालो को मिलती है। तभी मैंने कहा- नहीं भैया! आप भी तो मन के कितने साफ हो, सरलता है आपके स्वभाव में, ईमानदार हो, भाभीसा भी यही बोलती होगी आपके बारे में, जैसे आप उनके लिए बोलते हो। आप दोनों को भगवान ने एक-दूसरे के लिए बनाया है। रमेश भाई जी ने कहा- हाँ दीदी! हम अच्छे तो जग अच्छा। मेरी बातें सुनकर रमेश भाई जी हँसने लगे। दीदी आप बहुत समझदार हो। मुझे भी हँसी आ गई। आपस में मैं और रमेश भाई जी बातें करते रहें। एक घंटा बातों ही बातों में निकल गया। हम हॉस्टल पहुँच गए। रमेश भाई ने कहा- लो दीदी आ गया आपका हॉस्टल। मैं भी अपने कपड़े ठीक करके उतर कर सामान को निकालने में रमेश भाई की मदद करने लगी। हल्का सामान कार में से निकाल कर मैं जैसे ही पलटी, मुझे हमारे हॉस्टल से वहीं पर काम करने वाले नंदू भाई दौड़कर आते हुए दिखाई दिए। और भारी सामान कार में रह गया था, उसे निकालने में वह रमेश भाई जी की मदद करने लगे। मुझे पूछा- दीदी कौन से कमरे में सामान रखना है। मैंने कहा- नंदू भैया! बारह नंबर में। मेरा कमरा पहली मंज़िल पर था। नंदू भाई सामान उठा कर ले जाने लगे। जाते-जाते मुझे कहा- दीदी आप मेट्रन मैडम जी के ऑफिस में जाकर सारी कार्रवाई पूरी कर लो। तब तक मैं सारा सामान आपके कमरे में पहुँचा दूँगा। आप निश्चित होकर जाइए। रमेश भाई ने भी कहा- दीदी आप जाएं मैं यहाँ कार में ही हूँ। हाथ का बैग उठाकर मैं मेट्रन मैडम के ऑफिस में चली गई। मैट्रन हॉस्टल में ही ऑफिस से लगे हुए पाँच कमरे में अपने परिवार के साथ रहती थी। हमारी मेट्रन काफ़ी उम्रदराज हैं। लगभग पचपन की तो होंगी। बहुत मिलनसार व हँसमुख स्वभाव की थीं। मैं जब पिछली बार बाऊजी के साथ एडमिशन के लिए आई थी, तभी मेरी हॉस्टल की मेट्रन से मुलाक़ात हो गई थी। मुझे आया देखकर वह बाहर ऑफिस में ही आ गई। मुझे बैठने को कहकर रजिस्टर निकाल कर बची हुई कार्रवाई पूरी करने लगीं। कार्रवाही पूरी करने के बाद मेरे हाथ में एक पेपर थमा

दिया जिसमें सारे नियम लिखे हुए थे। मेरे हाथ में पेपर देकर कहा- पढ़ो इसे, यहाँ पर नियम तोड़ने वालों को निकाल देते हैं। ध्यान रखना नियम व क़ायदे से रहना होगा। रोज रात में आठ बजे मैं सबकी हाजरी लेती हूँ। हाजरी के बाद प्रार्थना होती हैं जिसमें सबको उपस्थित रहना अनिवार्य होता है। रात में दस बजे मैं पूरे हॉस्टल का एक राउंड लगाती हूँ। मुझे सब अपने अपने कमरे में दिखने चाहिए। यहाँ पर रूम में इलेक्ट्रिक सिगड़ी नहीं चलानी है। जुर्माना लगाया जाता है, इलेक्ट्रिक सिगड़ी ज़ब्त कर ली जाती है। रूम में सिर्फ़ लाइट व पंखा चलाने की अनुमति है। तुम्हारे रूम में तुम्हारे ही क्लास में पढ़ने वाली लड़की चारू का भी दाख़िला किया है। तुम और चारू दोनों एक कमरे में रहोगी। चारू भी अच्छे घर से है। दोनों मिल कर रहना।

सारी कार्रवाई पूरी करने के बाद मैंने कार के पास आकर रमेश भाई जी से कहा कि आप निकलो पुष्कर के लिए। पहुँच कर घर पर कह देना कि यहाँ हॉस्टल में सब व्यवस्था हो गई है। रमेश भाई जी को बोल कर मैं जैसे ही सीढ़ियों से ऊपर अपने कमरे की तरफ़ जाने लगी मुझे मैडम ने पास बुलाकर कहा- किसी भी चीज की ज़रूरत हो तो मैं यही रहती हूँ। निःसंकोच आ सकती हो। मैं मैडम को प्रणाम करके अपने कमरे में चली गई। अभी चारू आई नहीं थी। मैंने अकेले ही कमरे का मुआयना किया। अपने सामान को निकाल कर अपने हिस्से में उसे व्यवस्थित जमाने लगी। कॉपी-किताबें रखने के लिए दो टेबल व दो कुर्सी मिली थीं। मैंने अपनी कॉपी-किताबें अपनी तरफ़ वाले टेबल पर जमा कर रख दी। फिर दूसरे बैग में से कपड़े निकालकर, एक छोटी लकड़ी की अलमारी कमरे में थी, जिसमें ताला-चाबी आपको अपनी लगानी थी, उसमें मैंने अपने सारे कपड़े व ज़रूरी कीमती सामान रख कर घर से लाया ताला लगा दिया। इतना सब कर के मैंने पलंग को अपनी तरफ़ खींचकर साफ़ किया व बिस्तर बिछा कर धुली हुई साफ चादर व तकिये को गिलाफ चढ़ाया। मुझे तभी लगा कि कोई मेरे कमरे को बाहर से थपथपा रहा था। मैंने आगे बढ़कर

दरवाज़ा खोला, देखा तो सामने एक लड़की खड़ी थी। मैं कुछ कहती उसके पहले ही उसने अपना परिचय दे दिया। मैं चारू... तुम्हारी रूम मेट! मैं दरवाज़े पर बीच में रास्ता रोक कर खड़ी थी। चारू ने मज़ाक़िया लहजे में कहा- मैडम आप इजाज़त दें और हमें जगह दें तो हम भी अंदर आ जाएं। हम भी दो साल के लिए इस कमरे में आपके साथ आपके पार्टनर बन कर रहेंगे। उसका बेबाक़ खुला मज़ाक़िया अंदाज़ मुझे इतना भाया कि मैं भी उसी अंदाज़ में उसे कहा- पधारे मैडम जी! इस गरीब खाने में आपका स्वागत है। आपस में मज़ाक़िया लहजा सुनकर मैं और चारू ज़ोर से हँस पड़े। हम दोनों इतनी ज़ोर से हँसे कि पास के कमरे से रेखा ने दरवाज़ा खोल कर देखा कि कौन है। हम दोनों को ज़ोर से हँसता हुआ देख कर रेखा हमारे कमरे में बिना इजाज़त आ गई और अपना परिचय देते हुए हमसे भी हमारा परिचय ले लिया। मुझे तो पहले ही दिन हॉस्टल में इतना अच्छा लगा, मेरे मन में जो डर था कि मैं अकेले आज तक कभी भी घर से बाहर नहीं रही हूँ। पता नहीं हॉस्टल में कैसे रहूँगी पर अब लग रहा है कि मजे से रह लूँगी। इन सबके रहते मुझे घर की याद बिल्कुल नहीं आएगी।

रेखा के हमारे कमरे में से जाने के बाद चारू ने भी अपने बैग खोल कर अपना सामान जमाने मे लग गई। आगे बढकर मैं भी उसकी मदद करने लगी। मैं और चारू आज पहली बार मिले थे, ऐसा लग रहा था कि बरसों से एक-दूसरे को जानते हैं। इतना अपनापन और लगाव मैंने आज तक पुष्कर में मेरी पूरी ज़िंदगी में कभी किसी सहेली से नहीं महसूस किया था। यही बात चारू को भी महसूस हुई थी। इधर-उधर की बातें बाते करने के बाद हम दोनों को भूख लग आई तो सोचा घर से लाए नाश्ता निकाल कर खा लेते हैं। आज पहली बार रात में हॉस्टल की मेस में जाकर खाना खाने के लिए भी हम दोनों बहुत उत्सुक हो रहे थे। पहले कभी भी घर के बाहर का खाना खाने का मुझे तो मौक़ा नहीं मिला था। हमेशा घर पर या किसी शादी वैगरह जैसे मौक़े पर ही बाहर का खाना खाया था। घर पर से लाया कुछ चटर-पटर खाने के बाद

हम दोनों ने सोचा नीचे जाकर मेस व बाक़ी पूरी हॉस्टल का एक चक्कर लगा कर देखें तो सही कहाँ क्या है। मैं और चारू कमरे से दोनों बाहर निकल कर नीचे मेस की तरफ़ चल दिए। पहला दिन था तो हम किसी को नहीं पहचानते थे, न ही हमें कोई पहचानता था। हर कोई देख कर बस यही पूछ रहा था- नये आए हो? किस रूम में? किस कॉलेज में एडमिशन लिया है? हॉस्टल की कुछ लड़कियों ने रूक कर हमारा नाम भी पूछा व हमें अपना रूम नंबर बताकर आने का निमंत्रण भी दे डाला। देखकर अच्छा लगा कि सब एक-दूसरे से कितने स्नेह से बात कर रहे थे। मैंने और चारू ने मेस में जाकर देखा तो तीन-चार बाईजी खाना बनाने की तैयारी कर रही थीं। कोई आटा गूंथ रही थी, दो बाईजी सब्ज़ी काट रही थीं। महाराज जी गैस के पास खड़े होकर बड़े से बघौने में कुछ करछी से हिला रहे थे, शायद वह दाल बना रहे थे। मुझे रसोई में क्या कैसे बनता है, मालूम है। मेरे घर पर मैंने कई बार खाना बनाने में काकीसा की मदद की है। मेरी काकीसा से खाना बनाना सिखा है। रसोई में खाना बनता देख कर मुझे भूख लगने लगी। रसोई में अभी तो सिर्फ़ खाना बनाने की तैयारी चल रही है। पूरा खाना बनाने मे एक घंटा लग जाएगा। तभी मेरी नजर मेस मे सामने की दीवार पर पड़ी। दीवार पर बड़ा सा बोर्ड टंगा था जिस पर मेस में खाना खाने के निर्देश लिखे थे। मैंने इशारे से चारू को दिखाया। हम दोनों उसे पढ़ने लगे। तभी वहाँ हमारे हॉस्टल की कोई सीनियर दीदी रसोई में आई। वह इस महीने की मेस केप्टन थी। उनकी देख-रेख में सारा खाना बनता होगा। दीदी भंडार घर में से सारा सामान निकाल कर दे रही थीं। दीदी ही तय कर रही थीं कि कितना खाना आज बनेगा और क्या बनेगा। मेस में आते ही दीदी की नज़र हम पर पड़ी। मुझे और चारू को मेस की रसोई में देख कर तपाक से बोली- तुम दोनों हॉस्टल में नए आए हो? यहाँ रसोई में क्या कर रही हो? सख़्त आवाज़ मे दीदी को बोलते हुए मैंने और चारू ने सुना तो थोड़ी देर के लिए तो हम दोनों को लगा कि शायद कुछ ग़लत कर दिया है। तभी दीदी ने कहा- अभी खाना

नहीं बना है। सामने दीवार पर बोर्ड टंगा है। निर्देश पढ़ लो पहले। मैंने और चारू ने डरते हुए बोला- जी दीदी पढ़ लिया है... हम तो बस मेस देखने आए थे। आज ही शिफ्ट हुए हैं तो पूरे हॉस्टल में चक्कर लगाते हुए हम दोनों मेस में यहाँ आए हैं। दीदी ने पूछा- किस रूम में आए हो? तुम दोनों रूममेट हो? हमने कहा- हाँ हम दोनों रूममेट हैं दीदी, आज सुबह ही १२ नंबर के रूम में शिफ़्ट किया है। दीदी ने रसोई में काम कर रहे सभी बाईजी और महराज जी को हिदायतें दीं और यह भी कि खाना बनाने में सफ़ाई का ध्यान रख रहें कि नहीं, यह देखकर दीदी रसोई से चली गई। हम दोनों भी दीदी के रसोई में से जाते ही अपने कमरे में आ गए। मेरा और चारू का समय कट नहीं रहा था। क्या किया जाए यही मैं और चारू सोच रहे थे। अभी तक मैं और चारू एक-दूसरे का नाम ही जानते थे, बस इसके अलावा हमें एक-दूसरे के बारे में कुछ नहीं पता था। मैंने चारू से पूछा- तुम कहाँ से आई हो और घर पर कौन-कौन हैं? पापा क्या करते हैं? चारू से मैंने जब एक साथ इतने सारे प्रश्न पूछे तो चारू मेरे सामने कुर्सी खींच कर बैठ गई, और मुझे सब अपने बारे में बताने लगी। अपनी बात को जारी रखते हुए चारू ने बताया कि वह उदयपुर से आई है। उसके पापा की सरकारी नौकरी है। चारू के पापा पीडब्ल्यूडी में किसी बड़ी पोस्ट पर हैं। हर तीन साल में उसके पापा का तबादला नई जगह पर होता है। चारू ने कहा- मेरी मम्मी घर पर ही रहती हैं। मेरी बड़ी दीदी डॉक्टर हैं। दीदी के बाद एक भाई है, वह इंजीनियरिंग कर रहा है। इतना सब बताने के बाद चारू ने मुझसे मेरे बारे में पूछा। मैंने भी चारू को अपने परिवार के बारे में सब बता दिया।

थोड़ी देर बाद नीचे से घंटा बजने की आवाज़ सुनाई दी तो मैं और चारू उठकर हॉस्टल में नीचे हॉल में चल दिए। हॉल की घड़ी में देखा तो आठ बज गए थे। मुझे याद आया मेट्रन मैडम ने कहा था कि रोज़ रात आठ बजे हाज़िरी लगाई जाएगी, बाद में प्रेयर होगी। उसके बाद मेस में खाना खाने जाना था। हमारे हॉस्टल के हॉल में आने के बाद एक-एक करके सब लड़कियाँ अपने

कमरे में से निकलकर हॉल में इकट्ठा हो गई थीं। हॉल में मुझे और चारू को मिलाकर क़रीब बीस-पच्चीस लड़कियाँ थीं। हमारे हॉस्टल में साठ लड़कियों के रहने के लिए व्यवस्था थी, अभी बहुत सारे कमरे ख़ाली थे। कुछ लड़कियाँ घर गई थीं। मेट्रन मैडम ने, जैसे स्कूल में हाज़िरी लगती है, ठीक वैसे ही हॉस्टल का रजिस्टर खोलकर सबका नाम लेते हुए हाज़िरी लगाई। हॉल में खडी सब लड़कियों ने 'जी मैडम' कह कर अपनी उपस्थिति दर्ज कराई। हाजरी पूरी होने के बाद मेट्रन मैडम जी और हम सभी लड़कियों ने 'हमको मन की शक्ति देना' वाली प्रेयर एक साथ गाई।

प्रेयर के बाद हम सब लड़कियाँ मेस में जाकर बैठ गई। आज खाने में कढ़ी-पकौड़ी, बैंगन सब्ज़ी, सलाद, पापड़, अचार, रोटी व चावल बने थे। दो बाईजी मेस में हम सभी लड़कियों की थाली में खाना परोस रही थीं। थाली में खाना देखकर मुँह में पानी आने लगा। बाईजी ने खाना परोस दिया। उसके बाद मैंने अपने हाथ जोड़कर मन में श्लोक बोलकर थाली को नमस्कार किया और खाना शुरू किया। मेस का पहला दिन था। खाना गर्म होने के कारण मैंने कुछ ज़्यादा ही खा लिया। मैंने और चारू ने खाना खाने के बाद ऊपर अपने कमरे में जाने के बजाए हॉल से निकलकर बाहर हॉस्टल के बड़े से आंगन मे आ गए। हॉस्टल का आंगन बहुत बड़ा था। मैं और चारू कुछ देर आंगन में टहलने लगे। आज मेस में मैंने ज़्यादा ही खाना खा लिया था। थोड़ी देर टहलने से शरीर में हल्कापन लगेगा। रात के नौ बजे थे, रूम मे जाकर भी क्या करते। एक घंटा टहलने के बाद हम दोनों रूम में आ गए। हम दोनों को फिर भी नींद नहीं आ रही थी। मैं अपने साथ घर से मेरा छोटा ट्रांजिस्टर लाई थी। वह मैंने अलमारी में से निकालकर उसे सेट कर गाने लगा दिए। चारू तो देखते ही खुश हो गई। मैंने चारू से कहा- जब तक रोज़ सोने से पहले मैं गाना नहीं सुनती, मुझे नींद नहीं आती है। रोज़ रात का मेरा यही नियम है। चारू तुम्हें कोई एतराज़ तो नहीं।

चारू ने अपने बिस्तर पर लेटे-लेटे ही कहा- अरे नहीं गायत्री! मुझे भी गाने सुनने का बहुत शौक़ है। तू टेंशन मत ले... बिंदास चला।

ग्यारह बजे तक मैं और चारू गाने सुनते रहे। ग्यारह बजे के बाद मैंने चारू की तरफ़ देखा तो वह सो गई थी। लगता है चारू को पहले ही नींद लग गई। मैंने धीरे से उठकर ट्रांजिस्टर और कमरे की बत्ती बंद की और मैं भी अपने बिस्तर पर आकर सो गई। सुबह जल्दी उठकर मैं और चारू कॉलेज जाने के लिए तैयार हो गए। कॉलेज का पहला दिन था तो मुझे थोड़ी सी घबराहट हो रही थी। चारू साथ में थी तो हिम्मत भी मिल गई थी। मुझे और चारू को ग्यारह बजे तक कॉलेज पहुँचना था। मैंने और चारू ने कॉलेज जाने से पहले मेस जाकर खाना खा लिया और फिर हम दोनों कॉलेज के लिए निकल पड़े। कॉलेज हमारे हॉस्टल के पास ही था। मैंने और चारू ने सोचा कि पैदल ही चले जाते हैं। यह सोच कर मैं और चारू हॉस्टल से निकलकर सड़क पर आये कि तभी मैंने चारू से कहा– चारू! आज कॉलेज का पहला दिन है, हम किसी से पूछ लेते हैं कि हमारा कॉलेज हॉस्टल से कितनी दूर है। चारू को भी मेरा सुझाव पसंद आया। मैंने चारों तरफ़ नज़र दौड़ाई तो मुझे पास ही पेपर वाले की दुकान दिखाई दी। मैंने चारू से कहा- हम इन भाई जी से पूछ लेते हैं कि हमारा कॉलेज यहाँ से कितनी दूर है। हम कॉलेज पैदल जा सकते हैं कि नहीं? आगे बढकर मैंने पेपर वाले भाई जी से पूछा कि कॉलेज यहाँ से कितनी दूर है, तो उन भाई जी ने हमें कहा- दीदी चौराहे से बस मिल जाएगी आप उसमें बैठकर अपने कॉलेज जा सकते हो। आपका कॉलेज ज़्यादा दूर नहीं है। इतनी तेज धूप में आप दोनों मत जाइए। आराम से बस में बैठकर चले जाइए... दस मिनट में आप कॉलेज पहुँच जाओगी। मुझे पुष्कर में कभी भी बस मै बैठने का मौक़ा नहीं मिला था। मेरे लिए यह नया अनुभव था पर अच्छा लगा। बस में बैठकर कॉलेज वाले स्टॉप पर उतर गए। बस स्टैंड से कॉलेज तक पहुँचने के लिए हम दोनों को पैदल थोड़ी दूर और चलना पड़ा। आज कॉलेज का पहला दिन था।

हम दोनों कॉलेज समय पर पहुँच गए। हमारी क्लास कौन सी है, यह पता करने में हमें थोड़ा समय लगा। मैं और चारू दोनों समय पर क्लास में पहुँच गए। हमारी क्लास में हम दोनों के अलावा कोई नहीं आया था। हमेशा की तरह मैं क्लास रूम में, साइड की दूसरी बेंच पर जाकर बैठ गई। चारू भी मेरी बग़ल वाली सीट पर बैग रख कर बैठ गई। कुछ समय बाद क्लास में एक-एक करके बहुत सारे लड़के-लड़कियाँ आ गए थे। इनमें से कुछ लड़के व लड़कियाँ तो इसी शहर व इसी कॉलेज के थे। वह आपस में एक-दूसरे को पहले से जानते थे तो ज़ोर-ज़ोर से आपस मे बातें करने लगे। उन लड़कियों में से कुछ की नज़र जैसे ही मुझ पर और चारू पर पड़ी तो सब लड़के-लड़कियों ने पास आकर मुझे और चारू को घेर लिया और हमसे हमारा परिचय माँगने लगे। मैंने और चारू ने अपना परिचय दे दिया। फिर उन सभी लड़के-लड़कियों ने भी एक-एक कर के अपना परिचय दिया। एम.काम की क्लास में लड़के-लड़कियों को मिलाकर हम सिर्फ़ सोलह बच्चे ही थे।

आज कॉलेज के पहले दिन क्लास में हम सब ने एक-दूसरे को अपना परिचय दिया। आज हमारे सर व मैडम ने भी क्लास में आकर एक-एक बच्चे को खड़ा करके नाम पूछा था और सारी जानकारी ली कि कौन कहाँ से आया है, नंबर कितने आए हैं, आगे भविष्य में क्या करना है, यही सब मैडम और सर ने पूछा। हमारी कॉलेज छुटने के बाद पूरी क्लास ने एकसाथ कैंटीन में जाने की माँग की तो हम सब ने ख़ुशी-ख़ुशी हाँ कर दिया और पूरी क्लास के लड़के-लड़कियों ने कैंटीन में जाकर चाय, काफ़ी, नाश्ते का आर्डर दिया। हम सब आपस मे बातें करने लगे... कुछ लड़के मस्ती करने लगे। तभी कैंटीन में हमारे कुछ सीनियर गुट बनाकर वहाँ आ धमके। कॉलेज में रेगिंग लेने पर तब तक रोक लग गई थी। हमारे सीनियर चाह कर भी हमें परेशान नहीं कर सकते थे। हमारे सीनियर पास आकर हमसे बड़े प्यार से एक-एक करके हमारा नाम व किस कॉलेज से आए हो, पूछने लगे। हमारी पूरी क्लास का परिचय लेने के

बाद हमारे सीनियर में से एक सीनियर ने उदारता दिखाते हुए कैंटीन वाले को हिदायत दी- आज का इन सब लड़के-लड़कियों के नाश्ते का बिल मेरे अकाउंट में लिख लेना। फिर उसी सीनियर ने हमारी तरफ़ देख कर मुस्कुराते हुए कहा- मेरी तरफ़ से तुम सबको ट्रीट... कभी भी कोई ज़रूरत हो तो मेरे पास आकर मुझे बता देना। अपना परिचय देते हुए कहा- मेरा नाम संजय रावत है। मेरी पूरी क्लास के लिए तो यह ख़ुशी की बात थी। कॉलेज के पहले दिन ही हमें हमारे सीनियर इतना भरोसा दें कि हमें जब भी कोई काम पड़े तो हमें गाइड करने के लिए तैयार हैं। हम सब निश्चित हो गए, पहले तो हम सब सीनियर को देख कर डर रहे थे। संजय भाई ने कैंटीन से बाहर जाते समय फिर से हमारे पास आकर कहा- मुझे कॉलेज में सब 'बंटी भाई' कहकर बुलाते हैं। हमारा हमारे सीनियर को लेकर जो डर था, वह निकल गया। मुझे आश्चर्य हो रहा था कि कॉलेज का वातावरण इतना अच्छा हो सकता है, मुझे बिलकुल भी उम्मीद नहीं थी। हम सब क्लास के लड़कियों व लड़को ने कैंटीन में से बाहर निकल कर कॉलेज के मेन गेट की तरफ़ बढ़ने लगे। कॉलेज के मेन गेट पर पहुँच कर सब ने एक-दूसरे को 'बाय' कहा। सब अपने अपने घर जाने के लिए निकल पड़े। मैं और चारू ने भी हॉस्टल जाने के लिए बस स्टैंड की तरफ़ जाने वाली सड़क की तरफ़ चल पड़े। हमारे क्लास के दो लड़कों ने मेरे पास आकर मुझसे और चारू से पूछा- तुम दोनों कहाँ रह रहे हो। हमने अपनी हॉस्टल का नाम बताया तो उनमें से एक लड़का, जिसका नाम सुनील था, वह कहने लगा- हम दोनों भी पास वाली हॉस्टल में ही रह रहे हैं। तुम दोनों चलो हमारे साथ... पास में ही बस स्टैंड है, वहाँ से बस मिलेगी। मैं और चारू सुनील और नकुल के साथ बस स्टैंड जाने के लिए सड़क पर साथ चलने लगे। अब रोज़ कॉलेज छूटने के बाद चारू, सुनील, नकुल और मैं साथ ही चलकर बस स्टैंड तक आकर एक ही बस पकड़ कर हॉस्टल के पास वाले स्टॉप पर उतर कर अपने-अपने हॉस्टल आ जाते थे। हमारे हॉस्टल के पहले नकुल और सुनील का

हॉस्टल का स्टॉप आता था। हॉस्टल पहुँच कर मैं और चारू थोड़ी देर सुस्ताने के लिए बिस्तर पर लेट गए। हम दोनों ऐसे ही लेटे रहे, दो घंटे लेटने के बाद मैंने उठकर स्टोव जलाकर चाय बनाई और फिर चारू को आवाज़ लगाई। हम दोनों चाय के साथ प्लेट में घर से लाया नाश्ता भी निकाल लिया था। चाय पीकर चारू ने मुझसे पूछा- गायत्री चल न हम रूपा के रूम पर चलते हैं। एक रूम छोड़ कर ही रूपा का कमरा था। रूपा ने भी हमारी क्लास में ही एडमिशन लिया था। आज वह क्लास में नहीं आई थी। उसका कॉलेज में एडमिशन को लेकर कुछ समस्या आ रही थी। रूपा आज पूरे समय ऑफिस में ही थी। हॉस्टल में चारू, रूपा, हमारी दो सीनियर गीता और चंदा और मैं... ऐसे पाँच लड़कियों का ग्रुप बन गया था। हम पाँचों किसी न किसी के रूम में चौकड़ी जमा कर बैठ जाते और पूरी शाम बातें करते, गाने सुनना, यही नियम हमारा पूरे साल चला। जब भी कॉलेज से छुट्टी मिलती, मैं अपने घर पर चली जाती। मेरा घर दो घंटे की दूरी पर ही था। मेरे घर पर जाने की भनक लगते ही सब अपनी-अपनी पसंद का नमकीन व मिठाई मुझसे हक से मँगवाकर खाते थे। पन्द्रह दिन का नाश्ता सब मिल कर आठ दिन में ही ख़त्म कर देते थे। फिर मुझसे पूछते कि घर कब जा रही है और हँस देते। ऐसे ही हँसी-मज़ाक़ व सहेलियों के साथ कॉलेज का पहला साल निकल गया। परीक्षा नज़दीक आ गई। हमारा ज़्यादा समय अब कॉलेज की लायब्रेरी में नोट्स बनाने में जाने लगा। मार्च का पूरा महीने मैं घर नहीं गई। माँ, मार्च में जब मेरी परीक्षा चल रही थी, पुष्कर से आकर मेरे साथ मेरे रूम पर दो दिन रही थीं। माँ हमारे रूम में ही दोपहर में हम सब के लिए नाश्ता तैयार कर के हम सब को गर्मागर्म खिलाती थीं। माँ दो दिन रूक कर पुष्कर चली गईं। माँ के पुष्कर जाने के एक हफ़्ते बाद मेरा आख़री पेपर कल था। हम पाँचों लड़कियों ने आज ही अपना बैग भी तैयार कर लिया था। पेपर ख़त्म होने के बाद कॉलेज से आते ही हम सब अपने-अपने घर जाने के लिए बस ट्रेन से निकल जाएंगे। सबको अब घर जाने की जल्दी थी। पूरे एक

महीने की छुट्टियाँ मिली थीं। हमारी सीनियर गीता और चंदा का तो आख़री साल था। वह दोनों तो हमेशा के लिये हॉस्टल छोड़ कर जा रही थीं। कॉलेज से आकर मैंने पुष्कर के लिए बस पकड़ ली। रात नौ बजे तक मैं घर पहुँच गई। परीक्षा के कारण मैंने पूरे महीने ठीक से खाना नहीं खाया था। मेरा वजन काफ़ी कम हो गया था। मुझे देखते ही घर पर सब ने टोक दिया। मैंने हँस कर सबसे कहा- अब जितनी मर्ज़ी हो खिलाना, जल्दी ही मोटी कर देना। हॉस्टल में सब लड़कियों के बीच रहने के कारण मेरे स्वभाव में बहुत फ़र्क़ आ गया था। अब मैं घर पर भी सबसे अच्छे से बात करती थी। बात तो मैं पहले भी करती थी पर थोड़ा कम बोलती थी बस 'हाँ हूँ' में जवाब देने की आदत थी। रात में काकासा, बाऊजी, माँ सबसे मुलाक़ात करने के बाद ही मैं अपने कमरे में गई।

कमरे में जाकर देखा तो बुआजी सो गई थी। बुआजी सुबह उठेंगी तो उनसे स्नेहा दीदी के हाल-चाल पूछूँगी। बहुत दिन हो गए, मेरी स्नेहा दीदी से मुलाक़ात नहीं हुई थी। मेरी काकीसा कह रही थी कि स्नेहा दीदी पेट से हैं। पांचवा महीना चल रहा है। आठवां महीना लगते ही स्नेहा डिलीवरी के लिए पुष्कर आएगी। यही सब सोचते हुए मुझे नींद लग गई। परीक्षा की वजह से थकान हो गई थी। मेरी नींद पूरी नहीं हो पाई थी। सुबह जब मेरी अपने घर पर कमरे में नींद खुली तो उठ कर जल्दी से बाथरूम में नंबर लगाने के लिए मैं बिस्तर छोड़ कर हड़बड़ा कर उठी और बाहर जाने लगी। कुछ कदम चलने पर मुझे ख़ुद पर ही हँसी आ गई। अरे मै तो आज अपने घर पर हूँ। धम्म से फिर से बिस्तर पर लुढ़क गई। अपने ही सर पर हाथ रख कर खुद को ही 'पागल कहीं की' कह कर फिर से हँसने लगी। बिस्तर पर थोड़ी देर वैसे ही पड़ी रही। मुझे अचानक जयदेव की याद सताने लगी, बहुत दिनों से मिली नहीं हूँ। सोचा आज सुबह-सुबह जयदेव के घर पर चली जाती हूँ। जयदेव के घर पर ही नाश्ता कर लूँगी, मासी को भी अच्छा लगेगा। दिल में बहुत सारी उमंग लिए मैं तैयार होकर अपने कमरे से नीचे आंगन में उतर कर जब आई तो मेरे सामने काकीसा

थी। उन्हीं को धीरे से कान में बोला- मैं जयदेव के घर पर जा रही हूँ। मेरी काकीसा भी मेरा अधीरापन देख कर मुस्कुराते हुए बोली- हाँ हाँ जा... जयदेव से मिलने जा रही है और नाम मासी का ले रही है। शरमा कर मैंने 'हाँ' में गर्दन हिला घर का दरवाज़ा खोल कर निकल गई। जयदेव के घर पहुँचकर मैंने धीरे से मैंने जयदेव के घर के दरवाज़े को धक्का देकर जैसे ही घर के अंदर कदम रखा ही था कि मुझे जयदेव की आवाज़ सुनाई दी। जयदेव अपने कमरे से निकल कर सीढ़ियों से नीचे उतर कर आ रहा था। मुझे जयदेव के सीढ़ियों से नीचे उतरने की आवाज़ साफ सुनाई दी। पहले तो सोचा कि आंगन में ही रूक जाऊँ पर जयदेव को देखने के लिए मेरा मन इतना उतावला हो रहा था कि मैं अपने आप को रोक नहीं पाई। जयदेव सीढ़ियों से नीचे उतर कर जैसे ही आंगन में आया, हम दोनों एक-दूसरे के सामने एकदम से आ गए। मुझे तो मालूम था कि जयदेव सीढ़ियों से उतर कर आ रहा है पर जयदेव इस बात से अनजान था। उसे मेरे आने की खबर नहीं थी। मुझे सामने देख कर जयदेव अचंभित होकर मुझे देखने लगा। हमेशा की तरह मैं बुत बन कर नीचे नज़रें झुकाए खड़ी रही। वह आगे बढ़कर मुझे छू कर देखना चाह रहा था कि मैं सचमुच में उसके सामने खड़ी हूँ या कोई सपना है। जयदेव मुझे हाथ बढ़ा कर छूकर देखता, उसके पहले ही वहाँ मासी आ गई। मासी जी भी मुझे सुबह-सुबह उनके घर पर देख कर पहले तो विश्वास नहीं कर पाई। मैं मासी जी को आया देख कर जल्दी ही जयदेव के सामने से हट कर मासी जी के पास जाकर पैर छूकर आशीर्वाद लेने लगी। मेरे सर पर हाथ रखकर मासी जी ने पूछ लिया- गायत्री बेटा तुम कब आई। मासी जी ने मुझे और जयदेव को पास खड़े देख लिया था। मासी जी को लगा कि मैं पहले से ही आकर जयदेव के पास खड़ी थी। अजीब सी निगाह से मासी जी ने मुझे देखा जैसे मैं और जयदेव दोनों पास में खड़े होकर क्या कर रहे थे! मुझे कुछ समझ आता उसके पहले ही जयदेव ने कह दिया- माँ मुझे देर हो रही है नाश्ता तैयार हो तो लगा दो। मैंने मासी जी के साथ ही

रसोई में जाकर देखा तो नाश्ता लग गया था। मासी जयदेव को ही बुलाने बाहर आई थीं पर मुझे सामने देखकर फिर से खुश होने के बजाय मासी जी का चेहरा उतर गया था। जयदेव के सामने वह ख़ुश होने की कोशिश कर रही थीं। मासी जी को मालूम था कि जयदेव मुझे दिलोजान से चाहता है। कई सालों से मेरे और जयदेव के मन में एक-दूसरे के लिए जो प्यार है, वह मेरे और जयदेव के घर पर सबको पता था। बस इसी कारण से वह अपने मन को संभाल कर मेरे साथ अच्छे से व्यवहार करती थीं। यह मुझे समझ आ रहा था।

मेरे पीछे जयदेव भी रसोई में आ गया था। जयदेव ने नाश्ता ख़त्म करके अपने हाथ धोकर घर से बाहर जाते वक़्त ऊँची आवाज में जैसे मुझे सुनाने के लिए बोला- माँ मैं क्लास जा रहा हूँ, शाम तक आ पाऊँगा। मुझे ऐसा लगा जैसे जयदेव मुझे कह रहा हो कि मैं शाम तक उसके घर पर ही रूक कर उसका इंतज़ार करूँ। जयदेव के जाने के बाद मासी कहने लगी- एलएलबी की पढ़ाई कर रहा है। प्रतियोगिता परीक्षा दे दी है नौकरी के लिए, रिज़ल्ट अभी आना बाक़ी है। तुम बताओ तुम कैसी हो? कैसे गए तुम्हारे पेपर? अभी एक साल और है न तुम्हारी पढ़ाई पूरी होने में। मैंने 'हाँ' में सर हिला दिया- मासी जी मेरे पेपर अच्छे गए हैं। अगले हफ़्ते रिज़ल्ट आ जाएगा। कॉलेज में एक महीने की छुट्टी लगी थी। कल रात ही जयपुर से पुष्कर घर आई हूँ। मासी ने मुझे देख कर कहा- बहुत झटक गई हो, ढंग से खाना नहीं खाती हो। तभी रसोई में प्रदीप आ गया। मुझे देख कर खुश हो गया- भाभी कब आई, अपने सैंया से मिली कि नहीं कि वह पहले ही निकल गए थे। यह बात प्रदीप ने धीरे से मेरे कान में आकर कही, कहीं रसोई में खड़ी मासी जी सुन न लें। मासी के सामने तो प्रदीप बिल्कुल नहीं बोलता था। मासी जी के कानों में यदि प्रदीप की कही बात सुनाई देती तो प्रदीप को डांट पड़ जाती। प्रदीप की तरफ़ देख कर मैंने 'हाँ' कहा तो वह उछल पड़ा। मासीजी को प्रदीप का इस तरह से उछलकर मुझसे बात करना अच्छा नहीं लगता था। मासी मेरी तरफ़ देख कुछ समझ पाती उसके पहले ही

प्रदीप रसोई से आंगन में चला गया। मासी ने मुझे दोपहर का खाना खाकर जाने के लिए कह दिया था। मन तो मेरा भी हो रहा था कि दोपहर क्या मैं तो शाम तक, जब तक जयदेव क्लास से वापस नहीं आ जाता, यहीं रहने की सोच रही हूँ। एक बार फिर से जयदेव को मन भर कर देख लूँ।

उस दिन मैं मासी जी का घर के काम में हाथ बंटाती रही। मासीजी काम के बीच-बीच में मुझसे बात भी करती जा रही थीं। मै और मासी जी एक साथ कपड़े सुखा रहे थे। मासी जी ने मेरे हाथ से कपड़े लेकर मुझे कहा- गायत्री एक काम करो, यह मैं कर लूँगी। तुम रसोई में जाकर दोपहर के खाना बनाने की तैयारी कर... तब तक यहाँ का काम निपटा कर हम दोनों फिर मिलकर खाना बना लेंगे, नहीं तो खाना बनाने में देर होगी। गायत्री तुम्हें याद तो है न खाना बनाना कि हॉस्टल जाकर भूल गई? वहाँ तो तुम मेस में खाना खाती हो। तुम्हारे हॉस्टल की मेस में खाना कैसा मिलता है? मेस का खाना अच्छा लगता है तुम्हें? हॉस्टल में तो तुम्हें तैयार खाना मिलता है। रसोई में जाकर काम नहीं करना होता है। मैंने मासी जी को कहा- नहीं मासी! मैं कुछ नहीं भूली हूँ... मुझे खाना बनाना आता है। हॉस्टल की मेस में खाना अच्छा मिलता है, बिल्कुल घर जैसा और गर्म। पता ही नहीं चलता है कि मेस का है। हमारे महाराज, जो मेस में खाना बनाने वाले हैं बहुत स्वादिष्ट खाना बनाते हैं। बाक़ी उनका हाथ बँटाने के लिए जो काकियाँ हैं, वह सब भी बहुत अच्छी हैं। हमारी हॉस्टल की बड़ी दीदी है। जब खाना बनता है तो वह महाराज और काकियों पर निगरानी रखती हैं। साफ़-सफ़ाई से खाना बनवाती हैं। मेरी बात ख़त्म भी नहीं हुई थी कि मासी भी अपना काम निपटा कर रसोई में आकर मेरी मदद करने लगीं। मासी जी और मैंने मिलकर खाना बनाने के बाद मासी जी ने खाना खाने के लिए प्रदीप को भी आवाज़ लगाई। हम तीनों खाना परोस कर खाना खाने बैठ गए। मैंने एक-दो कौर मुँह में डाले ही थे कि मुझे रसोई में जयदेव आता दिखाई दिया। जयदेव आज क्लास से जल्दी आ गया था। मुझे लगा जयदेव ने मुझे

इतने दिनों बाद देखा है। जयदेव का मन आज क्लास में नहीं लगा होगा। आज जयदेव क्लास बीच मे ही छोड़ मुझसे मिलने जल्दी चला आया था।

जयदेव रसोई में आते ही खाना माँगने लगा- माँ मेरी भी थाली लगा दो। मैं उठने लगी तो मासीजी ने मुझे बैठने को कहा और ख़ुद हाथ धोने के लिए बाहर की तरफ़ चल दीं। मौक़ा देखकर जयदेव पास बैठ गया और पूछने लगा- कैसी हो? पेपर कैसे गए? मुझे याद करती हो? हॉस्टल में मन लग रहा है? इतने सारे प्रश्न इतनी धीमी आवाज़ में पूछा। मैंने सबका जवाब धीरे से दिया। तभी वह अपना हाथ बढ़ाकर मेरा हाथ पकड़ने ही वाला था कि मासीजी अंदर आ गई थाली लेकर। वह जयदेव के लिए खाना परोसने लगीं। अपनी माँ को आया देख जयदेव ने भी अपना हाथ खींच लिया और थोड़ा दूर जाकर बैठ गया। हालाँकि मासीजी ने जयदेव को सरकते हुए देख लिया था पर वह कुछ बोली नहीं। हम सबने साथ में खाना खाया। खाना खाने के बाद जयदेव ऊपर अपने कमरे में चला गया। मैंने और मासीजी ने सारे काम निपटा लिए। उसके बाद मासीजी और मैं बाहर आंगन मे पड़े कपड़ों की तह करने लग गए। आज फिर जयदेव सीढ़ियों पर से छुपकर मुझे निहार रहा था। मुझे उसका आभास हो जाता था। मेरी हिम्मत नहीं हुई कि मैं भी जयदेव की तरफ़ देखूँ... शायद जयदेव इसलिए ही सीढ़ियों पर खड़े होकर मुझे देख रहा था कि कभी तो मैं उसे देखूँ और हम दोनों की नज़रें मिले। कुछ देर रूक कर मैंने मासीजी से घर जाने के लिए पूछा। जयदेव के कान हमारी बातें सुनने में लगे थे। जैसे ही मैंने जाने की बात की, जयदेव सीढ़ियों पर से ही आवाज़ लगा कर कहने लगा- माँ आज मेरा सर दर्द कर रहा है। चाय जल्दी बना लेना। मैं समझ गई कि जयदेव चाय के बहाने से मुझे रोक रहा था। तभी मासीजी ने कहा- लो आ गया आदेश! तुम रूक जाओ... चाय बना कर पी कर चली जाना। पहले मैं चाय नहीं पीती थी पर हॉस्टल में जाने के बाद से मुझे भी चाय की आदत लग गई

थी। यह बात मैंने ही मासीजी को बताई थी। मन तो आज मेरा भी इतनी जल्दी घर पर जाने को नहीं हो रहा था।

दोपहर ढलने को आई। मैं उठकर चाय बनाने रसोई में चली गई। पता नहीं जयदेव को कैसे पता चल गया कि मैं रसोई में चाय बना रही हूँ। जयदेव ऊपर अपने कमरे में से नीचे रसोई में पानी पीने के बहाने मेरे पास आकर फिर धीरे से 'आय लव यू' कह कर फिर ज़ोर की आवाज़ मे बोलने लगा- चाय बनानी आती हैं तुम्हें? मुझे ऐसा लगा जयदेव अपनी माँ को सुनाने के लिए ज़ोर से बोल रहा था। उसकी माँ कोई शक ना करें। मैंने हल्के से हँस कर जयदेव को जवाब दिया- मुझे चाय बनानी नहीं आती, सीख रही हूँ, जल्दी ही सीख जाऊँगी। हाँ पर थोड़ा सीख गई हूँ। आज मेरे हाथ की चाय पी कर बताना कैसे बनी है। मैं और जयदेव इतना ही वार्तालाप कर पाए थे। जयदेव की माँ ने बाहर से आवाज़ लगा कर जयदेव को बाहर बुला लिया। मासी जी को जयदेव का मुझसे बात करना पसंद नहीं आ रहा था। आज भी मुझे मासीजी का व्यवहार कुछ समझ नहीं आ रहा था। चाय बनाने के बाद मैंने चाय ट्रे में रखकर चाय लाकर एक कप मासीजी, दूसरा कप जयदेव के हाथ में देकर मैं मासीजी के पास बैठ चाय पीने लगी। तभी जयदेव ने अपनी माँ की तरफ़ देख कर कहा- आज सादी चाय... इसके साथ नमकीन या बिस्कुट कुछ नहीं! माँ बिस्कुट कहाँ रखा है, मुझे बताओ... मैं ले कर आता हूँ। जयदेव उठकर जाने लगा तो मासी ने उसे रोक कर मुझे कहा- गायत्री तुम ले आओ... रसोई में ऊपर वाले डब्बे में मठरी है और पास वाले डब्बे में बिस्कुट है। प्लेट में ले आ बेटा। चाय का कप हाथ से टेबल पर रख कर मैं जाने लगी। जयदेव मेरे पीछे आने के लिए जैसे ही उठने लगा मासीजी ने जयदेव को इशारे से रोक दिया। उन्हें समझ आ रहा था कि हम दोनों के बीच नज़दीकियाँ बढ़ रही थीं। मासी जी यह नहीं चाहती थीं कि मैं और जयदेव दोनों पास आएं, पता नहीं उनके मन में क्या चल रहा था। किसी वजह से मासी जी बोल नहीं पा रही थी पर मासी जी अब

मेरे और जयदेव के रिश्ते से खुश नहीं नजर आ रही थीं। दूसरी तरफ़ जयदेव है कि मेरे ज़्यादा नज़दीक आने की कोशिश कर रहा था।

आज मुझे मासी जी का व्यवहार और भी ज़्यादा समझ में आ रहा था। मैं समझ कर भी कुछ बोल नहीं सकती थी। मासी जी मुझसे उम्र में बड़ी हैं। मैं उनसे वजह पूछ भी नहीं सकती। आज मेरा मन फिर मासी जी के व्यवहार से बुझ सा गया था। हम तीनों ने चाय पी कर ख़त्म की तो मैंने सारे बर्तन समेट कर रसोई में ले जाकर धो दिए और पोंछ कर उन्हें जगह पर लगा कर मैंने मासी जी से अपने घर जाने की बात कही तो मासी जी ने मुझसे पूछा- गायत्री तुम कब तक पुष्कर में हो? मैंने मासी जी से कहा- एक महीने की छुट्टी मिली है।

आज जयदेव को भी अपनी माँ का व्यवहार समझ आ रहा था। जयदेव के हाव-भाव से मुझे समझ आ रहा था कि वह भी मेरी तरह अपनी माँ से कुछ कह नहीं सकता है। मैं मासी जी से विदा लेकर अपने घर की तरफ़ चल दी। मेरा मन नीति से मिलने को भी नहीं हुआ। बस अपने कमरे में जाकर रोने का मन कर रहा था। घर पहुँच कर सीधे बिना किसी से बात किए हुए मैं अपने कमरे में जाकर बिस्तर पर उल्टा लेट गई। बस फिर क्या था... मेरे आँखों ने अपना काम शुरू कर दिया, बहने लगे बहुत देर तक। मैं इसी हालत में पड़ी रही। कुछ समय बाद मैंने अपने आप को संभाला, उठ कर हाथ-मुँह धोए।

मुझे रसोई में आता देख काकीसा ने मेरी तरफ़ देख कर मुस्कुराते हुए पूछा- आ गई। कैसी है मेरी दीदी? बहुत दिनों से उनसे मुलाक़ात नहीं हुई है। मैंने काकीसा से कहा- अच्छी हैं। मासी जी भी आपको याद कर रही थीं। काकीसा आज आप खाने में क्या बना रहे हो? काकीसा ने कहा- खिचड़ी और कढ़ी... ठीक है गायत्री तुम्हें कुछ और खाना है तो बता, बन जाएगा। मैंने कहा- नहीं ठीक है... वैसे भी मन नहीं है मेरा कुछ खाने का। मैं कुछ मदद करूँ काकीसा आपकी। काकीसा ने मेरे आगे कुछ सब्ज़ी व प्याज़-टमाटर सरका

कर कहा- ले यह साफ़ कर... तब तक मैं दूसरा काम निपटा लेती हूँ। वहीं ज़मीन पर बैठ कर मैंने सारे काम निपटा दिए। कुछ देर चुपचाप रसोई में ही बैठ कर मैं काकीसा को रसोई में काम करते देखती रही। मेरे मन में बहुत सारे विचार आ रहे थे। मन किया था कि काकीसा से पूछूँ कि जयदेव की माँ मुझसे अभी नाराज़ है क्या? मुझे आज भी मासी जी का व्यवहार रूखा लगा था। मेरी काकी सा से पूछने की हिम्मत नहीं हुई। बुआसा रसोई में आई और आकर मुझसे पुछा- कैसी हो गायत्री बेटा? बुआसा ने जैसे ही मुझसे पूछा मेरी तांद्रा टूटी। मैंने अपने ही ख़्यालो में डूबे हुए बुआसा की तरफ़ देखा तो वह समझ गई कि मुझे कोई बात परेशान कर रही है। मेरा हाथ पकड़ कर मुझे उठाया और ऊपर अपने कमरे में ले जाकर मेरे सर पर हाथ रखकर पूछने लगी- क्या हुआ है गायत्री बेटा बता... तू जब से जयदेव के घर से आई है, परेशान है। बुआसा के इतना पूछते ही मैं रो पड़ी। बुआसा मुझे चुप कराने लगी। मेरे हाथ में पानी दिया और पूछा- बता बेटा क्या बात है। तब मैंने रोते हुए बुआसा से मेरे मन में मासी जी के बर्ताव को लेकर जो डर था, वह बताया। कुछ देर चुप रहकर बुआसा कहने लगी- मुझे समझ नहीं आ रहा है कि ऐसा क्या हुआ जो मंदा (जयदेव की माँ का नाम) ऐसे बर्ताव कर रही है। तुम्हारे जैसी बहू उन्हें ढूँढने पर भी नहीं मिलेगी। अच्छा तू रो मत... मैं भाभी से बात करती हूँ। तब मैंने बुआसा से कहा- माँ को भी अंदेशा हो गया है। आपको याद है बुआसा पहली बार जब मैं हॉस्टल जा रही थी तब मासी जी हमारे घर पर यहाँ आई थीं। उस दिन भी मासी जी का व्यवहार मुझे लेकर बड़ा अजीब सा था। जैसे उनको मेरा हॉस्टल मे रह कर पढ़ाई करना पसंद नहीं आ रहा था। बुआसा ने मुझसे कहा- पर गायत्री बेटा! भाईसा ने तो जयदेव के घर वालों से साफ़ बात की है। तुम आगे पढ़ाई जारी रखोगी। यहाँ पुष्कर में अच्छे कॉलेज नहीं हैं इसलिए जयपुर भेजा है! और रहा सवाल हॉस्टल का तो वह तो लड़कियों का हॉस्टल है। और दो घंटे की दूरी पर ही तो है, उसमें क्या परेशानी है, समझ नहीं आता है। चल गायत्री दुखी मत

हो... मैं आज ही बात करती हूँ। मुझे आश्वस्त करके बुआसा नीचे चली गईं। मैं अपने कमरे में कुछ देर तक अपने और जयदेव के रिश्ते के बारे में सोचते हुए बैठी रही। बाद में बिस्तर पर लेटी और मुझे नींद लग गई। सुबह उठने के बाद पता चला कि मैं बिना कुछ खाए ही रात में सो गई थी। सुबह नित्य कर्म से निवृत्त होकर कपड़े बदल कर मैं नीति के यहाँ जाने के लिए निकल पड़ी। घर से निकलने के पहले मैंने ज़ोर से आवाज़ लगा कर रसोई मे खड़ी मेरी बुआसा को बोला- मेरा नाश्ता मत बनाना... मैं नीति के घर पर नाश्ता कर लूँगी और बुआसा का जवाब सुने बिना ही दरवाज़ा खोल कर निकल गई। नीति के घर पहुँच कर देखती हूँ कि नीति अभी तक सो रही थी। आवाज़ लगा कर नीति को उठा कर उसे गले लगाया और कहा- तू जल्दी से नित्य कर्म से निपट ले, फिर चल रसोई में कुछ बनाते हैं। मुझे भूख लगी है। मैंने कल रात में भी कुछ नहीं खाया है। चल नीति जल्दी कर। नीति भी मुझे आया देख कर खुश होकर जल्दी नित्य कर्म से निवृत्त होकर मेरे पास आकर बोली- चल! हम दोनों रसोई में जाकर नाश्ता बनाने लगे। नीति ने कहा- आज उपमा बनाते हैं। यह कह कर नीति उपमा बनाने का सारा सामान निकाल कर मुझे दे रही थी। मैंने चूल्हे पर कढ़ाई रख कर उपमा बनाना शुरू किया ही था कि नीति की माँ ने हम दोनों को रसोई में नाश्ता बनाते देख कर पूछा- तुम दोनों सुबह-सुबह आज रसोई में क्या कर रही हो? आज सूरज किधर से निकला है देखू तो! गायत्री बेटा तेरे हॉस्टल जाने के बाद से यह नीति न जल्दी उठती नहीं है, आलसी हो गई है। शादी के बाद पता नहीं मेरी नाक कटवाएगी यह लड़की। मैं तो बोल-बोल कर थक गई हूँ पर यह है कि सुनती ही नहीं है। नीति अपनी माँ के गले लग कर बोली- अरे माँ आराम करने दे न... एक बार शादी के चक्कर में पड़ गई न तो बस, फिर तो तुम्हारे जैसे हाल होंगे। बताओ तुम्हारी शादी हुई है जबसे तुम्हें आराम करने को समय मिलता है? दिन भर कोल्हू के बैल की तरह लगी रहती हो। नीति की माँ ने कहा- हाँ बेटा वह तो है, यही तो

हमेशा से होता आया है कि लड़कियों को शादी के पहले मायके में जो सुख मिलता है, शादी के बाद तो वो भूल जाओ। फिर नीति की माँ ने हम दोनों को मज़ाक़िया अंदाज़ में कहा- हाँ बेटा उठा लो तुम भी सुख।नीति की माँ का इस अंदाज़ से दिया जवाब सुन कर मैं और नीति हँस पड़ी। नीति की माँ भी हम दोनों को हँसते देख अपनी हँसी रोक नहीं पाई।

नाश्ता करके मैं और नीति बातें करने लगे। थोड़ी देर बाद मैं अपने घर पर आ गई। इसी तरह पूरा एक महीना निकल गया। छुट्टियाँ भी ख़त्म होने को आई। मुझे पाँच दिन बाद हॉस्टल जाना था। मैंने काकीसा को हॉस्टल ले जाने के लिए नाश्ता तैयार करने का बोल दिया था। मुझे नाश्ता बनाने में काकीसा की मदद भी करनी होगी। मैंने काकीसा से यह भी बता दिया था कि जब भी आप मेरे लिए नाश्ता बनाएं, मुझे आवाज़ लगा देना... मैं मदद करने आ जाऊँगी। थोड़ा-थोड़ा करके तीन-चार दिनों मे मैंने हॉस्टल जाने की सब तैयारी कर ली थी। मैं अगली सुबह जयपुर के लिए निकल पड़ी। जयपुर जाने से पहले मैं जयदेव से मिलने उसके घर गई थीं। जयदेव मुझे नहीं मिला। उदास होकर मैं अपने घर वापस लौट आई। आज दोपहर जाते समय सोचा कि जयदेव मुझे दिख जाए तो अच्छा रहेगा। अब पता नहीं मेरा पुष्कर कब आना होगा। घर से जयपुर के लिए निकलते समय मैंने रमेश भाई से कहा- गाड़ी थोड़ा धीरे चलाना, अगले मोड़ आने तक। वह बोले- जी दीदी। उन्हें लगा की मैं गाड़ी में बैठ कर कुछ काम कर रही हूँ। रमेश भाई जी को क्या पता था कि मैं जयदेव को देखने के लिए यह कह रही हूँ। जयदेव का घर दिखते ही मैंने कार की खिड़की में से झुक कर जयदेव के घर की खिड़की की तरफ़ देखा कि शायद जयदेव की एक झलक भी मिल जाए तो बहुत अच्छा होगा। मुझे क्या मालूम था कि जिसे मैं उसके घर की खिड़की पर ढूँढ रही थी, वह तो सड़क पर मुझे सामने से आते हुए दिखाई देगा। जयदेव बाहर किताबें लेने गया था। उसके हाथ में किताबें दिख रही थीं। मेरी गाड़ी को वह पहचानता था। उत्सुकता से

उसने भी कार की पिछली खिड़की की तरफ़ देखा तो कार की खिड़की में से मैं भी जयदेव की तरफ़ देखती हुई उसे मैं दिखाई दी। जयदेव ने मुझे देख लिया था। कार के थोड़ा पास आने पर जयदेव भी मुस्कुराते हुए मुझे देख रहा था। मैंने निगाहें नीचे कर ली थीं। जयदेव भी मेरी तरफ़ देखते हुए आगे बढ़ गया। हमारी गाड़ी आगे निकल गई। मेरा मन जयदेव को देख कर प्रसन्नता से भर गया था।

जयपुर में हॉस्टल पहुँच कर मैंने रमेश भाई जी की मदद से सारा सामान निकाल कर कमरे में ले गई। ताला खोलने के लिए मैं अपने बैग में चाबी ढूँढ रही थी कि चारू ने मुझे देखा। वह दौड़ कर मेरे हाथ से सामान लेकर एक हाथ से अपनी चाबी से दरवाज़े का ताला खोलने लगी। मुझे देख कर चारू खुश हो गई। बोलने लगी- अच्छा हुआ तुम आ गई। मैं तो कल रात ही आ गई थी। अकेले कमरे में परेशान हो रही थी तो सामने वाले कमरे में नीलम दीदी हैं न, उनके साथ समय बिता रही थी। गायत्री तुम जानती हो नीलम दीदी को? नीलम दीदी डॉक्टरी की पढ़ाई कर रही हैं... उनका यह आख़िरी साल है। तेरे बारे मे पूछ रही थीं। पता नहीं कुछ ज़्यादा ही दिलचस्पी दिखा रही थीं। तभी मैंने उन्हें चारू से कहा- हाँ नीलम दीदी, उनको मैं जानती हूँ। वह अक्सर मुझे सीढ़ियों पर आते-जाते कई बार टकराई हैं। हमारी बस हाय-हेलो हुई है। मुझे नीलम दीदी बहुत अच्छी लगती हैं। तुम जानती हो उनका मंगेतर है, वह भी डॉक्टर हैं। अक्सर शाम को मिलने हमारे हॉस्टल आता है। मेरी यह बात सुनकर चारू को आश्चर्य हुआ कि मैं यह सब कैसे जानती हूँ। चारू मुझसे पूछने लगी। तब मैंने चारू को बताया- पिछली बार जब तुम घर गई थी, मैं अकेले कमरे मै बैठी परेशान हो गई थी तो नीचे चली गई थी। वहीं पर हॉस्टल की कुछ लड़कियों को नीलम दीदी के बारे में यह सब कहते हुए सुना, तब मुझे पता चला। दीदी बहुत पैसे वाले घर से हैं, उनके माता-पिता भी डॉक्टर हैं।

हम दोनों बातें करते-करते कल कॉलेज जाने की तैयारी भी करने लगे। सुबह जल्दी उठकर जाना है। कमरे में सब सामान व्यवस्थित रख कर हम दोनों मेस में खाना खाने चले गए। सब हॉस्टल की लड़कियों से मुलाक़ात वहीं हो गई। हमें हॉस्टल में रहते हुए एक साल हो गया था। हॉस्टल की सब लड़कियाँ हमें अब पहचानती थीं। खाना खा कर मैं और चारू टहलने चले गए। हमारी पुरानी आदत थी। रात दस बजे हम रूम में आकर सोने की तैयारी कर ही रहे थे कि मैट्रन ने दरवाज़े पर आकर आवाज़ लगा कर हमारे हाल-चाल पूछे। घर से कब आए? कैसे हो, पास हो गए तुम दोनों? मुझसे और चारू से सारे प्रश्नों के जवाब मिलने बाद मैट्रन मैडम तसल्ली कर के वहाँ से चली गईं। मैंने दरवाज़ा अंदर से बंद किया। लाईट बंद कर छोटी लाईट जला कर मैं भी सो गई। सुबह जल्दी से तैयार होकर हम खाना खाने के बाद कॉलेज के लिए निकल गए। आज हमारा फायनल ईयर का पहला दिन था तो पढ़ाई तो कुछ नहीं होगी, हमें मालूम था। हम सब कैंटीन में जाकर गपशप करने लगे। आज लग रहा था कि कॉलेज नहीं भी आते तो कुछ पढ़ाई का नुक़सान नहीं होता। पर चलो ठीक है, रूम में बैठ कर भी क्या करते। मैंने तभी चारू से कहा- चल आज लायब्रेरी जाकर अच्छा सा कोई उपन्यास देख कर इश्यू करवाते हैं। चारू को उपन्यास पढ़ने में कोई रूची नहीं थी। वह मेरे लिए लायब्रेरी चली यह सोच कर कि कोई अच्छी सी उपन्यास होगी तो वह भी अपने नाम से इश्यू करवा लेगी। हॉस्टल में ख़ाली बैठने से तो अच्छा होगा कि उपन्यास पढ़ कर समय निकल जाएगा। अभी कुछ दिनों तक तो कॉलेज मे कोई पढ़ाई नहीं होने वाली है।

हम दोनों ने लायब्रेरी से किताबें इश्यू करवा कर हॉस्टल के लिए कॉलेज से बाहर निकल कर बस ली। हॉस्टल पहुँचते हुए हमें दोपहर के तीन बज गए थे। सोचा पहले चाय बना कर पी ली जाए, फिर थोड़ा मुँह-हाथ धोकर आराम से नाश्ता चाय करके फिर कोई उपन्यास पढा जाए। वैसे भी बहुत दिनों

से मैंने कोई उपन्यास नहीं पढ़ा था। बाऊजी अक्सर नये-नये उपन्यास लाकर देते थे तो मैं एक हफ़्ते में ही पढ़ लेती थी। घर पर पूरा दिन बस हाथ में उपन्यास लिए इधर-उधर बैठ कर पढ़ती रहती थी। जब तक उपन्यास खत्म नहीं हो जाता, मेरे हाथ से छूटता नहीं था।

मुझे आज अपने घर के वह पुराने दिनों की याद आ गई। सोच कर मेरे होंठों पर हँसी आ गई। चारू ने देखा तो पूछ लिया- मन ही मन क्यों मुस्कुरा रही हो, हमें भी तो बताओ, हम भी शामिल हो जाएंगे। चारू की तरफ़ चाय व नाश्ता बढ़ाते हुए मैंने कहा- कुछ नहीं रे पुराने दिन याद आ गए, मेरे बाऊजी से मुझे यह किताबें पढ़ने का शौक़ लगा है। हमारे घर पर एक कमरे में छोटी सी लायब्रेरी है जहां हर विषय की किताबें मिल जाएगी।

बस वही सब याद कर रही थी। कैसे थे न बचपन के दिन... बेफ़िक्री, न कोई ज़्यादा पढ़ाई न ही घर के काम करने को कोई कहता है। स्कूल से आकर खेलने चले जाओ, खाओ-पियो, मस्त रहो। जैसे-जैसे हम बड़े होते हैं, हमारी पढ़ाई का बोझ, बड़े होने पर घर पर सबकी हिदायतें, यहाँ मत जाओ, वह मत करो, ऐसे मत बैठो, वैसे मत चलो, खाना बनाना सीखो, कढ़ाई, सिलाई, बुनाई सब सीखो, जीवन में यही सब काम आएगा। शादी के बाद तुम्हें सब आना चाहिए, कल को हमारी परवरिश पर कोई उँगली न उठाए।

मेरी बातें चारू बड़े ध्यान से सुन रही थी। उसे आश्चर्य भी हो रहा था क्योंकि उसके घर पर ऐसा माहौल नहीं था। उसके परिवार वाले खुले विचारों वाले थे। मुझे भी मेरे बाऊजी ने हमेशा से ही मेरा व्यक्तित्व स्वतंत्र बने इसका ध्यान रखा है। बाऊजी ने मुझे हमेशा यही सीख दी है कि मज़बूत बन कर मैं अपनी ज़िम्मेदारी को उठाऊँ... कभी भी घबरा कर कोई काम अधूरा न छोड़ूँ। मैंने अपनी बात ख़त्म की और उपन्यास पढ़ने लगी। चारू ने भी अपना बिस्तर ठीक कर कुछ देर लेटी रही। उपन्यास के कुछ पन्ने पढ़ कर मैंने पास की टेबल

पर उपन्यास रख कर पलट कर चारू को देखा तो वह सो गई थी। मैं भी कमरे की लाइट बंद कर सो गई। कल भी कॉलेज मे कोई पढ़ाई नहीं होने वाली थी। हम बस कॉलेज जा कर एक चक्कर लगा कर आएंगे। सुबह हम दोनों आराम से उठे। तैयार होकर कॉलेज के लिए निकल गए। आज क्लास में ज़्यादा लड़केलड़कियाँ आ गए थे। सर को पता चला तो वह भी पूरी क्लास में आ गए और पूरी क्लास से पूछने लगे। तुम सब का मन है तो आज से ही शुरू करें पढ़ाई? हम सब ने 'हां' कर दिया तो सर ने हमें नया चेप्टर पढ़ाया। हमने सोचा कि दूसरा पिरियड नहीं लगेगा पर यह क्या आज तो सारे पिरियड में पढ़ाई हुई। मैंने और चारू ने यही सोचा कि चलो अच्छा हुआ हम आज कॉलेज आ गए। हमारे पढ़ाई का नुक़सान नहीं हुआ।

जुलाई में कॉलेज शुरू हुई थी। इस साल पढ़ाई भी ज़्यादा थी और मुझे अपने परसेंट भी बनाने थे। मैं राखी पर घर पर नहीं गई। दिवाली की छुट्टियों में हो आऊँगी, तब ज़्यादा छुट्टी मिलती हैं। तीन चार महीने यूँ ही निकल गए। मैंने पढ़ाई पर पूरा ध्यान लगाया, दिन भर कॉलेज, फिर हॉस्टल का कमरा व किताबें बस। कल से दिवाली की छुट्टियाँ शुरू हो रही हैं। घर जाना है। मैंने और चारू ने सारी पैकिंग कर ली थी। इस बार नोट्स बनाने थे तो किताबें ज़्यादा थीं। बैग में वजन ज़्यादा हो गया। सुबह जल्दी उठ कर पहली बस पकड़ कर मैं घर पहुँच गई। मैंने आंगन ही बैग को छोड़ दिया। मैं सीधे माँ के कमरे में चली गई। माँ ने मुझे देखते ही गले लगा लिया- बहुत दिनों बाद तुम्हें देखा गायत्री बेटा कैसी है? मैंने माँ से 'अच्छी हूँ' कहकर 'हाँ' में सिर हिला दिया। गायत्री जाकर नाश्ता कर ले, दोपहर में बात करते हैं। मुझे समझ नहीं आया कि माँ ने ऐसा क्यों कहा। मैंने माँ से कोई प्रश्न नहीं किया। मैं रसोई में जाकर बैठ गई। काकीसा ने ख़ुशी से मुझे नाश्ता परोसते हुए ही मेरा हाल-चाल पूछ लिया। मेरा मन किया काकी सा से पूछँ कि मेरे पीछे इन दिनों घर पर कुछ हुआ है क्या। मेरी काकीसा से कुछ भी पूछने की हिम्मत नहीं हुई। मैं चुपचाप नाश्ता करके अपने कमरे में

आकर बैठ गई। बुआसा भी कहीं दिखाई नहीं दी। सोचा नीचे कुछ काम निपटा रही होंगी। दोपहर में खाना खाने बाऊजी आए तब मेरी बाऊजी से बात हुई। तब भी मुझे ऐसा नहीं लगा कि घर पर कोई तनाव या परेशानी है। बाऊजी ने अच्छे से मुस्कुराते हुए मुझसे हाल-चाल पूछे... मेरी पढ़ाई, कॉलेज, सब कुछ। खाना खाने के बाद वह अपने कमरे में आराम करने चले गए। माँ कभी भी दोपहर में घर पर नहीं आती थी। मुझसे बात करने माँ आज आई, शायद माँ के मन मे कोई डर था। माँ दुकान से आकर खाना खाने के बाद मुझे मेरे कमरे में ले गई। मुझे पास बिठा कर मेरा हाथ अपने हाथ में लेकर कहने लगी- गायत्री बेटा! मैं अब जो तुम्हें कह रही हूँ उसे ध्यान से सुन और दिल पर मत लेना। तुम अब से जयदेव के घर पर मत जाना। माँ के इतना बोलते ही मैंने अपना हाथ उनके हाथ से छुड़ा लिया और अचानक खड़े होकर ज़ोर से पूछा- क्यों नहीं जाना जयदेव के घर पर? पता नहीं मुझे उस समय क्या हो गया था। मैंने कभी भी इतनी ज़ोर से अपनी माँ या किसी से भी बात नहीं की है। माँ समझ गई कि जैसे ही उन्होंने मुझे जयदेव के घर जाने के लिए मुझे मना किया, यह सुनकर मैं परेशान हो गई थी। माँ ने मुझे उठ कर गले से लगा लिया और मेरी पीठ पर हाथ फैरते हुए मुझे शांत करने लगी। बेटा मेरी पूरी बात सुन तो... गायत्री मैं तेरे दिल की बात समझ सकती हूँ। मैं माँ के पास बैठ गई और माँ से पूछा- हुआ क्या है वह तो कहो। माँ ने कहा- गायत्री शांत होकर बैठ... मैं सब बताती हूँ। जयदेव के पिताजी नहीं रहे। माँ ने जैसे ही यह कहा, यह सुन कर मेरा तो सिर चकरा गया... क्या बोलूँ कुछ समझ नहीं आ रहा था। जिस दिन जयदेव के बाऊजी का देहांत हुआ तेरे बाऊजी, काकासा, काकीसा, मैं हम सभी जयदेव के घर पर गए थे। पूरे तेरह दिन हम उनके साथ ही रहे। एक महीने बाद एक दिन तुम्हारे बाऊजी ने जब जयदेव से बात की और पूछा कि अब तुम्हारे घर पर कमाने वाला कोई नहीं है। जयदेव तुमने आगे क्या सोचा है। तुम्हारी अभी तक नौकरी नहीं लगी है। प्रदीप की पढ़ाई पूरी हो गई है पर वह

भी बेरोज़गार है। कुछ जमा-पूंजी तुम्हारे बाऊजी छोड़ गए होंगे, वह कितने दिन तक चलेगी। तेरे बाऊजी ने जयदेव से यह सब पूछा तो जयदेव तो कुछ बोला नहीं, चुप रहा। बाऊजी ने सारी बातें जयदेव की माँ के सामने जयदेव से पूछी थी। जयदेव की माँ को तेरे बाऊजी का जयदेव से इसतरह पूछना अच्छा नहीं लगा। तेरे बाऊजी ने ग़लत इरादे से नहीं पूछा था... उन्हें तो बस तेरे भविष्य की चिंता सता रही थी। तुम जयदेव के घर पर चली न जाओ इसलिए मैंने आज ही तुम्हें यह बताना ज़रूरी समझा और आज दोपहर में ही आकर तुम्हें सब बताया। इन सब बातों से तुम तो अनजान हो गायत्री बेटा... देख थोड़ा धीरज रखो। तुमने भी देखा था न जयदेव की माँ को जब तुम पहली बार हॉस्टल जा रही थी, उस दिन भी उनका रवैया कैसा था। बड़े अनमने मन से वह यहाँ आई थीं। मुझे तो तभी समझ आ गया था। जयदेव की माँ तुम्हारे और जयदेव के रिश्ते से खुश नहीं हैं। अभी तक वह जयदेव के पिताजी के कारण कुछ बोल नहीं पा रही थी। अब जब जयदेव के बाऊजी नहीं रहे तो मुझे नहीं लगता है कि तेरा और जयदेव का रिश्ता आगे बढ़ पाएगा। माँ की बातें सुनकर मुझे विश्वास नहीं हो रहा था। इन तीन महीने में यह सब हुआ और जयदेव ने मुझे बताया तक नहीं। मुझे अब समझ आ रहा था कि मासी जी ने पिछले बार भी मेरे और जयदेव की नजदीकियों पर रोक लगा दी थीं।

उस दिन मुझे मासी जी का बर्ताव समझ आ गया था। हम कभी अलग नहीं होंगे... मुझे जयदेव और अपने प्यार पर भरोसा था। जयदेव के बिना मैं नहीं रह पाऊँगी। माँ से इतना सब कुछ सुनकर मेरा मन इतना ज़्यादा विचलित हो गया कि मै ज़ोर-ज़ोर से रोने लगी, पता नहीं कैसे पर मेरे आँसू रूक नहीं रहे थे। लगातार रोए जा रही थी।

माँ मुझे समझाने लगी पर मेरे कानो में उनकी एक भी बात नहीं जा रही थी। मैं अपने ही होश गवां बैठी थी। पूरी रात मैंने रोकर निकाल दी, कब सुबह

हुई मुझे पता नहीं चला। दिन के ग्यारह बजे तक मैं सोई रही। आज मुझे कोई मेरे कमरे में जगाने नहीं आया। शायद माँ ने सबको मना कर दिया था। बुझे मन से उठकर, निवृत्त होकर मैं अपने कमरे में ही बैठी रही। मन नहीं किया नीचे रसोई में जाकर बैठूँ, न ही किसी से बात करने का मन हो रहा था।

      मुझे कुछ समझ नहीं आ रहा था कि मैं क्या करूँ, बस जयदेव और अपने बारे मे सोच रही थी। माँ ने जैसे ही मुझे उससे मिलने से मना कर दिया तो मेरा पूरा शरीर जैसे दो हिस्से में बंट गया था, जैसे मुझे अपने आप से दूर कर दिया था। कैसे जिऊँ, समझ नहीं आ रहा था। जयदेव के बिना मैं अधूरी हो गई थी। अंदर तक मुझे टूटन महसूस हो रही थी। कुछ करने को मन नहीं करता था। मेरी आत्मा का आधा हिस्सा मुझसे छिन कर अलग कर दिया है, कैसे रहूँगी। दस-बारह दिनों तक मैं अपने कमरे में ही दिन भर अपने बिस्तर पर पड़ी रहती थी। आँखों से आँसू लगातार बह कर मुझे पूरा भिगोकर मेरे मन को तसल्ली दे रहे थे कि गायत्री रो ले जितना रोना है क्योंकि यह बदलने वाला नहीं है। भगवान की मर्ज़ी है। भगवान भी नहीं चाहते हैं। तुम्हें पूरा जीवन अकेले अपने इस आधेपन के साथ जीने की आदत डालनी होगी। यह विचार मेरे मन मे बार-बार आ रहे थे। चाह कर भी मैं उसे रोक नहीं पा रही थी। एक उम्मीद मुझे फिर भी थी। बस वही मुझे तसल्ली दे रही थी कि सब्र कर शायद भगवान को तुम पर तरस आ जाए। एक दिन जयदेव तुम्हें मिल जाए। मेरी यह हालत घर में किसी से भी छुपी नहीं थी। कोई कुछ बोल नहीं रहा था। नाश्ता करना मैंने छोड़ दिया था। सिर्फ़ दिन में एक बार खाना खाने नीचे रसोई में चली जाती थी। वह भी दोपहर में जब सब काम निपटा कर मेरी दोनों काकीसा अपने-अपने कमरे में चली जाती थीं। मेरे लिए थाली में खाना परोस कर ढक कर रखा रहता था। माँ-बाऊजी ने सबको हिदायत दे रखी होगी कि मुझसे इस बारे में कोई कुछ ना कहे।

धीरे-धीरे मैंने अपने मन को संभाला व पढ़ाई पर ध्यान केंद्रित करने का फ़ैसला लिया क्योंकि आगे का पूरा जीवन मुझे किसी पर आश्रित होकर नहीं रहना था। बैग में से किताबें निकाल कर मैंने पढ़ाई शुरू की। आज नाश्ता करने के लिए मैं नीचे रसोई में जाकर बैठ गई। आज इतने दिनों बाद मुझे रसोई में देखा तो काकीसा दौड़कर मेरे पास आकर बैठ गईं और बड़े प्यार से मुझे नाश्ता परोस कर बस चुपचाप से हट गईं। काकीसा कुछ बोली नहीं। वह खुश हो गई थीं। काकीसा को समझ आ गया था कि अब मैंने अपने मन को समझा लिया है। काकीसा ने एक गिलास गर्म दूध भी मेरे पास रख कर बोली- बेटा पी लो, अच्छा लगेगा। मैंने हामी भरी और दूध का गिलास उठाकर अपने कमरे में आ गई।

आज रविवार था। सब घर पर ही थे। चहल-पहल ज़्यादा ही रहती है। दोपहर में, जब मैं सोकर उठी तो मुझे नीचे से जोर से बोलने की आवाज़ सुनाई दे रही थी। ध्यान से सुनने पर वह आवाज़ बाऊजी की लगी थी। बाऊजी ग़ुस्सा कर रहे थे। किस पर? दौड़कर मैं अपने कमरे में से सीढ़ियों से नीचे उतरकर जैसे ही बैठक के कमरे के बाहर पहुँची तो मुझे वहाँ से जयदेव की माँ की आवाज़ सुनाई दी। मैं बैठक के पास वाले कमरे में जाकर बैठ गई। मुझे वहाँ सब सुनाई पड़ रहा था। जयदेव की माँ ने पहले तो मेरे आगे पढ़ाई जारी रखने पर आपत्ति जताई। फिर जयदेव की माँ बाऊजी से कहने लगी- भाईजी आप को पता है न आपकी बेटी को आपने हॉस्टल में रखा है। वह वहाँ पर रोज़ लड़को के साथ कॉलेज आती-जाती है। आपकी बेटी ज़्यादा समय लड़को के साथ रहती है। मेरे भाई ने मुझे बताया कि उनके साले का बेटा भी उसी कॉलेज में पढ़ता है। तभी बाऊजी ने जयदेव की माँ को बीच में रोककर पूछा- तो साफ़ बोलो कि आप क्या चाहती हो? आई हो तब से सिर्फ़ गोल-गोल बातें कर रही हो। मैं जयदेव के पिताजी से जब गायत्री का रिश्ता तय करने आया था तभी मैंने सारी बातें आपके सामने ही जयदेव के पिताजी को खुलकर बता दी थी।

गायत्री आगे अपनी पढ़ाई जारी रखेगी तब तो उन्होंने या तुमने कोई आपत्ति नहीं की फिर अभी क्यों? बहनजी छह महीने में तो गायत्री अपनी पढ़ाई पूरी कर लेगी। शादी के बाद तो गायत्री आपके घर पर ही रहेगी। आप यदि चाहें तो गायत्री शादी के बाद नौकरी करके घर के हालात सुधारने में जयदेव का हाथ बँटाएगी। गायत्री को हमने अच्छे संस्कार दिए हैं। गायत्री नौकरी करती है तो वह घर-बाहर दोनों ज़िम्मेदारी अच्छे से निभा लेगी। आप को तो ख़ुश होना चाहिए।

बाऊजी जयदेव की माँ को हमेशा से 'बहनजी' कह कर संबोधित करते थे। अपनी बात आगे जारी रखते हुए बाऊजी ने कहा- बहनजी आपको पता नहीं है कि मेरी गायत्री जब से हमारे जीवन मे आई है हम सब का जीवन बदल गया है। घर में खुशियों ने अपना घर बना लिया है। इसके पैदा होने के पहले हम सब एक छोटे से मकान में दस-ग्यारह सदस्य रहते थे। न खाने का ठिकाना, न रोज़गार था। भूखमरी थी। इसके पैदा होने के बाद से हमारे सबके जीवन बदल गए, नया कारोबार शुरू हुआ, इस बड़े से मकान में हम रहने आ गए। दिन दुनी रात चौगुनी उन्नति हुई है। यह तो साक्षात लक्ष्मी है। हम तो आपको अपने जिगर का टूकडा दे रहे हैं। और आप आज उसके चरित्र पर उँगली उठा रही हैं। पहले पता तो कीजिए... मेरी गायत्री बेटी इतने कमजोर चरित्र वाली नहीं है। उसे अपनी सीमा रेखा मालूम है। आप तो यह भी नहीं जानती कि उसका और जयदेव का रिश्ता क्या है? बहनजी! मैं इतना अवश्य जानता हूँ कि गायत्री जिस घर में जाएगी उस घर की कायापलट कर देगी। बहनजी गायत्री ने मुझे एक बार अपने मन की बात कही थी। मैं आज तक उसकी उस बात को समझ नहीं पाया। जयदेव व अपने रिश्ते को लेकर गायत्री ने मुझसे कहा था कि बाऊजी जयदेव और मैं तो एक ही हैं, बस हम दोनों के शरीर अलग हैं। यही बात उसने अपनी माँ से भी कही है। आप समझी हैं गायत्री की बात तो आप मुझे समझाएँ। बाऊजी की यह बात सुनते ही मासी जी ने सर

को झटका देते हुए बस इतना ही कहा- मैं यह सब नहीं जानती... बस मैं इतना जानती हूँ कि मेरे जयदेव के लिए गायत्री सही लड़की नहीं है। मैं यह रिश्ता तोड़ रही हूँ। आज से आप और हम स्वतंत्र हैं... आप अपनी बेटी की चाहे जहां शादी कर सकते हैं।

मासी जी ने यह सब ग़ुस्से में कहा और कह कर उठ कर चल दीं। बैठक में बैठे हुए घर के सभी सदस्य तो अचंभित हो गए। दूसरे कमरे में मैं बैठी हूँ, यह स्नेहा दीदी को पता था। उनके कानों में भी जब यह बात पड़ी तो वह बिना कुछ सोचे दौड़कर मेरे पास आ गईं। मेरे भी कानों में जैसे ही रिश्ता तोड़ने की बात पड़ी, मैं तो सन्न रह गई। मेरा पूरा शरीर जड़ हो गया। कुछ समझ नहीं आ रहा था। हाथ पैर ठंडे पड़ गए। दीदी ने मेरी यह हालत को भाँप लिया था। वह मेरे पास आकर मुझे कस कर पकड़ लिया और मेरी पीठ पर हाथ फेर कर मुझे समझाने लगीं। मेरे कानों में स्नेहा दीदी की बात नहीं जा रही थी। जब स्नेहा दीदी को लगा कि उनके सहलाने के बाद भी मेरा शरीर ठंडा पड़ रहा है तो स्नेहा दीदी ने ज़ोर से चिल्ला कर सबको बुलाया। जब माँ ने मेरी यह हालत देखी तो वह मुझे बिस्तर पर लिटा दिया। माँ, दीदी, काकीसा सब मेरे हथेली और तलवों की मालिश करने लगें। माँ भी मुझे समझाने लगी- बेटा शांत हो जाओ... हम सब तुम्हारे साथ हैं। जल्दी ही सब ठीक हो जाएगा। क़रीब आधे घंटे तक मुझे होश नहीं था। आधे घंटे बाद मैंने अपने आप को संभाला और ज़ोर-ज़ोर से रोने लगी। सब मेरे पास बैठ कर सिर्फ़ मुझे रोता हुआ देख रहे थे। स्नेहा दीदी दौड़ कर मेरे लिए पानी ले आईं। माँ ने हाथ के इशारे से उसे रोक दिया। इसे रो लेने दो... मन हल्का हो जाएगा। हमारी गायत्री समझदार है, जल्दी ही समझ जाएगी।

मां की बातों से मुझे तसल्ली मिल रही थी। दिल में इतना दर्द हो रहा था कि वह मुझसे सहन नहीं हो रहा था। मेरा आधे शरीर को कोई मुझसे छीन

रहा था। कैसे समझाऊँ सबको कि मैं क्या महसूस कर रही हूँ। कैसे कोई अपने आप को अपने से दूर कर सकता है। यही हाल अभी मेरा हो रहा था। उठ कर बिस्तर पर बैठ गई। बिना कुछ बात किए मैं उठ कर चुपचाप ऊपर अपने कमरे में चल दी। किसी ने कुछ नहीं कहा। मेरे परिवार की यह विशेषता थी कि उन्होंने हमें हमेशा से ही अपनी मर्ज़ी से जीने की आज़ादी दी थी। ऐसे समय कोई कुछ नहीं कहता था... ख़ासकर मुझे अकेला छोड़ देते थे। पता नहीं क्यों पर मुझसे मेरे घर वालों को कुछ ज़्यादा ही उम्मीद और भरोसा था कि मैं अपने आप को संभाल सकती हूँ। कमरे में आकर मैं फिर से रोने लगी, कुछ समझ नहीं आ रहा था। आज तो मासी जी की आवाज़ कानों मे गुंज रही थी। जैसे मेरे शरीर के दो टुकड़े कर के वह मुझे जयदेव से अलग कर रही हों, लाचार होकर मैं सिर्फ़ अपना ही तमाशा देख रही थी। पूरी रात मेरी रोने में निकल गई पर मन फिर भी हल्का नहीं हुआ। मन पर बोझ बढ़ गया। जीना तो फिर भी है। मन को मनाना होगा, हिम्मत रख कर आगे बढ़ना है। यही विचार मन में आ रहे थे। सुबह के पाँच बज गए थे। सोचा उठ कर आज से अपनी पढ़ाई पर ध्यान देती हूँ... शायद भगवान को यही मंज़ूर है। सुबह के कार्य से निवृत्त होकर मैं रसोई में चाय बनाने के लिए गई। बुआसा व काकासा दोनों को वहाँ देख कर मैं थोड़ा झिझक गई। बुआसा ने मेरे मन की परेशानी भांप ली और झट से मुझे आवाज़ देकर पूछा- मैं चाय बना रही हूँ... पिएगी गायत्री। बुआसा को मालूम है मुझे अदरक-इलायची वाली चाय बहुत पसंद है। बुआसा मसाले वाली चाय बना रही थीं मैंने मुस्कुराते हुए 'हाँ' कर दिया और पटा लेकर बैठ गई। बुआसा बोली- डब्बे में से कुछ टोस्ट और बिस्कुट निकाल... सादी चाय नहीं पीते हैं गायत्री बेटा, सबके लिए निकाल। मैं तीन प्लेट लेकर रसोई घर से लगा हुआ हमारा भंडार रूम है, जहां नाश्ते से लेकर रसोई का सामन रखा रहता है, वहाँ से मैंने टोस्ट व बिस्कुट निकाल कर ले आई। तब तक बुआसा ने चाय बना कर कप में डाल कर रख दी थी। हम तीनों ने चाय पी। मैंने अपना कप उठा कर धोने के लिए

मोरी में रख कर अपने कमरे में आ गई। हम तीनों में कोई बात नहीं हुई, चुपचाप रहे। किताबें निकाल कर मैंने पढ़ाई शुरू कर दी जैसे मेरे साथ कुछ हुआ ही नहीं हो। मुझे ऐसा करना पड़ा क्योंकि मेरे पास और कोई रास्ता नहीं था। तीन दिन बाद दिवाली थी। इस बार घर पर कोई भी खुश नहीं था। सबको मेरी चिंता सता रही थी। घर पर साफ-सफाई ज़रूर हुई पर सब कुछ बस एक ज़रूरत के लिए हो रहा था। मिठाई-नमकीन भी थोड़ा सा बना पूजा के लिए। किसी में कोई उत्साह नहीं था। मैं भी अपने कमरे में दिन भर किताबें लेकर बैठी रहती। नाश्ता करने व खाना खाने के लिए नीचे जाती... बाक़ी समय ऊपर ही रहती। दिवाली वाले दिन भी मैं नीचे नहीं गई। पूजा के लिए मुझे बुआसा ने बुलाया और कहा- बेटा कपड़े बदल कर आ जाओ पूजा के लिए। मन तो नहीं हो रहा था पर टाल नहीं पाई। उठ कर कपड़े बदल कर नीचे पूजा वाले कमरे में जाकर बैठ गई। दिवाली की पूजा के बाद प्रसाद लेकर मैं फिर से अपने कमरे में आकर बैठ गई। अगले हफ़्ते छुट्टियाँ ख़त्म हो जाएंगी। पढ़ाई पूरी नहीं हुई है। क्या सोचकर मैं घर आई थी। मन में कितनी ख़ुशी हो रही थी। घर पर तो कुछ और ही हुआ? मेरे जीवन को एक नए मोड़ पर लाकर खड़ा कर दिया है।

आज मुझे लग रहा था कि जैसे मैं दो राह पर खड़ी हूँ। मंजिल मुझे नज़र नहीं आ रहा थी। क्या होगा आगे, कुछ समझ नहीं आ रहा था। पढ़ाई पूरी होने को है। छह महीने बाद मुझे घर पर वापस आना था। क्या करूँगी... नौकरी! क्या मैं शादी करके किसी और को जयदेव की जगह दे पाऊँगी। बहुत सारे प्रश्न थे जो मुझे अंदर ही अंदर खाए जा रहे थें जिनका जवाब मुझे नहीं मालूम था। ख़ैर दिवाली की छुट्टियाँ भी ख़त्म हो गई। मुझे कल हॉस्टल के लिए निकलना होगा। सारी पैकिंग आज ही कर लेती हूँ, सुबह जल्दी निकलना था। मन में यह विचार आते ही मैंने अपना सामान समेटकर बैग तैयार कर लिया। किताबें व कापियों को भी अलग से दूसरे बैग में डाल दिया। अब रात में तो क्या पढ़ाई कर पाऊँगी इसलिए सब कुछ पैक कर के रख दिया। मेरी

पैकिंग पूरी हुई भी नहीं थी कि तभी काकीसा ने नमकीन, मिठाई, अचार, चटनी, कुछ बिस्कुट, टोस्ट एक डिब्बे में भरकर मुझे ला दिया और कहा- बेटा यह तुम्हारे लिए है... ले जाओ दिवाली के बाद जा रही हो। तुम्हारी सहेलियों के लिए हैं। उन्हें खिलाना त्यौहार के बाद घर से ख़ाली हाथ नहीं जाते। मेरी काकी सा को मालूम है यदि वह मेरी सहेलियों का नाम नहीं लेती तो मैं यह सब ले जाने से मना कर देती। मैंने काकीसा से 'ठीक है' कह कर सारे डिब्बे नमकीन और मिठाई के रख लिए थे। सही भी है मेरे साथ जो हुआ था मेरे हॉस्टल या कॉलेज में किसी को बताया भी नहीं जा सकता था। मैंने आज तक जयपुर में कॉलेज और हॉस्टल में किसी से भी जयदेव व मेरे रिश्ते के बारे में यहाँ तक कि चारू को भी कुछ नहीं बताया था। आज क्या कहूँगी। रात में जल्दी सो गई... मुझे सुबह जल्दी निकलना होगा। सुबह तैयार होकर नीचे आई तो क्या देखती हूँ कि बाऊजी भी चलने के लिए तैयार दिखाई दिए। पहले तो कभी नहीं आए बाऊजी मेरे साथ हॉस्टल मुझे छोड़ने, फिर आज क्यों? ठीक है कुछ काम होगा, यही सोचकर मैंने बाऊजी से कुछ पूछा नहीं। चाय नाश्ता कर के हम दोनों कार में जाकर बैठ गए। बाऊजी ने ड्राइवर भाई से दूसरे रास्ते चलने को कहा। जयदेव के घर की तरफ़ से हम नहीं गए। मैं समझ गई बाऊजी को डर लग रहा था कि उसके घर के सामने से निकल कर गए तो मुझे तकलीफ़ होगी। मेरे साथ बाऊजी का हॉस्टल छोड़ने आने का कारण भी मुझे समझ आ गया था। बाऊजी मेरे इस हालत में मुझे अकेले हॉस्टल नहीं जाने देना चाह रहे थे। पूरा समय बाऊजी ने मेरा हाथ पकड़े रखा और उसे हल्के से सहलाते रहे जैसे कह रहे हों कि बेटा हिम्मत रख हम सब तेरी तकलीफ़ समझ सकते हैं... यह भगवान की मर्ज़ी है। हम सब तेरे साथ हैं। मेरी उदासी उनसे छुपी नहीं थी। वह जानते हैं कितनी भी बड़ी विपत्ति आ जाए, मैं उसे पार कर सकती हूँ। बिना किसी की मदद के मेरे अंदर की ताक़त को बाऊजी जानते थे। मैं बहुत मज़बूत हूँ, डर कर कोई ग़लत कदम नहीं उठाऊँगी बल्कि नया रास्ता निकाल कर

आगे बढ़ जाऊँगी। थोड़ा समय ज़रूर लगेगा पर कर लूँगी। इतना भरोसा उन्हें मुझ पर हमेशा से ही था।

हॉस्टल पहुँच गए बाऊजी ने सर पर हाथ रख कर आशीर्वाद दिया और कहा- बेटा अपना ध्यान रखना, पढ़ाई पर ध्यान देना। कोई भी बात हो, घर पर माँ से बात कर लेना। किसी भी चीज की ज़रूरत हो तो तो बता देना। पैसे हैं तुम्हारे पास? तभी उन्होंने जेब से दौ सौ रुपए निकाल कर मेरे हाथ पर रख दिए। बेटा ज़रूरत पड़ने पर खर्च कर लेना। और चाहिए तो बता देना, मैं भिजवा दूँगा। मैंने कहा- नहीं बाऊजी ज़रूरत नहीं है बहुत है यह... ज़रूरत होगी तो माँग लूँगी। इतना कह कर मैं हॉस्टल के अंदर चली गई, पलट कर बाऊजी की तरफ़ नहीं देखा मेरी आँखों में आँसू आ गए थे। जल्दी से अपने कमरे में चली गई। देखा तो ताला लटका हुआ था। तसल्ली हुई कि अच्छा हुआ चारू अभी तक उसके घर से नहीं आई थी। नहीं तो मेरी यह हालत देख कर जरूर वह समझ जाती और मुझे सब सच कहना पड़ता। मैं चारू से कुछ कहना नहीं चाहती थी क्योंकि जो ख़त्म हो गया था उस बात को कैसे कहूँ, क्या कहूँ? कि मुझे किसी ने दो टुकड़ों में बांट कर अलग कर दिया है। कौन समझेगा मेरी बातों को कि मेरा और जयदेव का क्या और कैसा बंधन है? दो जिस्म एक जान... मेरा और जयदेव का प्रेम का बंधन नहीं है। रूह के हर रेशे का बंधन है।

कमरा खोल कर देखा तो सब तरफ़ धूल ही धूल थी। घुसते ही मुझे सबसे पहले झाड़ू लगाकर सफ़ाई करना होगा। टेबल-कुर्सी पर पड़ी धूल को झाड़कर मैंने भैया, जो बैग रखकर गए थे, उन्हें कमरे में अपनी जगह पर रख कर सोचा कि पहले थोड़ा हाथ-पैर धोकर कपड़े बदल लेती हूँ। अच्छा लगेगा। एक दिन अकेले ही बिताया। सुबह छह बजे मुझे दरवाज़े पर दस्तक सुनाई दी। इतनी सुबह कौन होगा? तभी बाहर से चारू की आवाज़ सुनाई दी। दौड़ कर

दरवाज़े को खोला तो मैडम मुस्कुराते हुए मुझे गले लगा कर प्यार से मिली। वाह बढ़िया! आज तो मन प्रसन्न हो गया। मैंने चारू के हाथ से बैग लेकर उसे अंदर आने की जगह दी और फिर चाय बनाने के लिए स्टोव चालू कर उस पर तपेली रख कर सुबह की दिनचर्या से निवृत्त होकर दोनों के लिए चाय छान कर नाश्ता, जो घर से लाई थी, प्लेट में निकाल कर टेबल पर रख कर हम दोनों ने चाय की चुस्कियों के साथ अपनी-अपनी छुट्टियाँ कैसी बिताई, घर पर सब कैसे हैं, एक-दूसरे से हाल-चाल पूछ लिया। फिर चारू ने पूछा- पढ़ाई कितनी की। मैं थोड़ी सी चुप हो गई तब चारू का ध्यान मेरी तरफ़ गया। एकदम से उठकर मेरे क़रीब आकर बैठ गई और पूछने लगी- क्या बात है। तू चुप चुप क्यों हैं? कुछ हुआ है क्या घर पर? मैंने लंबी सी सांस भर कर अपनी मन की स्थिति को छुपाते हुए हँसकर बात को टालते हुए कहा- नहीं रे सब ठीक है। इसबार घर पर कुछ ज़्यादा ही काम किया। मेरे भाई-बहनों के साथ दिवाली पर मस्ती की तो बस थोड़ा थक गई हूँ।

मैंने चाय ख़त्म कर चारू को अपनी बात पलटने के लिए कहा। चल जल्दी तैयार हो जाओ। कॉलेज के लिए निकलना होगा। आज पहले पिरियड में ही सर ने बोला था अकाउंट के बारे में वह जरूरी बातें बताएंगे। चारू ने कहा- हाँ रे रूक, चलते हैं, समय पर कॉलेज पहुँच जाएँगे। चारू ने कहा- मैं जल्दी ही नहा कर आती हूँ, तब तक तू भी नहा ले। हम दोनों क़रीब एक घंटे में तैयार होकर नीचे आ गए थे। इतनी जल्दी मेस में खाना तो मिलेगा नहीं, सोच कर हम दोनों कॉलेज के लिए निकल पड़े। आज भी पूरा दिन हमारे सारे पिरियड लगे। हमारा फायनल ईयर था तो पढ़ाई भी ज़्यादा और कोर्स भी ज़्यादा तो मैं और चारू थक जाते थे। आज तो मेस से खाना खाकर भी नहीं आए थे। मैंने चारू से पूछा- भूख लगी है? तो चल न ब्रेक में कैंटीन से कुछ खाकर आते हैं। मुझे ज़ोर की भूख लगी है। मैं और चारू दोनों कैंटीन की तरफ़ चल दिए। कैंटीन में हमें हमारे क्लासमेट भी मिल गए। सबने साथ में बैठकर चाय और

खाने के लिए आर्डर दिया। हँसी-मज़ाक़ के साथ समय कहाँ निकल गया, पता नहीं चला। घंटी की आवाज़ से हम सब उठ कर अगली पिरियड के लिए निकल पड़े। आज हमें कॉलेज में शाम के छह बज गए थे। अब रोज़ ही इतना समय लगेगा। कल से डिब्बे में कुछ खाने के लिए लाना होगा। हॉस्टल पहुँच कर हम दोनों कॉपी-किताबें फेंक कर सीधे बिस्तर पर लेट गए। बाप रे आज तो पहला दिन था और आज ही बैंड बज गई। हम दोनों आधे घंटे तक ऐसे ही बिस्तर पर पड़े-पड़े बातें करते रहे, फिर उठकर मुँह-हाथ धोकर हम नीचे मेस में गए। खाना नहीं बना था। महराज ने विनती करके कहा- दीदी आप थोड़ा रूक जाओ... बस जल्दी ही तैयार हो जाएगा। हम 'ठीक है' कह कर बाहर आंगन में आ गए। सोचा इतने दिनों हॉस्टल में नहीं थे तो कोई चिट्ठी आई है तो वार्डन मैडम जी के ऑफिस में जाकर देख लेते हैं। मेरी दो चिट्ठियाँ थीं जो मेरे मौसेरे भाई ने भेजी थी। चारू के नाम से तो बहुत सारे दिवाली के कार्ड व चिट्ठियाँ थीं। चारू तो देख कर खुश हो गई। हम ऑफिस में चिट्ठियाँ देख ही रहे थे कि हमें मेस से महराज जी ने आवाज़ लगा कर खाने के लिए बुलाया। भूख तो ज़ोर से लगी थी, सुबह भी खाना नहीं खाया था। हम मेस में जाकर खाना खाने बैठ गए। खाना खाकर हम दोनों कमरे में आकर आज की पढ़ाई के बारे में बात करने लगे व कल कौन सी क्लास है, उसके किताबें व नोट्स निकाल कर रख दिया। आज हम जल्दी ही सो जाएंगे चारू, थक गए हैं। मैंने चारू से कहा तो वह हँस कर बोली- तेरा डिब्बा नहीं सुनेगी! उसका मतलब मेरे रेडियो से था। अरे वह सुनूँगी न, उसके बिना तो मुझे नींद नहीं आती। मैं और चारू इतना थक गए थे कि दोनों की जल्दी नींद लग गई। मुझे तो होश ही नहीं था... रेडियो बजता रहा। रात में एक बजे मेरी रेडियो की खर खर की आवाज़ से जब नींद खुली तब मैंने चौंक कर उसे बंद किया।

सुबह उठ कर मैं और चारू दोनों रूम में चाय-नाश्ता करके बैठ गए। आज भी हमें रोज़ के समय पर कॉलेज जाना है। हम दोनों सुस्ताने लगे। चारू

ने उठकर अपने घर से लाई मिठाई निकाल कर मुझे खिलाई, कल तो समय नहीं मिला। मैंने भी उठकर उसे घर पर से लाई नमकीन दी जो चारू के पसंद की थी। दस बजे तक चारू और मैं यूँ ही बतियाते रहे। चारू ने कहा- चल उठ कॉलेज नहीं जाना है क्या? तैयार होकर दोनों कॉलेज के लिए निकल पड़े। आज हमारे पहले दो पिरियड मे सर आए थे। बाद के सारे पिरियड में कोई पढ़ाई नहीं होनी थी। हमारी पूरी क्लास ने पिक्चर देखने का प्रोग्राम बना लिया। इन दो साल में पूरी क्लास ने पहली बार साथ में पिक्चर देखने का कार्यक्रम बनाया था। हमेशा क्लास में से कोई न कोई लड़का या लड़की मना कर देता था। पिक्चर देख कर हम सब अपने घर, कुछ लड़के-लड़कियाँ हॉस्टल के लिए रिक्शा कर के निकल गए। हॉस्टल आकर मुझे और चारू को भूख तो नहीं लगी थी। आज हम दोनों ने सोचा प्रार्थना के बाद मेस में खाना खाने चले जाएँगे। तब तक भूख लग जाएगी। हॉस्टल में अभी भी पूरी लड़कियाँ नहीं आई थीं। हॉस्टल में बहुत ही कम लड़कियाँ थीं इसलिए खाना भी अच्छा बन रहा था। जब पूरी लड़कियाँ आ जाती हैं तो मेस में टेबल पर जगह भी नहीं मिलती और खाना भी जल्दी और अच्छा नहीं बनता है। खाना खा कर हम दोनों वहीं बाहर आंगन में टहलते थे। चारू की रोज़ की आदत थी। आधा घंटा टहलकर हम रूम पर आ जाते थे। मैंने आज आते ही रेडियो का बटन दबाया। मेरी पसंद का गाना आ रहा था। चारू ने भी दरवाज़ा बंद किया और सोने की तैयारी करने लगी। मैंने चारू से पूछा- इतनी जल्दी सो रही है। चारू बैठ न बातें करते हैं। चारू खिड़की के पास बैठ गई और कहने लगी- गायत्री! मैं तुम्हें एक खुशखबरी तो देना भूल गई। अगले महीने मेरी बड़ी दीदी की शादी है। प्रेम-विवाह कर रही हैं। मेरे जीजा जी और दीदी एक ही कॉलेज में साथ में पढ़ते थे। दो साल से दोनों का चक्कर चल रहा था। अब जाकर दीदी ने हिम्मत करके मेरे पापा से कहा। पहले तो पापा ने मना कर दिया था। फिर पापा दीदी की जिद के आगे झुक गए। जीजू मिनिस्टर के बेटे हैं। दोनों कोर्ट मैरिज करेंगे। कोई

तामझाम नहीं, सीधे-सादे तरीके से शादी होगी। किसी को भी निमंत्रण नहीं दे रहे हैं। सिर्फ़ फ़ैमिली, दोस्त व नज़दीक रिश्तेदार रहेंगे। शादी के बाद मेरी दीदी काम करेंगी, यह अच्छा है।

दिसंबर का महीना शुरू हो गया था। घर से आए मुझे दो महीने हो गए थे। पढ़ाई के बोझ के कारण मैं घर पर बात नहीं कर पाई। सोचा आज रविवार है। शाम को जब प्रार्थना के लिए नीचे जाएंगे तो घर पर फ़ोन लगा कर बात कर लूँगी। मेरे मन में यह विचार चल ही रहा था कि चारू ने मुझे झकझोर कर कहा- ओय कहा खो गई, तेरे नाम की नीचे से आवाज़ लग रही है। गायत्री देख शायद कोई तुझसे मिलने आया है या तेरा फ़ोन आया है... जा जल्दी। चारू की बात सुनकर मैं जल्दी से दौड़ कर सीढ़ियाँ उतर कर नीचे आई तो गार्ड भाई ने कहा- दीदी कब से आवाज़ लगा रहे हैं। कहाँ थी आप? आपके घर से फ़ोन आया है। देख लो चालू है तो बात करो, नहीं तो रख दो... फिर से आएगा। हमें हॉस्टल से फ़ोन लगाने की अनुमति नहीं थी। घर से फ़ोन आ सकता है। किसी और का फ़ोन आया तो वह भी हमें नहीं दिया जाता था। कोई लड़के का फ़ोन तो बिल्कुल नहीं। बहुत सख़्ती से मैडम नियम का पालन करती थी। अच्छा भी है लड़कियों का हॉस्टल है, नियम से नहीं चलेगी तो रोज़ नए-नए कारनामे होंगे। एक बार हो चुके हैं हमारे हॉस्टल में आने से पहले, ऐसा सुना है। मैंने फ़ोन कान से लगा कर 'हेलो' कहा तो फ़ोन चालू था। बाऊजी फ़ोन पर थे। पहले तो बाऊजी ने मेरे हाल-चाल पूछे, फिर धीरे से मुझे कहा- बेटा तुम किसी रवि जैन को जानती हो? रवि ने इंजीनियरिंग किया है। पहले तो मैं चौंक गई कि बाऊजी ने ऐसे क्यों पूछा, समझ नहीं आया। तभी बाऊजी ने कहा- सुन डरो मत... जानती है तो बता नहीं जानती हो तो कोई बात नहीं है। तुम अपने जोशी साहब को तो जानती हो? अरे स्नेहा दीदी के साथ में जोशी जी की बेटी पढ़ती थी न... याद आया? मैंने थोड़ा दिमाग़ पर ज़ोर दिया तो मुझे याद आ गया। मैंने बाऊजी से कहा- हाँ बाऊजी याद आ गया। हाँ बेटा आज जोशी

अंकल सुबह घर पर आए थे। उन्होंने ने ही रवि के बारे में बताया। अच्छा यह बताओ तुम्हारे हॉस्टल में कोई प्रेरणा दीवान रहती है क्या? मैंने कहा- प्रेरणा दीदी... हाँ वह तो मेरे से दो कमरा छोड़ कर ही रहती हैं। बाऊजी आप प्रेरणा दीदी को कैसे जानते हो? बाऊजी ने कहा- मैं नहीं जानता, वह जोशी साहब ने बताया प्रेरणा के बारे में, प्रेरणा की सगाई हो गई है किसी अनुज पंडित से। मैंने कहा- हाँ पर बाऊजी आप यह सब मुझे क्यों बता रहे हो। बाऊजी ने मेरी बात अनसुनी करके अपनी बात जारी रखते हुए कहा- अनुज का दोस्त रवि है। रवि अक्सर अपने दोस्त अनुज के साथ तुम्हारे हॉस्टल आता है। वहीं पर उसने तुम्हें देखा है। तुम उसे बहुत पसंद आ गई हो। रवि ने प्रेरणा को कहा और प्रेरणा ने ही तुम्हारी सारी जानकारी तुम्हारे हॉस्टल के रजिस्ट्रर से निकाल कर रवि को दी। रवि के घरवालों ने जोशी जी, जो क़िस्मत से रवि के परिजनों के भी परिचित निकले, उनके ज़रिए मुझसे तेरे और रवि के रिश्ते की बात करने कहा है। एक तरह से तुम्हारे और रवि के लिए रिश्ते की बात चलाने के लिए कहा है। मुझे कुछ समझ नहीं आ रहा था क्योंकि मैं अभी भी जयदेव के अलावा किसी और के साथ अपने आप को देख नहीं सकती थी। कैसे कहूँ, क्या कहूँ, कुछ नहीं पता। तभी बाऊजी ने मेरे मन की परेशानी भांप कर कहा- बेटा अभी तो सिर्फ़ बात हुई है। हमने या रवि के माता-पिता की तरफ़ से शादी या रिश्ता पक्का करने की हाँ नहीं हुई है। गायत्री बेटा तुम परेशान मत हो, तुम्हें रवि पसंद होगा तभी हम बात करेंगे और वैसे भी रवि के माता-पिता ने अगले हफ़्ते हमें मिलने के लिए जयपुर बुलाया है। हम अगले हफ़्ते जयपुर आकर रवि के माता-पिता से मिलते हैं। मिलने में तो कोई बुराई नहीं है बेटा... ठीक है। मैंने कहा- हाँ बाऊजी! आप को जो उचित लगे, वह करिएगा। मेरी बात सुनकर बाऊजी ने 'हाँ बेटा' कह कर फ़ोन रख दिया।

मैंने भी अपना फ़ोन रख दिया। फ़ोन रख कर मुझे प्रेरणा दीदी पर बहुत ग़ुस्सा आ रहा था। मुझे पता ही नहीं और प्रेरणा दीदी ने मेरे घर का पता ऑफिस

के रजिस्ट्रर में से निकाल कर रवि के घर वालों को दे दिया। यह सब प्रेरणा दीदी ने किया! मैं जल्दी से सीढ़ियों से ऊपर आकर अपने कमरे में न जाकर सीधे प्रेरणा दीदी के कमरे की तरफ़ गई और उनका दरवाज़ा खटखटाया। उनकी रूम मेट जानकी दीदी ने दरवाज़ा खोला। मैंने जानकी दीदी से पूछा- मुझे प्रेरणा दीदी से बात करनी है। कहाँ हैं प्रेरणा दीदी? जानकी दीदी कुछ जवाब देती, उसके पहले ही अंदर से प्रेरणा दीदी ने कहा- अरे गायत्री तुम! अंदर आ जाओ। शायद प्रेरणा दीदी इसके लिए तैयार थीं कि वह जानती थीं यह तो होना ही था। प्रेरणा दीदी ने मुझे बैठने को कहा। 'गायत्री कुछ खाएगी, चाय पिएगी।' मैंने 'ना' में सिर हिला दिया। मैं वैसे भी प्रेरणा दीदी की बहुत इज़्ज़त करती थी। मैं दीदी के कमरे में आई तो ग़ुस्से में थी। दीदी के प्रेमपूर्वक व्यवहार से मेरा ग़ुस्सा शांत हो गया था। 'गायत्री आराम से बैठ', फिर मुझे कहा- बता क्या हुआ? घर पर सब कैसे हैं? तुम्हारे घर से फ़ोन आया था? गायत्री मुझे माफ़ करना मुझे यह बात तुम्हें पहले बता देनी चाहिए थी। मुझे तुम पसंद हो। मुझे भरोसा था कि तुम मुझे ग़लत नहीं समझोगी। दो साल हो गए हैं, हम दोनों हॉस्टल में एक ही मंज़िल पर पास वाले कमरे में रह रहे हैं। तुम एक कमरा छोड़ कर ही रहती हो। मैंने तुम्हरा व्यवहार देखा है। शांत, गंभीर स्वभाव है तुम्हारा। अब गायत्री मेरी बात सुन, रवि मेरा भाई है। मेरे साथ ही कॉलेज में पढ़ता है। अच्छा लड़का है। रवि ने जब से तुम्हें देखा है, उसे तुमसे प्यार हो गया है। मेरे पीछे पड़ गया कि उसे तुमसे ही शादी करनी है, नहीं तो वह किसी और से शादी नहीं करेगा। रवि ने तुमसे कभी बात नहीं की, कभी मिला नहीं है। रवि तुम्हें बहुत पसंद करने लगा है। रवि जब भी अनुज के साथ हॉस्टल आता है, उसकी नज़रें तुम्हें ही ढूँढती हैं। मुझे भी कहता है। किसी तरह से मैं तुम्हें नीचे बुलाऊँ ताकि रवि एक नजर तुम्हें देख सके। अब बताओ मैं तुमसे पहले यह सब बात करती तो ग़लत हो जाता। इसलिए मैंने सही तरीक़े से रवि और तुम्हारे रिश्ते की बात चलाई। रवि का तुम्हें लेकर दृढ़ निश्चय देख कर ही मुझे यह

निर्णय लेना पड़ा। अभी रवि ने भी अपने माता-पिता से बात की है। तुम्हारे माता-पिता को अगले हफ़्ते मिलने जयपुर बुलाया है। तुम चाहो तो मैं तुम्हें रवि से मिलवा सकती हूँ लेकिन यह सही नहीं होगा। पहले तुम दोनों के घर वालों का आपस में मिलकर बात हो जाने पर ही रवि तुमसे मिलेगा। यही अनुज, रवि और मैंने सोचा है।

दीदी की बातें सुनकर तसल्ली हुई। मुझे अपनी गलती पर पछतावा हो रहा था। मैंने दीदी को ग़लत समझा। वह तो जो कर रही हैं, सही बात कर रही हैं। मैंने अपने व्यवहार के लिए दीदी से माफ़ी मांगी। दीदी ने मुझे रोक कर यही कहा- गायत्री तुम एक अच्छे परिवार से हो... तुम्हारे संस्कार अच्छे हैं। तुम इतना मत सोचो, सब ठीक है। अपने आप को दोष मत दो। तुम्हारी जगह मैं होती तो शायद मेरी भी यही प्रतिक्रिया होती। अगले हफ़्ते तुम्हारे माँ, बाऊजी रवि के माता-पिता से जयपुर मिलने आ रहे हैं। तुम्हारी अभी तुम्हारे पापा से बात हुई है तो क्या कहा तुम्हें तुम्हारे पापा ने? मैंने प्रेरणा दीदी से कहा- हाँ दीदी! मेरे माँ-बाऊजी रवि के माता-पिता से मिलने आ रहे हैं। इतना कह कर मैं उठ खड़ी हुई। दोनों दीदी को प्रणाम करके अपने कमरे में दाखिल हुई। चारू ने मुझे देखा तो बोली- कहा थी इतनी देर से, तेरे घर से फ़ोन आया था न... क्या हुआ सब ठीक है?

हाँ घर पर तो सब ठीक है पर तुम्हें एक बात बतानी है। चारू ने जैसे ही सुना, वह मुझे खींचकर अपने पास बिठा कर बोली- क्या हुआ, तू इतनी परेशान क्यों है? घर पर सब ठीक है तो फिर? क्या बात है, बता मुझे! तब मैंने चारू को बाऊजी से लेकर प्रेरणा दीदी तक मेरी जो बातें हुईं, सब बताई। पहले तो चारू सुनकर खुश हुई। उसे समझ नहीं आ रहा था कि यह सब हमारे हॉस्टल में इतनी जल्दी कैसे हुआ? चारू विश्वास नहीं कर पा रही थी। उसे रवि का भी पहली नज़र का प्यार, मेरे लिए यह कहना कि शादी करूँगा तो इससे ही, नहीं

तो किसी से नहीं। बड़ा अच्छा लगा कि कोई व्यक्ति ऐसा भी हो सकता है जो चारू ने आज तक नहीं देखा था। बिना बात करे बस दूर से देख कर कोई अपने लिए जीवन साथी को कैसे चुन सकता है। हाँ पर चारू मेरे लिए ख़ुश थी।

हम दोनों बहुत देर तक इधर-उधर की बातें करते रहे। एक बज गया था। बातों में कहाँ समय निकल गया, पता ही नहीं चला। भूख लगी थी। आज रविवार है और रविवार को हमारे हॉस्टल में फिस्ट बनता था। रात में खाना नहीं मिलता था। वैसे भी रविवार को मेस देर से ही शुरू होती थी। मैं और चारू कमरे से नीचे उतर कर मेस में गए तो वहाँ सभी टेबल पर लड़कियाँ बैठकर खाना खा रही थीं। एक भी जगह ख़ाली नहीं थी। हमें बाहर ही इंतज़ार करना पड़ा। आधे घंटे बाद टेबल ख़ाली हुई। हम दोनों ने खाना खाया और नीचे ही थोड़ी देर टहलने लगे। तभी हमारे हॉस्टल के भैया जी ने प्रेरणा दीदी के लिए आवाज़ लगाई। यदि हॉस्टल के गेट पर हमसे कोई मिलने आए तो भाई जी सबके लिए आवाज़ लगा कर बुलाते थे। थोड़ी देर बाद प्रेरणा दीदी अपने कमरे से नीचे हॉस्टल के गेट पर जाने के लिए आई। मुझे हॉल में नीचे सीढ़ियों पर बैठा देख कर मुस्कुराते हुए पूछा- गायत्री मिलना है तुम्हें रवि से... आया है? मैंने 'नहीं' कहा तो वह चली गई। चारू वहीं पर मुझसे दूर खड़ी हॉस्टल की किसी लड़की से बात कर रही थी। उसने मेरी और प्रेरणा दीदी की बात को नहीं सुनी थी। अच्छा ही हुआ कि चारू ने प्रेरणा दीदी की बात नहीं सुनी, नहीं तो वह मुझे रवि का नाम लेकर छेड़ने लग जाती। मैं अपने ही ख़्यालों में खोई हुई बहुत देर तक अकेले ही सीढ़ियों पर बैठी रही। एक बार मुझे लगा कि कोई मुझे गेट पर खड़े होकर देख रहा था। मेरी हिम्मत नहीं हुई सर उठा कर देखूँ, रवि होगा। मैं समझ गई कि अभी दीदी गई है, उन्होंने ही रवि से कहा होगा कि मैं नीचे हॉल में ही सीढ़ियों पर बैठी हूँ। शायद रवि ही मुझे देख रहा होगा। कुछ समय बाद चारू अपनी बात ख़त्म कर मेरे पास आई। हम दोनों रूम पर आ गए। आज रविवार था, कुछ करने को नहीं था तो हम दोनों सो गए। आज मेस

में खाना हमारी पसंद का होने से ज़्यादा खा लिया था। सो कर उठे तो शाम होने को आई थी। चारू मेरे से पहले उठकर चाय बनाने लगी। चाय बना कर चारू ने मुझे उठाया। हम दोनों ने साथ में चाय पी। आज समय कट नहीं रहा था। मैं और चारू दोनों बातें भी करे तो कितनी। कभी-कभी तो हम दोनों ऐसे हैं कि कोई नया टॉपिक निकाल कर घंटो उस पर डिस्कसन कर सकते थे। मुझे याद आया लायब्रेरी से नया उपन्यास भी लाए थे, वह भी अधूरा है, उसे भी पूरा कर के लौटाना था। सोचा आज उसे ख़त्म कर के कल लौटा दूँगी। समय भी कट जाएगा। रात में खाना तो खाना नहीं है, रूम पर ही पोहा बना कर खा लेंगे। मैंने टेबल पर से उपन्यास उठा कर पढ़ना शुरू किया तो चारू ने मेरी तरफ़ देखा और वह भी अपने कुर्सी पर चिट्ठियों के जवाब देने बैठ गई। यह सिलसिला उसका हर रविवार का था। बहुत सारी चिट्ठियों के जवाब वह देती थी। मुझसे यह नहीं होता।

उपन्यास में जैसे जैसे कहानी आगे बढ़ रही थी, मेरा मन उस उपन्यास के पात्र में इतना रम गया कि मुझे होश नहीं रहा कि कब चारू ने अपना काम ख़त्म कर दिया और वह सो गई। जब मेरा उपन्यास पूरा हुआ तो मैंने घड़ी की तरफ़ देखा, रात के दो बज गए थे। समय का पता नहीं चला, उपन्यास पढ़ने में मग्न हो गई थी। मुझे न भूख लगी न प्यास लगी। कुर्सी पर से उठकर मैं भी अपने बिस्तर पर जाकर सो गई। इस हफ़्ते क्लास में पढ़ाई नहीं होनी थी तो आराम से उठना था। कॉलेज में हमारे तिवारी सर ने पूरी क्लास को पहले ही बता दिया था। इस हफ़्ते हमें घर पर ही बहुत सारी पढ़ाई करने के लिए सर ने होमवर्क दे दिया था। मुझे और चारू को कॉलेज जाना था लेकिन अपने समय से तो फिर सुबह आराम से उठेंगे, यह हम दोनों ने पहले से ही तय कर लिया था। सुबह सात बजे चारू मेरे कानों में आकर चिल्ला कर मुझे उठा रही थी। चारू ने मेरे शरीर पर से कंबल खींच लिया। मैंने आँखों को बंद करके ही चारू से कहा- अरे चारू मुझे सोने दो न, रात में दो बजे तक जग रही थी। मेरा

उपन्यास तभी ख़त्म हुआ, उसके बाद ही मैं सोई हूँ और कॉलेज भी आराम से चलते हैं। चारू ने कहा- ओह ऐसा है तो फिर सो पर दस मिनट बस, उसके बाद उठ नहीं तो पानी डाल दूँगी। चारू बेटा मुझे पता है तू बहुत ज़िद्दी है। जब तक मै उठूँगी नहीं न तू मेरे पीछे पड़ी रहेगी। अच्छा बाबा उठती हूँ दस मिनट में बस। हम दोनों की ऐसी नोकझोंक हमेशा होती रहती थी।

मैं उठकर जब तक अपने नित्य कार्य निपटाती, तब तक चारू ने टेबल पर चाय-नाश्ता प्लेट में तैयार कर रख दिया था। हम दोनों का ऐसा ही था। जिसको जब समय मिले, तब वह चाय-नाश्ता बना लेता था। हम दोनों के बीच कभी भी इन बातों को लेकर तकरार नहीं हुई। चारू ने फिर से चिल्ला कर मुझे आवाज़ लगाई- अरे गायत्री जल्दी कर न, तेरी चाय ठंडी हो जाएगी। रात में भी हम दोनों ने कुछ नहीं खाया, ऐसे ही सो गए थे। भूख लगी है, चल जल्दी कर। मैंने कहा- यार चारू तू न बड़ी अच्छी है। मेरा इतना ध्यान रखती है। चारू ने मेरी बात सुनकर कहा- ओके पर मेरी तारीफ़ बाद में, पहले चाय। हम दोनों ने चाय पी। कॉलेज जाने के लिए अपनी किताबें निकाल कर तैयार होकर चले गए। पहले लायब्रेरी में जाकर किताबें इश्यू करवाई, फिर अपने क्लास में जाकर देखा, कोई हमारा क्लास मेट आया होगा तो नई जानकारी या सर ने आगे कुछ कहा हो, पता करते हैं। हम दोनों अपनी क्लास के पास पहुँचे ही थे कि अकाउंट वाले सर ने पास बुला कर हमें कुछ पेपर हाथ में दिए और कहा- अच्छा हुआ तुम दोनों यहीं मिल गई हो। यह कुछ नोट्स हैं, जितनेबच्चे हैं, उतनी फ़ोटो कॉपी करवा कर पूरी क्लास के बच्चों मे बांट दो। हमने क्लास में जाकर देखा तो पाँच-छह हमारे साथी बैठे थे। सब अपने-अपने नोट्स बनाने में व्यस्त थे। मैंने उन्हें अकाउंट वाले सर के नोट्स भी बताया और कहा सर ने इसकी फ़ोटोकॉपी करके आपस में बाँटने को बोला है। इसकी फ़ोटोकापियाँ बनवानी हैं। कोई दो लोग जाकर बाहर से करवा लें और सभी में बांट दें तो अच्छा होगा। मैंने अपने क्लास के लड़कों को कहा तो मनीष ने कहा- लाओ मुझे दो,

मैं करवा कर लाता हूँ। कॉलेज के बाहर ही मेरे पहचान की फ़ोटोकॉपी की दुकान है। वहाँ से मैं करवा कर लाता हूँ। मनीष को मैंने नोट्स दिए और हम पास ही बेंच पर बैठ कर आपस में एक-एक कर सभी विषयों की चर्चा करने लगे। मनीष के आने पर मैं और चारू नोट्स लेकर वहाँ से हॉस्टल के लिए निकल पड़े।

हॉस्टल पहुँच कर मैं और चारू आज फिर पहले सो गए। दो-तीन दिन हम दोनों का यही सिलसिला चलता रहा... न ही पढ़ाई हो रही थी न नोट्स बन पा रहे थे। हफ़्ता ख़त्म होने आया, ऐसे कैसे चलेगा। एक दिन दोनों ने घबरा कर तय किया कि कल से कॉलेज में लायब्रेरी में बैठ कर ही नोट्स बना लेते हैं। हॉस्टल में तो हम दोनों बस सो रहे और खा रहे थे। अगले तीन दिनों तक हम दोनों हॉस्टल से खाना खा कर निकल जाते, फिर पूरा दिन लायब्रेरी में बैठ कर अपनी पढ़ाई व नोट्स बनाने लगे। हमें रात के आठ बजे तक लायब्रेरी में बैठना पड़ता था। तब जाकर पढ़ाई हमारी पूरी हुई। मुझे याद आया कल रविवार है। माँ बाऊजी आज जयपुर रवि के माता-पिता से मिलने आने वाले थे। मेरे मन में अभी भी जयदेव से अलगाव को लेकर तड़प थी। वह मैं किसी को कह भी नहीं सकती थी। कई रातें मैंने जयदेव की याद में रोकर निकाल दी थीं। पता नहीं जयदेव मुझे याद भी करता है कि भूल गया है। उसके बाऊजी के शांत होने के बाद जयदेव ने कभी भी मुझसे मिलने की या बात करने की कोशिश नहीं की, अपनी माँ के डर से या फिर उसके बाऊजी के गुजर जाने के कारण घर की परिस्थितियों ने उसे कहीं न कहीं मुझसे दूर कर दिया था। मैं जानती हूँ जयदेव भी मेरे लिए वही महसूस करता है जो मैं उसके लिए करती हूँ। हमेशा मैंने जयदेव की आँखों में अपने लिए अजीब सा लगाव देखा है। मेरे बिना वह भी अधूरा है। मुझे पाकर पूरा होना चाहता है। हम दोनों जब भी आसपास रहते थे तो हमेशा से ही हमें एक-दूसरे के लिए आकर्षण लगता था जो हमें खींचता था पास आने के लिए, जो मैंने हमेशा से ही महसूस किया है। यही हाल जयदेव

के भी थे पर जयदेव भी अपने आप को रोक लेता था। मैं जानती हूँ हम दोनों दूर रहकर कभी ख़ुश नहीं रह सकते हैं। भले ही समाज या परिवार की ख़ुशी के लिए हम किसी और से शादी कर लें।

मेरे और जयदेव दोनों के बीच के आकर्षण ने कभी भी हमें शारीरिक संबंध बनाने के लिए उत्सुकता या उतावलापन नहीं रहा था। अक्सर हमारी उम्र के लड़के-लड़कियों में यह बहुत ही सामान्य सी बात थी। मुझे और जयदेव को बस ऐसा लगता था कि हम हमेशा पास रहें, साथ रहें जिससे हमें सुकून-शांति मिलती थी।

रविवार की सुबह घर से फ़ोन आया, बाऊजी से मेरी बात हुई। बाऊजी कहने लगे- हम अभी जयपुर के लिए निकल रहे हैं। ग्यारह बजे तक जयपुर पहुँच जाएँगे, पहले हम रवि के घर पर जाएंगे। लौटते समय हम तुम से मिलने हॉस्टल आएंगे... ठीक बेटा। मैंने 'हाँ' कहा। आज रविवार है। बाऊजी मैं हॉस्टल में ही रहूँगी। आप आ जाइएगा। फ़ोन रख कर मैंने चारू से कहा तो वह खुश होकर बोली- चल गायत्री तेरा तो रिश्ता तय हो गया। समझ इधर पढ़ाई ख़त्म भी नहीं हुई उधर शहनाई बजने की तैयारी शुरू। मैंने कहा- अरे नहीं रे इतनी जल्दी सब तय नहीं होता है। समय लगता है। न ही रवि के परिवार को हम जानते हैं न ही वह मेरे परिवार को। पहले आपस में बात तो करें। मैंने लम्बी श्वास भरते हुए अपनी बात पूरी की। तभी चारू ने कहा- चल चाय बना ले तब तक मैं भी बाथरूम से होकर आती हूँ। मैंने स्टोव चला कर चाय बनने रखी पर मेरे मन में अभी भी बैचेनी हो रही थी जैसे कुछ पीछे छूट रहा है। चाय उबल कर गिरने को आई। तभी चारू ने दौड़ कर स्टोव को बंद करके कहा- कहाँ है ध्यान तेरा गायत्री... अभी से रवि के ख़्यालों में खो गई। मैंने कहा- नहीं रे अभी तक तो मैंने रवि को देखा तक नहीं है। फिर कैसे? मैं तो कुछ और सोच रही थी। चल छोड़ न, चाय के साथ क्या लेगी बिस्कुट या टोस्ट? दोनों निकाल कर

मैंने प्लेट में टेबल पर रख दिया। मन मेरा अभी भी विचारो में उलझा हुआ था। दस बजने को आए थे। एक घंटा रह गया है। पता नहीं आज रवि के माता-पिता से क्या बात होगी... आज ही रिश्ता तय हो जाएगा या फिर? मेरा मन कहीं लग नहीं रहा था। बार-बार मन में जयदेव को लेकर ही विचार आ रहे थे। मन उदास हो रहा था। कैसे समझाऊँ कि अब हमारे रास्ते अलग कर दिए हैं। अकेले ही यह सफ़र तय करना है। कैसे करूँगी? जयदेव तुम्हारे साथ तय करती तो समय कहाँ निकल जाता, पता नहीं चलता। अब किसी अनजान के साथ कैसे चल पाऊँगी। मन में तो जयदेव तुम हो, कैसे अपने आप को सँभालूँगी। चारू ने मुझे ख्यालों में खोया देखकर कहने लगी- गायत्री सब ठीक होगा... ज़्यादा सोच मत, जोड़ियाँ भगवान के यहाँ से बन कर आती है। हमारे हाथ में कुछ नहीं है। यदि रवि और तेरा बंधन लिखा है तो होगा, नहीं तो कोई न कोई विघ्न उत्पन्न हो जाएगा और यह रिश्ता नहीं होगा। भरोसा रख, ज़्यादा सोच मत... चल आज मेस में क्या बनाया है, देख कर आते हैं... रविवार है न, अरे चल! मुझे खींच कर वह नीचे मेस में ले गई। बाहर से ही अच्छी सुगंध आ रही थी। अंदर जाकर देखा तो महाराज जी ने कहा- दीदी अभी खाना बनाने में समय लगेगा, रविवार के दिन तो एक बजे तक बनता है खाना... अभी तो बारह भी नहीं बजे हैं। महाराज जी हम खाना खाने नहीं यह देखने आए हैं कि आज आप क्या बना रहे हो। महाराज जी ने कहा- अच्छा-अच्छा फिर ठीक है। दही-बड़े, खीरपूड़ी, पापड़, सलाद, छोले और भिंडी की सब्ज़ी। ठीक है दीदी कि आपको और कुछ खाना है। अरे नहीं महराज जी बहुत है। हम एक बजे के बाद आते हैं। यहीं नीचे बैठे हैं। बन जाए तो आवाज़ लगवा देना।

कुछ समय बाद महराज जी ने आवाज़ लगाई- खाना बन गया है, आ जाओ। मैं मेस में खाना खाने बैठ तो गई पर मेरे हलक से निवाले जा नहीं रहे थे। मन बस इसी उधेड़बुन में लगा था कि पता नहीं रवि के माता-पिता से क्या बात हुई है। बाऊजी ने मिलने आने कहा है तो आएँगे जरूर... खाना खाकर

नीचे ही बैठ कर इंतज़ार करती हूँ। मैंने जैसे-तैसे थाली में परोसा हुआ एक बार का खाना ख़त्म किया और उठ खड़ी हुई। चारू मेरी तरफ़ देख कर चौंक कर बोली- तेरी पसंद का खाना बना है। ढंग से खाया नहीं... खाना तो खा। मैंने कहा- मन नहीं है, बस हो गया। चारू समझ गई मेरा मन आज ठिकाने पर नहीं है। 'ओके' कह कर चारू बोली- चल मैं थाली का खाना ख़त्म करती हूँ, तब तक बैठ, मुझे खाने दे। मैंने भी चारू से 'ठीक है' कहा और अनमने मन से बैठ गई। खाना खा लेने के बाद हम वैसे भी टहलते थे। हम दोनों आंगन मे आकर टहलने लगे। तब भी मेरा मन सिर्फ़ और सिर्फ़ यही सोच रहा था कि इतनी देर हो गई है, अभी तक कोई खबर नहीं है न ही बाऊजी आएं। ऐसे क्या बात कर रहे हैं। एक घंटा टहलने के बाद चारू ने कमरे मे चलने कहा तो मुझे भी लगा कि ऊपर कमरे में बैठ कर ही इंतज़ार करती हूँ। यदि माँ-बाऊजी आएंगे तो भैया जी आवाज़ लगा देंगे। कमरे में आकर आज सोने की बजाय मैं कुर्सी पर बैठकर रेडियो लगा कर गाना सुनने के लिए बटन दबाया तो चारू ने कहा- लेट जा ना। चारू मन नहीं है, नींद लग गई और माँबाऊजी ने मिलने आने का कहा है। अगर भैया जी नीचे से आवाज़ लगाएंगे तो हमें सुनाई नहीं देगा। माँ-बाऊजी परेशान हो जाएंगे। तू लेट न... मैं बैठ कर गाने सुनती हूँ। मैंने रेडियो की आवाज़ कम ही रखी है। तुम्हें नींद में परेशानी नहीं होगी। नहीं नहीं गायत्री! रेडियो की आवाज़ तेज रख... मैं भी लेट नहीं रही हूँ। कुछ काम है, वह निपटा लेती हूँ। तेरे से बात भी करती रहूँगी तो तू भी जो परेशान हो रही है, तेरा मन भी लगा रहेगा। नहीं तो तू सोच-सोच कर अकेले पागल हो जाएगी। मैं देख रही हूँ सुबह से तेरा मन कहीं नहीं लग रहा है। तुम ने ढंग से खाना भी नहीं खाया है। गायत्री थोड़ा सब्र करो ना सब ठीक होगा!

दोपहर से रात हो गई। बाऊजी नहीं आए। मेरी चिंता और बढ़ गई। रात के आठ बजे भैया जी ने मेरे लिए आवाज़ लगाई तो मैं बिना चप्पल के ही दरवाज़ा खोल कर भाग कर सीढ़ियों से नीचे पहुँची तो भैया जी ने मुझे बाहर

गेट पर जाते देखा तो रोक कर कहा- दीदी फ़ोन आया है। आप बाहर गेट पर क्यों जा रही हैं? मैं घबराहट में पलट कर फ़ोन वाले कमरे में जाकर फ़ोन पर 'हेलो' बोले बिना ही प्रश्नों की बौछार लगा दी। बाऊजी समझ गए कि गायत्री से हम हॉस्टल मिलने नहीं गए तो चिंता के मारे परेशान हो गई है।

बाऊजी ने मुझे बीच में रोक कर कहा- बेटा थोड़ा श्वास तो ले, शांत हो, मेरी बात सुनो। तब जाकर मैं रूकी और मुझे अपनी गलती समझ आई कि न ही मैंने बाऊजी से प्रणाम किया न ही 'हेलो' कहा, बस बात शुरू की, बिना कुछ सुने बोले जा रही थी। हाँ बाऊजी प्रणाम! मुझे क्षमा करें। बाऊजी हँस पड़े और कहा- कोई बात नहीं, अब मेरी बात सुनो। हम रवि के माता-पिता से मिले, अच्छा परिवार है। बहुत अच्छे से उन्होंने हमारा स्वागत किया। बहुत देर तक हम बात करते रहे परिवार के बारे में। उन्होंने हमसे सारी जानकारी ली व अपने बारे में सब बताया। रवि के दादाजी व दादी जी से भी मिले। अभी कुछ भी तय नहीं किया है। सारी बातें होने के बाद रवि के दादाजी हमें नाराज़ लगें। जब रवि के दादाजी से बात हुई तो वह कहने लगें- मुझे पता है रवि को गायत्री पसंद है। हमें भी आपसे मिलकर ख़ुशी हुई है। मेरा विचार मेरे परिवार वाले से अलग हैं। रवि तो अभी बच्चा है, जिद कर बैठा है। मैंने परिवार में सबसे कहा कि मुझे मेरे पोते रवि की अपने समाज की लड़की से ही शादी करनी है।

उनकी बात सुन कर रवि के पिताजी ने कहा- पर बाऊजी रवि ने क्या कहा है, उस पर भी तो गौर कीजिए। हमने रवि को बहुत समझाया पर वह मानने को तैयार नहीं हैं। हम आपकी इज़्ज़त करते हैं, मान रखते हैं। जवान बेटे की जिद के आगे हम भी झुक गए और आपसे चर्चा करने के बाद ही हमने यह कदम उठाया है। फिर अभी यह सब ठीक नहीं है। जमाना बदल गया है। फिर गायत्री संस्कारी है... प्रेरणा बिटिया व अनुज दोनों ने भी हमें गायत्री के बारे मे यही कहा है। प्रेरणा तो दो साल से गायत्री को जानती है। उसी की हॉस्टल में

एक कमरा छोड़ कर रहती है। रात-दिन का व्यवहार देखा है उसने गायत्री का और वह रवि को अपना भाई मानती है। हर साल राखी पर वह उसे राखी बांधने आती है। अब आप भी अपनी जिद छोड़कर सोचेंगे तो इसी में हम सब की भलाई है। दादाजी 'ठीक है' कह कर वह वहाँ से उठकर चले गए। रवि के पिताजी ने हमारी तरफ़ देखते हुए हाथ जोड़कर विनती की- कृपया आप बुरा न मानें, मैंने पिताजी से पहले बात कर ली थी। पिताजी के 'हाँ' कहने पर ही हमने आपको घर पर बुलाया। मुझे नहीं मालूम था कि पिताजी ने दिल से इस रिश्ते को अभी भी स्वीकार नहीं किया है। आप हमें थोड़ा समय दीजिए, मैं बात करता हूँ। जैसे भी होता है, हम आपको विदित करते हैं। बस बेटा हमारी रवि के माता-पिता से इतनी बात हुई है। हम रवि के घर पर ही थे। पुष्कर से मेरे पास फ़ोन आया कि बुआसा की तबियत बहुत ज़्यादा ख़राब हो गई है। उन्हें तुरंत अस्पताल ले जा रहे हैं। तो हम वहाँ से जल्दी से निकल कर घर पर पहुँच गए। इन सबमें हम हॉस्टल नहीं आ पाए। तुम्हें बताना भूल गए। ओह बाऊजी कोई बात नहीं है। मैंने बाऊजी से कहा पर अभी बुआसा की तबीयत कैसी है? ठीक नहीं है बेटा... आई.सी.यू में रखा है। डॉक्टर ने कहा- एक दिन देखते हैं, सुबह बताएँगे कि कुछ तबीयत में सुधार हुआ कि नहीं। सारी जाँच शुरू कर दी है। रिपोर्ट आने पर बिमारी का पता चलेगा। अचानक चक्कर खाकर गिर गई थी। वह तो अच्छा है कि तेरे छोटे काकासा ने देख लिया और तुरंत उठाकर अस्पताल ले गए।

बाऊजी से सारी बातें सुनने के बाद मुझे भी थोड़ी तसल्ली मिली पर बुआसा की तबीयत को लेकर मुझे चिंता हो रही थी। फ़ोन रखकर मैं कमरे में आ गई। चारू ने मुझसे पूछा- क्या हुआ गायत्री... कब शहनाई बज रही है? हमें शादी में बुलाना मत भूलना। शादी में बुलाना जरूर। हाँ पर चारू पहले शादी तो तय होने दो... रवि के दादाजी इस शादी से नाराज़ हैं इसलिए अभी बात तय नहीं हुई है। घर पर मेरी बुआ की तबीयत ख़राब हो गई है। मुझे चिंता

हो रही है। उन्होंने हमेशा से ही मुझे माँ से ज़्यादा प्यार दिया है। मेरा बहुत ध्यान रखा है। मुझे घर जाने का मन हो रहा है। कल कॉलेज में जाकर देखते हैं, यदि इस हफ़्ते भी क्लास नहीं लगेगी तो मैं दो दिन के लिए घर पर होकर आऊँगी। चारू ने कहा- ठीक है गायत्री! तुम कल घर चली जाना... मेरे से नोट्स ले लेना। रात होने को आई थी। सुबह मैंने खाना ढंग से नहीं खाया था तो मुझे भूख सताने लगी। मैंने चारू से पूछा- कुछ खाएगी, मुझे भूख लगी है। उपमा बना लेती हूँ। तू खाएगी। वह कुछ कहती उसके पहले ही मैंने स्टोव जलाकर उपमा बनाने की तैयारी शुरू कर दी। चारू ने भी मेरा हाथ बँटाया। हम दोनों ने उपमा खाकर दूध गर्म होने रख दिया। हम दूध पीकर रेडियो पर गाना सुनने बैठ गए, हमारी रोज़ की आदत... बस वही हमारा रोज़ का नियम। हम दोनों देर रात तक आँखें बंद कर गाने सुनते रहते थे।

गाना सुनते-सुनते कई बार तो हम दोनों बिना रेडियो बंद करे ही सो जाते थे। रात में जब नींद खुलती तो रेडियो बंद करते थे। आज भी यही हुआ। मेरा तो पूरा दिन सोचने में ही गया। दोपहर में भी आराम नहीं किया तो पता नहीं चला कब नींद लग गई, रेडियो चलता रहा। सुबह पाँच बजे मेरी नींद खुली मैंने उठकर रेडियो बंद किया। सुबह होने को अभी एक घंटा और है। मैं करवट लेकर फिर सो गई। हमेशा की तरह सुबह चारू ने मुझे कंबल खींच कर उठाया। आज तो मैं भी हड़बड़ी में जल्दी उठकर बैठ गई। हाँ उठ गई। रूक बाथरूम से होकर आती हूँ... फिर चाय बनाती हूँ।

हमेशा की तरह आज भी मैं बाथरूम से निवृत्त होकर कमरे में आकर देखा तो चारू ने चाय व नाश्ता दोनों तैयार रखा था। मैंने कमरे में आकर चारू को पीछे से ही उसके गले लगा कर खूब सारा प्यार देकर कहा- दोस्त हो तो तेरे जैसी... मेरी क़िस्मत अच्छी है। हमें आप मिले। चारू ने मेरा हाथ पकड़ कर आगे खींचा और कहा- अच्छा मस्का लग रहा है। मैं भी ख़ुश हूँ कि गायत्री

मुझे तुम जैसी सहेली मिली, मुझे घर की याद नहीं आती है। चल चाय पी, ठंडी हो जाएगी... बातें बाद में करना। कॉलेज जाकर पता चला कि इस हफ़्ते भी कोई क्लास नहीं लगेगी, सिर्फ़ तीन पिरियड लगेंगे। मैंने राहत की श्वास ली और सोचा कि कल सुबह मैं पुष्कर जाकर आ जाऊँगी। एक दिन ही रूकूँगी। बुआसा को देख न लूँ, मेरा मन नहीं लगेगा। हॉस्टल पहुँच कर मैंने अपने मन की बात चारू से की तो चारू भी मुझे कहने लगी- गायत्री तेरा मन है तो जा, हो आ न घर... एक दिन की तो बात है। पढ़ाई का ज़्यादा नुक़सान नहीं होगा। आपस में बात करके मैंने छोटे बेग में दो-चार कपड़े व ज़रूरत का सामान रख दिया। सुबह पाँच बजे उठकर बस पकड़ कर मैं सात बजे घर पर पहुँच गई। इतनी सुबह मुझे पुष्कर में घर पर देख कर पहले तो सब घबरा गए कि क्या हुआ। मुझसे कोई कुछ पूछता उसके पहले ही मैंने बुआसा के हालात कैसे हैं पूछा तो सबको समझ आ गया कि मेरा मन उन्हें देखने का होगा। मेरे पूछने पर छोटे काकासा ने कहा- जीजी की रिपोर्ट में कुछ नहीं निकला है। डॉक्टर ने कहा कि थोड़ी कमजोरी के कारण हुआ है। दवाई दे रहे हैं। आज अस्पताल से छुट्टी मिल जाएगी। ग्यारह बजे तक जीजी घर पर आ जाएगी। सुनकर मुझे भी संतोष मिला। अपनी आँखों से देख लूँगी तो अच्छा लगेगा। मुझे घर पर देख कर बुआसा भी ख़ुश हो जाएंगी। मैंने काकीसा से पूछा- स्नेहा दीदी को बताया कि नहीं। काकीसा ने कहा- हाँ गायत्री! बता दिया है। स्नेहा भी आज निकल कर आ रही है।

अरे गायत्री कब आई! चल आ... चाय बन गई है। मैंने रसोई की तरफ़ रूख किया तो माँ ने भी मुझे देखकर खुश होकर पास बुला लिया। पहले उनके कमरे में जाकर बैठ गई। कल रवि के घर के सारे समाचार देकर वह कहने लगी कि मुझे उम्मीद नहीं लग रही है क्योंकि घर के बड़े जब किसी बात पर अड़ जाएं तो मानना मुश्किल होता है। गायत्री तुम यह सब छोड़, यह बता तेरी पढ़ाई कैसी चल रही है? कोई परेशानी तो नहीं है? आख़िरी साल है, आगे क्या करना

है कुछ सोचा है? मैंने माँ से कहा- नहीं माँ अभी नहीं। माँ ने अपनी बात जारी रखते हुए कहने लगी कि उदयपुर से ही हमारे दूर के एक रिश्तेदार हैं, उनकी तरफ़ से भी संदेश आया है। वैसे तो वह किसी और लड़की को देखने पुष्कर आए थे। वहाँ बात नहीं जमी तो उन्हें किसी ने तेरे और कांता के बारे में बताया पर तेरी काकीसा ने पहले ही मना कर दिया है कि वह अपनी बेटी नहीं देंगी। तेरे बाऊजी से बात की है। अभी हमने कुछ जवाब नहीं दिया है। लड़का ठीक-ठाक है। उसके पिता किसी प्राइवेट कंपनी में नौकरी करते हैं। मैं माँ की बातें चुपचाप सुनती रही। कोई जवाब न पाकर माँ ने मेरी तरफ़ देखकर कहा- बेटा शादी तो करनी होगी। जयदेव के यहाँ से तो अब कोई उम्मीद नहीं है। अभी से लड़के नहीं देखेंगे तो बाद में मुश्किलें आती हैं। मैं समझ सकती हूँ कि तुमने अभी भी जयदेव के लिए उम्मीद लगा रखी है।

माँ की बात ख़त्म नहीं हुई थी कि रसोई से काकीसा ने फिर से चाय के लिए आवाज़ लगाई। मुझे भी चाय पीने का मन हो रहा था तो मैंने माँ से पूछा कि आप भी चल रही हैं तो साथ में ही चाय पी लेंगे। उन्होंने पहले नहीं कहा, फिर पता नहीं क्या सोच कर बोलीं- चल मैं भी आ रही हूँ। सुबह हमारे यहाँ वैसे भी चाय सबके लिए तैयार ही रहती है। कोई कभी भी आए तपेली में गर्म रहती है। उसमें से ही जो जब चाय पीने आता था, उसे गर्म चाय मिल जाती है। दूसरी तरफ़ नई चाय बनती रहती है। तो चाय कम पड़ने या ख़त्म होने की तो कोई हमारे यहाँ गुंजाइश नहीं रहती है।

माँ के साथ चाय पीकर मैं अपने कमरे में चली गई। बुआसा के आने से पहले उनका बिस्तर ठीक कर दूँ। खिड़की खोल कर बाहर नज़र पड़ी तो सामने से जयदेव दिखाई दिया। बहुत दिनों बाद देखा बहुत कमजोर दिख रहा था। मन किया ऊपर से आवाज़ लगा कर उसे भी कहूँ कि देख मैं आज भी तेरा इंतज़ार कर रही हूँ। तेरे बिना मैं अधूरी हूँ मान जाओ, अपना लो, बढ़ कर हाथ

थाम लो। हमेशा साथ रहेंगे। जयदेव अभी भी देर नहीं हुई है। इतना सब मैं सोच ही रही थी कि मुझे सीढ़ियों से किसी के ऊपर आने की आवाज़ सुनाई थी। खिड़की को हल्के से बंद कर के मैंने पलट कर देखा तो स्नेहा दीदी अपने मुन्ना को गोद में लिए ऊपर कमरे में आई। उन्हें मेरे कमरे में होने की उम्मीद नहीं थी। मुझे सामने देख कर चौंक गईं। खुश भी हुईं। बहुत दिन हो गए थे। हम दोनों नहीं मिले थे। उनकी डिलीवरी के समय मेरी परीक्षा चल रही थी तो स्नेहा दीदी के मुन्ने को भी नहीं देखा था। हम दोनों गले मिले... मैं उनकी गोद से मुन्ने को लेकर खिलाने लगी। दीदी क्या नाम रखा है इस शैतान का। दीदी ने कहा- अभी नहीं सोचा है, उसकी बुआ रखेगी। अभी तो प्यार से जिसको जो बुलाना है, बुला लेता है। तू बता कब आई और तेरी पढ़ाई कैसी चल रही है। मेरे आने के पहले ही तुमने माँ का बिस्तर ठीक कर दिया है। मैं बिस्तर ठीक करने ही ऊपर आई थी। बस माँ आती ही होगी। मैंने दीदी को अपनी पढ़ाई से लेकर हॉस्टल-कॉलेज की सारी बातें बता दी। पहले भी मैं उन्हें अपने यहाँ के स्कूल से लेकर कॉलेज, मेरी सहेलियों के बारे में सब बताती आई हूँ। सब सुनने के बाद वह धीरे से मुझसे जयदेव से मेरे रिश्ते टूटने की बात भी करने लगीं। मुझे समझाने लगीं कि जो तेरे भाग्य में जीवन साथी लिखा है, वह मिलेगा। जयदेव के साथ तेरा यहीं तक का साथ था। नहीं दीदी वह मेरा जीवन साथी नहीं, उससे भी बढ़कर है वह मेरे लिए... हम दोनों ने कभी भी इतने सालो में दूसरे प्रेमियों की तरह कोई साथ जीने-मरने की कसमें या वादे नहीं किए हैं। लेकिन हम दोनों एक-दूसरे के लिए बने हैं। हम भले एक ना हों पर हम कभी भी अलग नहीं हो सकते हैं। आप नहीं समझोगे दीदी जयदेव और मैं एक हैं और हमेशा रहेंगे चाहे उसकी शादी किसी और से और मेरी शादी किसी और से हो जाए, हम एक-दूसरे को कभी नहीं भूलेंगे। हमारा रिश्ता तो ऊपर से तय हुआ है। हमेशा हम एक-दूसरे के लिए हैं। दीदी को मेरी बातें समझ नहीं आ रही थीं। मुन्ना मेरी गोद में खेल रहा था। तभी नीचे से काकीसा ने स्नेहा दीदी को आवाज़ लगाई, कहा

कि बुआसा अस्पताल से आ गई हैं। यह भी कहा कि हम दोनों नीचे आ जाएं, बुआसा बुला रही हैं। बुआसा से मिलकर स्नेहा दीदी और मैं बुआसा के हाल-चाल पूछने लगे।

हम दोनों को साथ देख कर बुआसा की आँखों में अलग ही चमक दिखाई दीं। मैं जानती हूँ वह हम दोनों को बहुत चाहती हैं। बुआसा ने कहा- मुझे कुछ नहीं हुआ है, चिंता की कोई बात नहीं है। यह डॉक्टर साहब ने कहा है। मैंने बुआसा से कहा- हाँ बुआ मालूम है हमें आप ठीक हो पर आप को न अपने सेहत का ख़्याल रखना होगा। आप बहुत लापरवाह हो, मैं जानती हूँ। कभी भी आप समय पर खाना नहीं खाते हो। सुबह भी जल्दी उठकर पूरे घर की सफ़ाई करते हो। घर पर सबने कितनी बार आपको कहा है कि बाई आती हैं। वह पूरे घर की सफ़ाई करती हैं लेकिन आपको चैन कहाँ। बाईजी के आने से पहले उसका भी सब काम कर देते हो। हम बाईजी को फोकट की तनख़्वाह दे रहे हैं। मुझे बीच में ही रोक कर बुआसा ने कहा- अरे कांता (हमारी बाईजी का नाम) बिचारी कितना काम करेगी, दिन भर तो लगी रहती है। जितना पगार मिलता है, उससे ज़्यादा काम करती है। घर में सबकी डांट खाकर भी कुछ नहीं कहती, बरसों से टिकी हुई है। तुम सबके नखरें भी उठाती हैं। मैंने हँस कर बुआसा से कहा- अच्छा बाबा आप सही, हम ग़लत, ठीक। चलो बुआसा अब खाना खाकर अपने कमरे में जाकर आराम करो, कम से कम एक हफ़्ता। आप सुबह जल्दी नहीं उठ जाना, घर के कोई काम नहीं करना है समझी आप! बुआसा मैं आपको बोल रही हूँ। बुआसा ने बड़े प्यार भरी नज़रों से मेरी तरफ़ देखा और कहा- देखो तो हमारी गायत्री को बड़ी हो गई है।अपनी बुआसा पर हुकुम चला रही है। मैंने कहा- नहीं बुआसा अधिकार जता रही हूँ। मुझे तो रात में ही जयपुर के लिए निकलना होगा, कल मेरी क्लास है।

गायत्री कल सुबह चली जाना, रात में मत जाओ, बुआसा ने कहा तो मैंने उन्हें बताया कि मेरी कल जल्दी क्लास है। कॉलेज के लिए सुबह आठ बजे निकलना है। रात में हॉस्टल पहुँच जाऊँगी तो अच्छा रहेगा। कुछ नोट्स भी बनाने हैं। वह रात में जाकर हॉस्टल पहुँच कर बना लूँगी। बुआसा मुझे आपसे मिलना था। इसलिए आज की क्लास छोड़ी है। कल जरूरी लेक्चर है, मुझे जाना होगा। बस बुआसा दो महीने में वापस आती हूँ। मेरी पढ़ाई ख़त्म हो जाएगी। स्नेहा दीदी अच्छा हुआ न आप आईं, आपसे मुलाक़ात हो गई, मेरे भांजे को पहली बार देखा। कितना सुन्दर व शांत है। बिलकुल स्नेहा दीदी पर गया है।

दोपहर का खाना खाने के बाद मैंने कमरे में जाकर अपनी कपड़ों की अलमारी में से मुझे जो कपड़े निकाल कर ले जाने हैं, वह मैंने एक बैग में रख लिया। काकीसा से पूछ कर हॉस्टल ले जाने के लिए नाश्ते में कुछ मिल जाए, तो वह भी रख लेती हूँ। अभी दो महीने पढ़ाई के दौरान पूरा समय हॉस्टल में ही रहना था। दोपहर को भूख लगती है। मैंने भंडार घर में जाकर देखा तो मठरियाँ, नान-खटाई, टोस्ट, मिठाई भी थी। सब निकाल कर एक डब्बे में भर लिया। भंडार घर से मेरे सामान रखने की आवाज़ सुन कर काकीसा ने अंदर झांक कर देखा कि इस समय भंडार घर में कौन है। मुझे देखकर बोलीं- क्या चाहिए गायत्री बेटा! मैंने कहा- अच्छा हुआ काकीसा आप आ गईं। मुझे हॉस्टल ले जाने के लिए नाश्ता चाहिए था तो वही भर रही हूँ। अच्छा भर लिया तुमने, वहाँ ऊपर के डब्बे मे मैंने कल ही गुझिया और नमकीन बनाया है, वह भी रख लेना। अरे वाह काकीसा वह भरना तो रह गया! मैं दूसरे डब्बे में रख लेती हूँ। अभी दो महीने हमें हॉस्टल में ही रहना है। गायत्री अभी जितना है ले जा... फिर किसी आने-जाने वाले के हाथ से तेरे हॉस्टल फिर भिजवा दूँगी। हाँ काकीसा मुझे नाश्ता घटेगा तो मैं घर पर फ़ोन कर बता दूँगी। दोनों

डब्बे अपने बैग में रखकर जयपुर जाने के लिए मैं तैयार होकर नीचे हॉल में बुआसा को प्रणाम कर जयपुर के लिए निकल पड़ी।

हॉस्टल पहुँच कर समय देखा तो रात के सात बज गए थे। चारू कमरे में अकेले बैठी थी। मुझे जल्दी आया देख वह भी ख़ुश होकर बोली- चल अच्छा हुआ तू रात के खाने से पहले आ गई। साथ में खाएँगे, सुबह तो जल्दी कॉलेज जाने के कारण मैं बिना खाए निकल गई थी। कैंटीन में हम सब ने जाकर थोड़ा कुछ खा लिया था। अभी मुझे ज़ोर से भूख लगी है। गायत्री चल न, तू कपड़े बदल, हम जल्दी खाना खाने जाते हैं। हाँ बाबा, थोड़ा समय दे, चलती हूँ... मैं घर पर से भी बहुत सारा नाश्ता उठा कर लाई हूँ, कल से वही खा लिया करेंगे। मेरी काकीसा ने कहा है और चाहिए तो वह बना कर भिजवा देंगी। आधे घंटे बाद हम दोनों मेस में खाने की टेबल पर बैठे थे। आज मेस में आलू-बैंगन की सब्ज़ी, दाल-चावल और पालक की भाजी बनी थी। भूख लगी हो और खाना गरम मिल जाए तो स्वाद कैसा है कुछ पता नहीं चलता है। मेस में हम जब भी खाना खाने आते हैं, अपने कमरे से अचार-चटनी लेकर आते हैं। खाना खाने के बाद हमेशा की तरह आंगन में टहल कर हम नौ बजे कमरे में आ गए। सुबह जल्दी जाना है तो सोचा जल्दी सो जाते हैं। मैं भी आज सुबह जल्दी उठ कर पुष्कर, फिर वहाँ से जयपुर आने-जाने के कारण थक गई थी। मुझे तो ज़ोर से नींद आ रही है, चारू मैं सो रही हूँ। चारू ने कहा- मैं थोड़ी देर बाद सोऊँगी, तू थक गई है, सो जाओ।

इस तरह से फ़रवरी-मार्च दो महीने पढ़ाई और परीक्षा देने में पता नहीं चला। कल हमारा आख़िरी पेपर था। हमें अब हमेशा के लिये हॉस्टल छोड़कर अपने-अपने घर जाना था। घर पर तो 'शादी कर लो' की परिवार वालों की हर दिन कोई न कोई रिश्ते की बात निकल जाएगी। जब भी दो पेपर के बीच में ज़्यादा दिन की छुट्टी रहती तो चारू और मैं बैग में धीरे-धीरे सारा सामान

समेटकर रख लेते थे। आख़री पेपर वाले दिन पूरी क्लास में सबने तय किया कि पेपर देकर सब पिक्चर देखने जाएँगे और साथ में घूमेंगे। पता नहीं फिर हम सब की कब मुलाक़ात होगी? कौन कहाँ रहेगा? किसको कहाँ नौकरी मिलती है? अभी तो भविष्य किसी को कुछ भी पता नहीं था। पेपर देकर हम सबने शाम को बाहर खाना खाने का तय किया। हमने भी मेट्रन मैडम जी को बता दिया था कि आज रात देर से आएंगे। उनसे परमिशन ले लिया था। पूरी क्लास में हम सब ने खूब मस्ती की। आज पहली बार हमें हमारी क्लास के कुछ बच्चों ने अपने परिवार व अपने बारे मे खुलकर सब बताया। हमें आश्चर्य हुआ कि दो साल साथ में रहे पर कभी किसी ने भी किसी से कुछ नहीं पूछा, न किसी ने अपने व परिवार के बारे में बताया। हम सब ख़ुश थे। मुझे अच्छा लगा। सबने एक-दूसरे को अपने घर का पता दिया। हम अब चिट्ठी लिखकर एक दूसरे के हाल-चाल पूछेंगे। एक डायरी में सबने एक-दूसरे के लिए अपने विचार व्यक्त किये। आज पता चला कि साथ में थे तो कोई किसी को नहीं जानना चाहता था पर बिछुड़ने का समय आ गया तो सब कितने भावुक और किस तरह से एक-दूसरे के बारे में सोचते थे। यह आज पता चला।

आज जब हम हॉस्टल की सीढ़ियों से उतर रहे थे तो मुझे सामने से प्रेरणा दीदी अपने कमरे से निकल कर सीढ़ियों से नीचे आती हुई दिखाई दी। बहुत दिनों बाद प्रेरणा दीदी से मुलाक़ात हुई तो हमने सीढ़ियों पर रूक कर बात की, दीदी को मैंने बता दिया कि मेरी पढ़ाई पूरी हो गई है। मैं कल हॉस्टल छोड़ कर घर जा रही हूँ। दीदी ने मुझे और चारू को रात में अपने कमरे में बुलाया। तुम दोनों मुझसे मिलकर जाना। कुछ समय साथ बिताएँगे। मैंने कहा- हाँ दीदी रात में तो नहीं आ पाएँगे। कल सुबह आएं तो चलेगा। कल रविवार भी है तो अच्छा रहेगा। प्रेरणा दीदी ने कहा- ठीक है तुम दोनों कल मेरे कमरे में चाय पीने आ जाओ... चारू तुम भी आना। इतना कहकर दीदी बोली- मेरी

क्लास है। देर हो रही है मुझे जाना होगा पर तुम दोनों कल चाय पर मेरे कमरे में पक्के से आना। कह कर वह तेजी से निकल गई।

आज कहाँ जाने का प्रोग्राम बनाया है, कुछ पता है तुम्हें चारू? चारू ने कहा- देखते हैं... सबने रामपूरा चौक पर मिलने का तय किया है। वहीं जाकर पता चलेगा, अपनी क्लास के लड़को का तो तुम्हें मालूम है। वह जल्दी कुछ बताते नहीं है। आज पूरा दिन बाहर ही खाना खाना है। फिर शायद पिक्चर देखने जाएं। हॉस्टल से बाहर निकल कर टेक्सी करके हम रामपूरा चौक पहुँच गए। हम दोनों को छोड़ कर क्लास के सब लड़के-लड़कियाँ आ गए थे। हम दोनों को टेक्सी से उतरता देख सबकी जान में जान आई। हमें पहुँचने में देर हो गई थी तो सबको शक हुआ कि हम अपने घर के लिए निकल तो नहीं गएं। क्लास के कुछ लड़कों ने तुरंत ही पुछा- गायत्री, चारू तुम्हें पहुँचने में इतनी देर क्यों लग गई। हम सब कब से आ गए हैं। तुम दोनों का ही इंतज़ार कर रहे थे। एक बार के लिए तो हमें लगा कि तुम दोनों अपने घर तो नहीं चले गए। चारू ने कहा- अरे नहीं यार तुम सब को बिना बताए थोड़ी न जाएँगे।

मेरी पूरी क्लास ने मिलकर पिक्चर जाने का प्लान बनाया। प्रवीण ने कहा- पास में ही टॉकिज है। हम सभी पैदल ही चल पड़े। सुहास ने आगे बढकर सबके लिए टिकट लिए, प्रवीण ने पास की दुकान से समोसा व कचोरियाँ पैक करवा लीं। पिक्चर शुरू होने मे आधा घंटा था। पिक्चर हॉल में पास की बेंच पर बैठ कर हम सबने गरमा-गर्म कचोरियाँ व समोसे का मज़ा लिया। पहला शो ख़त्म हुआ। भीड़ के निकलने के बाद हम सब लाइन लगा कर खड़े हो गए। टिकट चेक करने वाले भाईजी ने हम सबकी गिनती की और कहा- वह आख़िरी से नीचे वाली सीट पर बैठ जाओ। पिक्चर अच्छी थी। ढाई घंटे की थी। ख़त्म होने पर हम सब बाहर निकल कर एक-दूसरे से पूछने लगे कि अब कहाँ जाने का है? लड़कों ने कहा- भूख लगी है। एक ने कहा- पहले, सेंट्रल

होटल पास है, वहाँ चला जाए। मैं एक बार जा चुका हूँ। अच्छा खाना मिलता है, चलो न फिर सोच क्या रहे हो। वहाँ भी हम सभी पैदल ही चले गए।

वाक़ई खाना स्वादिष्ट था। खाना खा लिया। होटल से बाहर निकल कर सब ने तय किया कि हम सभी कुछ समय साथ में बिताते हैं। यहाँ से थोड़ी दूरी पर एक बड़ा बगीचा है। बगीचे में घास पर चल कर बैठते हैं। गपशप करेंगे। मनोज ने कहा- अरे सोच क्या रहे हो, चलना शुरू करो पैदल चलेंगे तो पन्द्रह-बीस मिनट का रास्ता है। हम लड़कियों की तरफ़ देख कर कुंदन ने पूछा- चल पाओगी तुम सब? हमने भी जोश में आकर एकसाथ कहा- इतने नाज़ुक भी नहीं हैं कि थोड़ा चल न पाएं। लड़को की हँसी छूट पड़ी। आज हम सभी बहुत ख़ुश भी थे और बिछड़ने का दुख भी सबके चेहरे पर दिखाई दे रहा था।

बगीचे में जाकर हम सब नीचे घास पर गोला बना कर बैठ गए कुछ लड़के तो लेट गए। आह क्या ठंडी हवा चल रही है। आज पूरी क्लास के लड़के-लड़कियों ने अपने-अपने शौक़ बताए, किस को क्या पसंद है, खाने में किसको क्या पसंद है, कौन गाना गाता है, किसकी ड्राईंग अच्छी है। आज सभी ने खुलकर अपने विचार व्यक्त किए। दो साल साथ में पढ़ाई करने के बाद भी हम सबको एक-दूसरे के बारे में कोई जानकारी नहीं थी। आज लग रहा था कि हम सब मिलकर पूरे दो साल की बातें आज ही कर लेंगे। हमारी हँसी-ठहाकों की आवाज़ पूरे बगीचे में गूंज रही थी। कई लोग तो हमें पलट कर देख रहे थे। हम अपनी ही मस्ती में बातें कर रहे थे। आज हम सब जैसे बिंदास होकर अपनी ही दुनिया में मग्न हो गए थे। बहुत देर तक हम सब ऐसे ही बातें करने लगे। रात होने को आई तो मैंने और चारू ने उठकर सबको चलने कहा। क्लास के लड़कों का घर जाने का मन ही नहीं हो रहा था। सबने फिर मिलकर तय किया कि रात ज़्यादा हो रही है, इन लड़कियों को भी घर पर जाना है। चलो घर जाने से पहले आयस्क्रीम खाते हैं। हमें इस विदाई की बेला को मिठास से

यादगार बना देना चाहिए... क्या कहते हो दोस्तों। सुहास ने जब कहा तो हम सभी ने हाँ-हाँ कह कर बगीचे से बाहर निकल कर आयस्क्रीम की दुकान ढूँढने लगे। आयस्क्रीम की दुकान तो नहीं मिली, लस्सी की दुकान दिखाई दी। चलो इस शाम को लस्सी पीकर ही यादगार बना लेते हैं। हम बारह लोग थे। आर्डर देकर हम टेबल-कुर्सी खींच कर बैठ गए। भैया जी ने एक-एक कर सबको लस्सी का गिलास थमाया। पेमेंट करके हम सबने एक-दूसरे से विदा लिया। सबकी आँखें नम हो गई थीं। चारू और मैं टेक्सी करके हॉस्टल के लिए निकल पड़े। तभी आगे बढकर प्रवीण ने हमारी टेक्सी रूकवाकर कहा- मैं तुम दोनों के साथ चलूं? मेरा घर तुम्हारे हॉस्टल के रास्ते में ही है। वहाँ मैं उतर जाऊँगा। मैंने जगह देकर उसे पास बिठा लिया और कहा- अरे प्रवीण बैठ न... यह तो अच्छा है। हॉस्टल के पास ही प्रवीण का घर आने पर वह टेक्सी रूकवाकर उतर गया। प्रवीण ने सामने की गली की तरफ़ इशारा करते हुए कहा कि दूसरे नंबर का मकान मेरा है। कभी जयपुर आना हुआ तो आना। हम दोनों ने उसे 'बाय' कहा। दस मिनट के बाद ही हमारा हॉस्टल आ गया। हॉस्टल के कमरे में पहुँच कर हम दोनों ने हाथ-पैर धोकर रात के कपड़े बदल कर बिस्तर पर लेट कर आज पूरी क्लास की, आज जो आपस मे बातें की हैं, उसी की चर्चा करने लगे। आज पूरी रात बैठ कर बातें करने का मन हो रहा था। मैंने आज रेडियो भी नहीं ऑन किया था। कल हम दोनों भी अपने-अपने घर चले जाएँगे। फिर हम दोनों की कब मुलाक़ात होगी पता नहीं। जितना समय साथ में बिताया जाय, हम बिताने की कोशिश कर रहे थे। कल सुबह हमें प्रेरणा दीदी ने चाय पर बुलाया है। चारू याद है न? हाँ रे गायत्री... मैंने तो आजतक प्रेरणा दीदी का कमरा अंदर जाकर कभी नहीं देखा है। मैंने सुना है कि प्रेरणा दीदी ने अपने कमरे को बहुत सुंदर सजा कर रखा है। मैं तो कल पहली बार उनका कमरा देखूँगी। गायत्री! तू तो जा चुकी है कैसा है? मैंने चारू से कहा- बहुत सुंदर है। एक बार कमरे में चले जाओ तो लगता ही नहीं है कि यह हमारी हॉस्टल का

कमरा है। उनका कमरा बड़ा भी है। चारू चल अभी सो जाओ, कल सुबह तुम भी प्रेरणा दीदी का कमरा अपनी आँखों से देख लेना।

सुबह चारू और मैं दोनों आराम से आठ बजे उठे। प्रेरणा दीदी ने चाय पर बुलाया है तो दस मिनट पहले चले जाएँगे। दोपहर को मेरे घर पर से कार आ जाएगी। मैंने अपना बिस्तर भी समेट कर बांध लिया था। थोड़े से बर्तन वैगरह भी थे, वह भी साफ कर के रखना था। मैंने सोचा नहाने से पहले कर लेती हूँ। चारू ने मेरी बर्तन खड़काने की आवाज़ सुनी, उसे लगा मै चाय बना रही हूँ। बिस्तर पर से ही आवाज़ लगा कर पूछा कि मैं कर क्या रही हूँ? चाय तो प्रेरणा दीदी के यहाँ पीने जाना है। फिर तू क्यों बना रही है। अरे नहीं रे मैं बर्तन समेट कर धोकर बैग में डाल रही हूँ। कप वैगरह, कुछ सामान तो यही छोड़ देंगे। तेरे ले जाने के कुछ बर्तन भी मैंने साफ कर दिया है। तू उठेगी तो अपने बैग में रख लेना। चारू मैडम उठ... चलना नहीं है? मैं नहाने जा रही हूँ। उठ जा! मेरे बाद तू भी नहाने चली जाना। इतना कह कर मैं कमरे से बाहर चली गई। हमारी हॉस्टल में सुबह-सुबह कई बार नहाने के लिए भी लाइन लगानी पड़ती थी। आज मैंने जाकर देखा तो बाथरूम खाली थे। जल्दी से घुसकर दरवाज़ा बंद किया कि कहीं कोई और न आकर 'मुझे जाने दो, जल्दी जाना है' करके रोक ना दे, यह हमेशा होता था। ख़ैर आज तो कोई लड़की कहती तो मैं उसे पहले नहाने जाने देती। मुझे आज कहीं जाने की जल्दी नहीं थी।

चारू और मैं दोनों ने पौने आठ बजे प्रेरणा दीदी का दरवाज़ा खटखटाया तो उनकी पार्टनर ने खोला। हमेशा की तरह मुझे और चारू को कमरे में अंदर आने को कहा। कमरे में सामने दो कुर्सी पड़ी थी। चारू और मैं जाकर उस पर बैठ गए। दीदी ने टेबल पर हमारे लिए चाय व बहुत तरह का नाश्ता प्लेट में पहले से ही रख दिया था। प्रेरणा दीदी हम दोनों को देख कर

खुश हो गईं। दीदी भी हाथ में चाय का कप लेकर पास की कुर्सी खींच कर बैठ गईं। हमारे सामने चाय का कप बढ़ाकर नाश्ता करने के लिए भी ज़ोर डाल रही थीं। शर्माओ मत तुम दोनों तो आज ही जा रही हो न... पता नहीं फिर अब कब तुम दोनों से मुलाक़ात होगी? फिर उन्होंने चारू की तरफ़ देख कर उससे भी पूछा- तुम भी आज ही जा रही हो? तुम कहाँ की रहने वाली हो? चारू ने अपने बारे में दीदी को सब बताया। दीदी ने चारू की पूरी बात सुनकर मुझसे पूछने लगी- गायत्री तुम कब आओगी जयपुर? पुष्कर तो दो-तीन घंटे की दूरी पर ही है। तुम जब भी जयपुर आओ, मुझसे मिलने हॉस्टल ज़रूर आना। अभी इस साल के अंत तक तो मैं यहीं हूँ। जनवरी में मेरी शादी तय हो गई है। उसके बाद मैं अपने ससुराल में रहूँगी। मेरी ससुराल का पता तुम्हें दे दूँगी, तुम मुझे वहाँ भी मिलने आ सकती हो। प्रेरणा दीदी की बातों से ऐसा लग रहा था कि रवि से मेरा रिश्ता तय हो जाएगा, इस बात को लेकर दीदी निश्चित थीं। मैंने कुछ नहीं कहा- बस दीदी की बातों का 'हाँ' में जवाब दिया। चाय-नाश्ता करके हम चारों थोड़ी देर और गपशप करते रहें। प्रेरणा दीदी बात ख़त्म करने का नाम ही नहीं ले रही थीं। तो मजबूरन मुझे ही खड़े होकर उन्हें कहना पड़ा- दीदी मुझे घर पर बात करनी है। पुष्कर से गाड़ी कब तक जयपुर आएगी, वह पूछना है और मेरा थोड़ा सामान भी मुझे बैग में रखना है। मैं चलूँ? तब प्रेरणा दीदी ने अपनी बात ख़त्म की, हमें जाने की इजाज़त दी। मुझे तो प्रेरणा दीदी से, क्या बात करूँ, वह भी समझ नहीं आ रहा था। एक तो वह उम्र में हमसे बड़ी और इंजीनियरिंग कर चुकी थीं। इस साल उनका एम.ई का अंतिम वर्ष था। दीदी ने इंजीनियरिंग में अपनी कॉलेज में टॉप किया था। जैसे ही दीदी ने कहा कि ठीक है चलो फिर मिलेंगे, हम दोनों तो दरवाज़ा खोल कर दीदी के कमरे में से ऐसे जल्दी निकले कि कहीं दीदी फिर से रोक न लें। अपने कमरे में आकर हम दोनों प्रेरणा दीदी के व्यवहार, कमरे की सजावट की तारीफ़ करते हुए अपने सामान को भी बैग में डालते जा रहे थे। मेरा पूरा सामन जब मैंने अपने बैग में डाल

दिया तो मैंने चारू से कहा- मै नीचे जाकर घर पर फ़ोन करके पूछती हूँ कि ड्राइवर भाई जी कब तक आएंगे, वह पुष्कर से निकले कि नहीं? मैं अपना सामान उसके बाद ही भाई जी से मदद से नीचे रखवा लूँगी। यदि घर से कार देर से आ रही है तो आज मैं आख़री बार तेरे साथ मेस में खाना खाकर जाऊँगी।

चारू को बोलकर मैं नीचे ऑफिस में जाकर मैंने फ़ोन की चाबी मैडम से ली और घर पर फ़ोन किया। मेरे भाई ने फ़ोन उठाया। उससे मैंने पूछा- ड्राइवर भाई जी पुष्कर से निकल गए हैं। कब निकले, जयपुर कब तक पहुँचेंगे। मेरे भाई को कुछ मालूम नहीं था। उसने मुझे कहा- दीदी मैं तो अभी सो कर उठा हूँ, काकासा से पूछता हूँ। तभी काकासा ने आकर फ़ोन मेरे भाई के हाथ में से लेकर मुझे बताया कि रमेश भाई जी कार लेकर पुष्कर से दोपहर में निकलेगा। जयपुर पाँच या छह बजे तक पहुँच जाएगा। आज दुकान में काम है... रमेश भाई जी से ज़रूरी सामान डिलीवरी का भिजवाना था। डिलीवरी करके मैं उसे तुरंत ही जयपुर के लिए रवाना कर दूँगा। मैंने काकासा की बात का जवाब देते हुए कहा- कोई बात नहीं है, आराम से भेजिए। हाँ रमेश भाई जी पुष्कर से जब निकलें तो आप मुझे उनके निकलने से पहले फ़ोन कर देना। मेरा सामान ज़्यादा है, उसे मुझे हॉस्टल के भाई जी की मदद से नीचे रखवाना होगा। काकासा ने मुझे कहा- हाँ बेटा मैं रमेश भाई जी से कह दूँगा, वह पुष्कर से निकलने के पहले तुम्हें फ़ोन कर देंगे... ठीक है, कह कर काकासा ने फ़ोन रख दिया। ऊपर कमरे में आकर मैंने चारू को बताया कि घर से कार पाँच बजे तक जयपुर पहुँचेगी, हम साथ में मेस में खाना खाकर आज दोपहर भर साथ ही बिताएँगे। चारू तेरी ट्रेन कब है।

कमरे में आकर मैं बोले जा रही थी। चारू अपना सामान समेटकर बैग में रखने में इतनी मग्न हो गई थी कि उसने मेरी बातों का कोई जवाब नहीं दिया। अरे चारू कहाँ खो गई हो आप मोहतरमा! हम आपसे कुछ कह रहे हैं। मेरे

ज़ोर से बोलने पर उसका घ्यान बँटा। 'हू' ,कहकर उसने मेरी तरफ़ प्रश्न करते हुए कहा- क्या हुआ? जैसे चारू इस कमरे मे थी ही नहीं। मैंने अपनी बात दोहराई। तब जाकर चारू ने खुश होकर कहा- चल अच्छा है। बातें करेंगे। तेरी पैकिंग हो गई है। चारू तुमने बताया नहीं ट्रेन तेरी कितने बजे की है। तुम इतना सामान अकेले कैसे ले जाएगी... बता न! सामान देख कर चारू भी परेशान हो गई थी। उसे समझ नहीं आ रहा था कि वह सामान को कैसे ले जाएगी। चारू के ममेरे भाई का घर जयपुर में था। चारू ने कहा- मैंने मेरे भाई को बुला लिया है। चारू ने मुझे यह बात बताई थी, मैं ही भूल गई थी। चारू ने कहा- नहीं, सब सामान नहीं ले जाना है। बड़ा-बड़ा सामान यहीं भाई के यहाँ छोड़ दूंगी... बस साथ में दो बैग ले जाऊँगी। भाई के पास भी सरकारी गाड़ी है, उसी में मुझे रात में ट्रेन में बिठा देंगे। मेरी कल भाई से बात हो गई है। वह मुझे ऑफिस से सीधे छह बजे हॉस्टल लेने आएंगे। उनके घर पर सारा सामान ले जाकर रख कर, रात का खाना उनके घर पर खाने के बाद मुझे वह रेलवे स्टेशन छोड़ देंगे।

आज दोनों को घर जाने की ख़ुशी भी हो रही थी, एक-दूसरे से अलग होने का दुख भी... दो साल का साथ रहा था। हर बात हम दोनों ने एक-दूसरे से की थी। बस मैंने चारू से जयदेव के और अपने रिश्ते की बात नहीं बताई थी। मैंने चारू से कहा- चल न मेस में चल कर देखते हैं कि आज क्या बना है। आज रविवार है। अच्छा है कि आज हमारा हॉस्टल में आख़री दिन था। मेस मे आज मीठा खाने को मिलेगा, हमेशा याद रहेगा। मेस में पहुँच कर देखा तो खाना बन गया था। हमें महाराज जी से पूछना नहीं पड़ा, लड़कियों की थाली में ही दिख गया। आलूबड़ा, पूरी, गुलाब जामुन, छोले की सब्ज़ी, सलाद... मुझे तो देख कर ही मज़ा आ गया। वाह बहुत बढ़िया! आख़िरी दिन की हॉस्टल से विदाई पार्टी समझ लो चारू। मैंने इतनी ज़ोर से बोला कि मेस में खाना खा रहीं सब लड़कियाँ मुझे देख कर हँसने लगीं। कुछ ने उदास होकर कहा- दीदी आप आज चले जाओगे। हाँ रेखा आज हम दोनों जा रहे हैं। हमारे सामने थाली

में खाना आ गया। आज हमें महाराज जी ने खुद थाली परोस कर दी और कहा- आज कोई बंदिश नहीं है। गुलाब जामुन और आलूबड़ा जितना मन करे, खाना। आज आपको हमारी तरफ़ से छूट है। पेट भर कर खाइएगा। वैसे हमें हर रविवार को, मिठाई और नमकीन में, जो भी बनता है, वह गिनती से मिलता था। मेस में बैठी सब लड़कियों ने ताली बजाकर स्वागत किया। हॉस्टल की सब लड़कियों ने ख़ुशी ज़ाहिर की। हम दोनों को देख कर अच्छा लगा पर मन उदास हो गया। हॉस्टल की स्वच्छंदता हमें भी रास आ गई थी। घर पर जाना होगा। जीवन में बस यही तो है कि समय आप से जब जो करवाए, वही करना होता है। खाना खाकर आज हम दोनों ने आंगन में न जाकर अपने कमरे में समय साथ में बिताने की सोची। अब जीवन में मेरी और चारू की कब मुलाक़ात होगी, किसे पता। कमरे में आकर हम दोनों बैठ कर बातें करते हुए अपना समय निकाल रहे थे। हमारी बातें ख़त्म होने का नाम नहीं लेती थीं। आज तो हमें पुरानी बातें याद आ रही थीं। बातों में हम इतने तल्लीन हो गए कि समय का पता ही नहीं चला। दोपहर होने को आई, मन किया चाय पीने का पर आज कमरे में चाय नहीं बना सकते थे। हॉस्टल के बाहर चाय की गुमटी है, आज वहाँ जाकर पी आते हैं। हम दोनों के मन में यह विचार चल ही रहा था कि तभी हमारे कमरे के दरवाज़े पर किसी के बाहर से थपथपाने की आवाज़ सुनकर मैंने जैसे ही दरवाज़ा खोला, रेखा सामने खड़ी थी। मुझे देखकर बोली- दीदी मेरे कमरे में चलो न... आज चाय मेरे हाथ की बनाकर पिलाती हूँ। अरे वाह नेकी और पूछ पूछ... हम अभी सामने गुमटी पर चाय पीने जाने की सोच ही रहे थे। चल चारू! रेखा के कमरे में चल कर चाय पी कर आते हैं। रेखा हॉस्टल में तीसरी मंज़िल पर रहती थी। वह भी हमारे कॉलेज में पढ रही थी इसलिए वह हमें जानती थी। रेखा के कमरे में जाकर हमने चाय पी। रेखा ने प्लेट मे नाश्ता भी लाकर रखा था। वह एक बार लेकर हम रूक गए, हमें भूख तो नहीं थी। रेखा के बार-बार आग्रह के आगे हमें खाना पड़ा। उसकी रूममेट

से भी हम पहली बार मिले। बात करने पर पता चला, वह भी पुष्कर की ही रहने वाली थी। हम दोनों एक-दूसरे से बातें करने लगे। उसे जब पता चला कि मैं किस परिवार से हूँ तो वह थोड़ा झिझकते हुए बात करने लगी। मुझे समझ आ गया पर मेरे प्रेम से बात करने पर वह फिर मुझसे अच्छे से बात करने लगी। जब हम उठ कर आने लगें तो उससे रहा नहीं गया। बोल पड़ी- गायत्री दीदी मुझे लगा आप इतने बड़े परिवार से हो तो घमंडी होगी। लेकिन आज आप से बात करने पर मुझे ज़रा भी नहीं लगा। आप तो इतनी सुलझी हुई हो। अब मैं जब भी पुष्कर आऊँगी तो आपसे मिलने ज़रूर आऊँगी। मुझे अच्छा लगा आप से मिल कर। मैंने उसे गले से लगा कर कहा- मुझे भी अच्छा लगा। तुम जब भी आना चाहो, मेरे घर पुष्कर आ सकती हो।

रेखा से विदा लेकर हम दोनों अपने कमरे आ गए। मुझे याद आया चारू को देने के लिए मैं घर से गिफ़्ट लाई थी, वह तो मैं चारू को देना भूल गई थी। अपने बैग से पैकेट निकाल कर मैंने चारू के हाथ में दिया। पहले तो अचानक चारू को मेरा उसके हाथ में पैकेट देना कुछ समझ नहीं आया। प्रश्न चिह्न भाव से मेरी तरफ़ देख कर चारू ने पूछा- क्या है? मैंने कहा- खोल कर तो देख... अभी घर पर गई थी तो माँ ने तेरे लिए दिया था। मुझे भी नहीं मालूम इसमें क्या है, खोल, मैं भी देखूँ। चारू ने पैकेट खोला तो उसमें से एक सिल्क की साड़ी निकली। चारू देखते ही उछल पड़ी- वाह तेरी मां की पसंद बहुत बढ़िया है! मुझे सिल्क साड़ी पसंद है। हाँ, मैंने कहा, मेरी माँ हमेशा से ही सिल्क साड़ियाँ ही पहनती हैं। उन्हें मैंने सिर्फ़ सिल्क और कॉटन की साड़ियों को पहनते हुए ही देखा है। गर्मी में कॉटन और बाक़ी पूरा साल वह सिल्क साड़ी पहनती हैं। गायत्री मैंने तो तुम्हें कुछ नहीं दिया, मुझे पता होता तो मैं भी कुछ याद के लिए दे देती। अरे चारू ठीक है न, फिर कभी हम मिलेंगे तब दे देना। चारू ने कहा- चल ठीक है, तेरा गिफ़्ट उधार रहा मेरी तरफ़ से। मैंने घड़ी की तरफ़ देखा तो साढ़े पांच बजने को थे। मैंने चारू से कहा- मै नीचे जाकर हॉस्टल

के भैया जी को बुला लाती हूँ। हम दोनों का इतना सामान अकेले ले जाने में समय लग जाएगा। ठीक है, चारू ने कहा, जा तू बुला ला, मैं तब तक मेरा थोड़ा सामान बाहर पड़ा है, उसे बैग मे डाल देती हूँ। हाँ जल्दी कर, मैं नीचे जा रही हूँ। थोड़ी देर में भैया जी और मैं रूम पर आ गए। पहले मैंने उन्हें मेरा सामान ले जाने को दिया। बाद में वह चारू का सामान भी लेकर नीचे आए। मैंने ऑफिस में जाकर मैडम को इत्तला किया कि हमने रूम ख़ाली कर दिया है। आप किसी को भेज कर दिखवा लें। हम आधे धंटे में निकल जाएँगे। उन्होंने 'ठीक है' कह कर ऑफिस से अपने कर्मचारी को भेज कर पता कर लिया व ऑफिस का ताला लगवा दिया। मैंने व चारू ने भाई जी के हाथ मे बख्शीश रख कर उन्हें धन्यवाद दिया।

आज मुझे हॉस्टल का पहला दिन याद आ रहा था जब मैं पहली बार हॉस्टल रहने आई थी। कितनी जल्दी दो साल निकल गए। ऐसे लगता है कल की ही तो बात है। तभी मैंने देखा रमेश भाई जी हमारी कार हॉस्टल के मेन गेट से अंदर लाते हुए दिखाई दिए। मेरा मन बहुत उदास हो रहा था। चारू से आज आख़री बार गले मिल लूँ, फिर पता नहीं कब हम दोनों की मुलाक़ात होगी। मैं दौड़ कर उसके गले लग गई। हम दोनों की आँखों में पानी था। चारू ने मुझे संभालते हुए कहा- अरे बाबा पहले सामान तो गाड़ी में रखवा ले, फिर गले मिलना। हाँ रे पर मन नहीं कर रहा है तुम्हें छोड़ कर जाने का, पर जाना होगा। ओके जी! मैने चारू से कहा... फिर अपना हाथ छुड़ाकर ड्राइवर भाईजी से सामान गाड़ी मे रखवाने में उनकी मदद की, पलट कर गाड़ी में बैठने से मुझे मेट्रन मैडम जी सामने खड़ी दिखी तो दौड़कर उनके पैर छूकर आशीर्वाद लिया। मेट्रन मैडम जी से भी हमारा रिश्ता परिवार जैसा हो गया था। वह भी मुझे विदा करने बाहर आ गई थीं। चारू से एक बार फिर से गले लगकर विदा ली और मैं कार में बैठ गई। हम दोनों की आँखों में पानी आ गए थे। मेरे आँसू बह निकले, उसके पहले ही मैंने अपना चेहरा दूसरी तरफ़ कर के पोंछ लिया। चारू

समझ गई कि मै ज़्यादा ही भावुक हो गई थी। चारू ने मुझे हाथ हिला कर 'बाय' कहा।

हॉस्टल से गाड़ी के आगे बढ़ते ही ड्राइवर भाई जी ने मुझसे पूछा- दीदी आप कैसे हो। परीक्षा कैसे हुई। मैंने भी रमेश भाई जी से उनके घरवालों के बारे में पूछा तो वह हँसे और कहने लगे- अरे हमरे यहाँ तो सब ठीक है। हम पिता बन गए हैं। और आप बुआसा। अरे वाह भाई जी! फिर मेरी मिठाई कहाँ है? दीदी कल आकर दूँगा। मैंने बाद में पूछा- घर पर सब कैसे हैं? तो थोड़ी देर के लिए रमेश भाई जी ने चुप्पी साध ली। तब मेरा मन थोड़ा घबराया कि क्या हुआ? मैंने दोबारा पूछा तब उन्होंने डरते हुए कहा कि बाऊजी को दिल का दौरा पड़ा था। बहुत हल्का सा था, तुरंत अस्पताल ले गए थे तो हालत जल्दी ही काबू में आ गई। दीदी आपको इसलिए नहीं बताया कि आपके पेपर चल रहे थे। अभी बाऊजी ठीक हैं, दुकान नहीं जा रहे हैं। डॉक्टर ने आराम करने कहा है। यह कब हुआ? मुझे सुनकर बहुत ही ज़्यादा सदमा लगा। मुझे पहले पता होता तो मैं दो दिन, जो हॉस्टल में रूकी, वह न रूक कर पहले ही घर चली जाती।

आज मेरा मन मुझे कर रहा था कि मैं जल्दी उड़कर घर पहुँच जाऊँ। जब से बाऊजी की तबीयत के बारे में पता चला तो मेरा मन बड़ा बेचैन हो गया था। पहले बुआसा, अब बाऊजी! यह अच्छा हुआ कि बाऊजी को जल्दी अस्पताल ले गए तो बाऊजी अभी ठीक हैं। मुझे आज जयपुर से पुष्कर के दो घंटे भी इतने लंबे लग रहे थे कि रास्ता ख़त्म होने का नाम ही नहीं ले रहा था। मुझे रास्ते में बोर्ड पर पुष्कर लिखा हुआ दिखाई दिया... मेरी जान में जान आई। घर पहुँच कर सबसे पहले दौड़कर बाऊजी के कमरे में ही गई। बाऊजी तकिए के सहारे बैठकर कुछ पढ़ रहे थे। मेरे पैरों की आवाज़ से सर उठाकर देखा तो मुझे सामने देख कर खुश हो गए। आ गई बिटिया! कैसी हो, चल आ मेरे पास

आकर बैठ। अरे गायत्री चिंता मत करो, मैं बिलकुल ठीक हूँ। तुम्हें तुम्हारे परीक्षा की वजह से नहीं बताया था। बाऊजी को देखते ही मेरी आँखों से आँसू बह निकले। मुझे पास में खींच कर मेरी पीठ सहलाते हुए कहने लगे- अरे पगली रोते नहीं हैं, मैं अभी ज़िंदा हूँ। बाऊजी के मुँह से यह सुनते ही मैं और ज़ोर-ज़ोर से रोने लगी तो बाऊजी हँसकर कहने लगे- मैं ठीक हूँ, मुझे जरा सा झटका लगा है। चिंता मत करो। जल्दी ठीक हो जाऊँगा। मेरे रोने की आवाज से मेरी काकीसा ने आकर मुझे पानी दिया और वह भी मुझे समझाने लगीं। रोना बंद कर अब और जा हाथ-मुँह धोकर कपड़े बदल कर आ... हम साथ में खाना खाएँगे। मैंने धीरे से सर हिला कर हामी भरी व आँखों के आँसू पोंछ कर अपने कमरे में जाकर थोड़ी देर में फिर से नीचे बाऊजी के पास आकर बैठ गई। आज मैं आपके पास ही कमरे में सोऊँगी। मेरी बात सुनकर बाऊजी ने कहा- ठीक है, वहा काऊच पर सो जाना। बाऊजी का खाना उनके कमरे में ही आता था। डॉक्टर ने अभी आराम करने की सलाह दी है। मैंने रसोई में जाकर हम दोनों के खाने की थाली तैयार कर के ले आई। बाऊजी के थाली में उबला हुआ खाना था। मुझे देख कर ही समझ आ गया था। डॉक्टर ने बाऊजी को परहेज़ वाला खाना खाने के लिए कहा था। बाऊजी की थाली में कम तेल वाली परवल की सब्ज़ी, मेथी की दाल, बिना घी की एक रोटी, साथ में सलाद था। मेरी थाली पर मेरी नज़र गई तो गट्टे की सब्ज़ी, परवल की सब्ज़ी तरी वाली, सलाद था। मैंने बाऊजी की थाली टेबल पर सरका कर उनके सामने रख दी, मैं खुद वहीं ज़मीन पर बैठ गई।

हम दोनों ने साथ में खाना खाया। बाऊजी ने खाना भी कम खाया। पहले बाऊजी हमेशा तीन से चार रोटी खाते थें। आज दो रोटी खाकर ही हाथ धो लिए। मैंने भी कुछ नहीं कहा। हाथ धोकर मैंने बाऊजी को मुखवास दिया। हम दोनों बहुत देर तक हॉस्टल की, मेरे कॉलेज के सब दोस्तों की बातें करते रहें। ज़्यादा देर बात करने से बाऊजी को थकान लगने लगी। बात करते-करते

वह आँखें बंद कर वहीं बिस्तर पर सरक कर सो गए। मैंने उनके शरीर पर चादर डाल कर खुद भी दिवान पर आकर लेट गई। मुझे बाऊजी की तबीयत को लेकर चिंता सता रही थी। मुझे बाऊजी की तबीयत में सुधार दिखाई नहीं दे रहा था। माँ रात में दुकान से आती हैं या काकासा तो उनसे पूछती हूँ। थकान के कारण मेरी भी नींद लग गई। दस बजे माँ कमरे में कब दाखिल हुईं, मुझे पता नहीं चला। पास आकर उन्होंने मेरे सिर पर हाथ फेरा, तब मैं माँ के स्पर्श से उठी। गायत्री बेटा! तुम कब आई? कैसी हो... सब ठीक है। माँ मुझसे बहुत धीमी आवाज़ में बात कर रही थीं। बाऊजी की नींद न खुल जाए। माँ ने इशारे से मुझे बाहर चलने कहा तो मैं उठकर बाहर आ गई। तभी मुझे दरवाज़े से मेरे छोटे काकासा भी घर में आते दिखाई दिए। घर पर सभी को मैंने धीमी आवाज में बात करते हुए देखा। मैं समझ गई कि सभी को ध्यान रखना पड़ता था। ज़ोर से बात करने से कहीं बाऊजी की नींद न खुल जाए। रसोई की तरफ़ का रूख करते हुए माँ ने पूछा- गायत्री खाना खा लिया है। हाँ माँ... मैंने बाऊजी के साथ खा लिया है। अच्छा माँ मुझे यह बताओ कि मुझे बाऊजी की तबीयत ठीक नहीं लग रही है, बहुत कमजोर लग रहे हैं। खाना खाने के बाद वह थोड़ी देर में ही सो गए। डॉक्टर ने क्या कहा है। माँ लंम्बी श्वास लेकर कुछ कहती तभी पीछे से मेरे काकासा ने आकर कहा- देखो बेटा भाई साहब को अभी जो अटैक आया था, वह तो मामूली था। कभी भी दूसरा अटैक आ सकता है। हमें इसे मामूली बिमारी नहीं समझना है। एक महीने तक बिस्तर पर आराम करना होगा। दवाईयों से सुधार हुआ तो ठीक है। महीने भर आराम व दवाई लेने के बाद अगले महीने इ.सी.जी में पता चलेगा कि कितना सुधार हुआ है। अभी भाई जी का दिन-रात बहुत ध्यान रखना होगा। गायत्री बेटा! अच्छा हुआ तुम आ गई हो। हम सब अब बेफ़िक्री से दुकान में काम कर सकते हैं। भाई जी के पास तुम्हारी काकीसा व बच्चे, कोई न कोई उनका ध्यान रखने के लिए हमेशा रहता है। अभी भाई जी को एक पल के लिये भी अकेले नहीं छोड़ सकते हैं।

अब जो भी है बेटा हमें हिम्मत रखना होगा। भाई जी जल्दी ही ठीक हो जाएंगे। काकासा ने तसल्ली दी पर उनकी बातों से मुझे ज़रा भी हल्का महसूस नहीं हुआ। वह कर भी क्या सकते हैं। सिर्फ़ तसल्ली दे सकते थें। काकासा भी जानते कि बाऊजी की हालत नाज़ुक है। मैंने ही मामले की गंभीरता को समझते हुए थोड़ा हल्का करने के लिए सबको बैग में से जयपुर के स्वादिष्ट घेवर निकाल कर परोसा। घेवर खाने का मन तो किसी का न था पर सब एक-दूसरे के मन की बात समझ कर चुप रहकर खाने लगे।

मुझे हॉस्टल से आए तीन महीने हो गए। बाऊजी की हालत जस की तस है। बाऊजी दिन भर बिस्तर पर लेटकर ही अपने दिनभर के सारे काम निपटाने लगे। डॉक्टर साहब ने अभी भी उन्हें चलने-फिरने व दुकान जाने की अनुमति नहीं दी थी। बाऊजी की तबीयत में सुधार नहीं हुआ है तो हालत बिगड़ी भी नहीं थी, स्थिर थी। डॉक्टर साहब ने कहा है कि सुधार में अभी और समय लगेगा, दवाइयाँ भी बदल कर दी हैं। हाँ पर बाऊजी कभी-कभी बिस्तर से उठकर कुर्सी, जो कमरे में है, उसपर आकर बैठ जाते थे। अब बाऊजी पेपर कुर्सी पर बैठ कर ही पढ़ने लगे थे। कल दशहरा है। घर पर त्यौहार है तो कुछ न कुछ मीठा व रोज़ से कुछ हटकर अच्छा खाना बनता था। लेकिन सुबह जब मैं रसोई में गई तो वही रोज़ का नियमित सादा खाना बना था। काकीसा ने मुझे कहा- जबसे भाईसा की तबीयत ख़राब हुई है, घर पर सादा खाना ही बन रहा है।

आज सुबह से ही घर पर सब जल्दी उठ गए थे। ऊपर से लेकर नीचे आंगन सब जगह को पानी से धोकर घर की सफ़ाई अभियान चलाया जा रहा था। चलो अच्छा है। इसी बहाने त्योहार की रौनक़ लौट आई। मुझे भी हाथ बँटाने का मौक़ा मिला। सब बच्चों ने मिलकर इस सफ़ाई अभियान में बढ़-चढ़कर भाग लिया। दस बजे तक हम सबने पूरे घर को धोकर चमका दिया था।

शाम को रंगोली बनाने के लिए आंगन की भी सफ़ाई कर दी थी। घर के दरवाज़े, दुकान व गाड़ी पर लगाने के लिए पूजा के लिए ढेर सारे फूलों को मेरे काकासा ने मँगवाकर रख लिए थे। हम बच्चों को हिदायत दी कि शाम के पहले पूरे घर को, आंगन को सजाकर रखना होगा। उन्होंने लालच भी दिया कि जो कोई जल्दी यह काम करेगा, उसे बख्शीश मिलेगी। फिर क्या था, खाना खाने के बाद हम बच्चों ने मिलकर सारा काम शाम होने से पहले ही निपटा लिया था। हमारा घर-आंगन रंग-बिरगें फूलों व रंगोली से सज गया था। घर पर रात में पूरे परिवार ने मिलकर पूजा की व साथ में खाना खाया। इतना सब कुछ इतनी शांति से हुआ था कि लग ही नहीं रहा था कि घर में इतने सारे बच्चे भी हैं। बाऊजी की तबीयत को देखते हुए हम सब बच्चों ने घर की सजावट का सारा काम बिना शोर-शराबे से निपटा दिया था। बाऊजी ने आज इतने दिनों बाद अपने कमरे से बाहर आकर हमारी सजावट को देख कर, अपने हाथ से दशहरे का नेग सब बच्चों को दिया था। सबने एकएक कर बाऊजी के पैर छूकर आशीर्वाद लिया। यह सब कुछ अच्छे से हो रहा था। फिर भी मेरे मन में एक अनजाना डर समा गया था। देर रात तक माँ, बाऊजी और मैं बातें करते रहें। मैंने दिवान पर सोने के लिए चादर व तकिया ठीक किया यह सोचकर कि बाऊजी भी थक गए होंगे। मैं बिस्तर पर लेट जाऊँगी तो वह भी सो जाएंगे। मैं यह सोच ही रही थी कि मुझे बाऊजी ने इशारे से पास बुलाया और काकासा को बुलाने कहा- मैं कुछ समझ पाती, उसके पहले ही बाऊजी बेहोश हो गए। घबराहट में मैंने जोर से काकासा व माँ को आवाज़ लगाई। माँ ने बाऊजी की हालत देखते हुए काकासा को डॉक्टर को फोन लगाने को कहा। मैं और माँ उनके हाथ-पैर सहलाने लगे। डॉक्टर हमारे एक घर छोड़कर ही रहते थे। डॉक्टर साहब जल्दी ही आ गए और बाऊजी की हालत को देखते ही अपने बैग में से सिरिंज निकाल कर इंजेक्शन लगा दिया। डॉक्टर साहब माँ की तरफ़ मुड़कर कहने लगे- भाभीजी घबराइए मत! मैंने इंजेक्शन लगा दिया है। भाई जी को

जल्दी ही होश आ जाएगा। कल सुबह इनके कुछ टेस्ट करवा लेते हैं। टेस्ट रिपोर्ट देखने के बाद ही मैं कुछ कह पाऊँगा। दवाई अभी जो चल रही है, वही चलने दीजिए। रात में ज़रूरत पड़ी तो मुझे आवाज़ लगा देना, वैसे तो अब नहीं पड़ेगी, फिर भी मैं सुबह अस्पताल जाने से पहले एकबार देख जाऊँगा। इतना कहकर डॉक्टर अंकल चले गए। उस रात घर में कोई नहीं सो पाया। सारी रात हम सब बाऊजी के पास बैठे रहें। सुबह जब बाऊजी को होश आया, उन्होंने पानी माँगा मुझसे तो हम सब की जान में जान आई। रात के तीन बज गए थे। उसके बाद ही हम सब सो पाएं।

दूसरे दिन घर में हम सब देर से उठे। ऐसा हमारे यहाँ पहली बार हुआ था कि हमारे घर पर हम सब इतनी देर तक सोए रहे। सबके चेहरे पर बाऊजी की तबीयत को लेकर अलग ही तनाव दिखाई दे रहा था। आपस में कोई किसी से कुछ नहीं कह रहा था पर समझ सब रहे थें। डॉक्टर अंकल ने सुबह जल्दी ही दवाखाने से खून की जाँच के लिए एक कर्मचारी को भेज दिया था। खून खाली पेट लेना था। कर्मचारी के जाने के बाद बाऊजी को चाय-नाश्ता दिया। आज बाऊजी ने आधा नाश्ता ही खाया। बाऊजी कभी भी झूटा नहीं छोड़ते थे। मैंने भी बाऊजी से कुछ नहीं कहा, चुपचाप प्लेट उठाकर रसोई में रख आई। पेपर पढ़कर बाऊजी फिर सो गए। आज बाऊजी के चेहरे पर थकावट ज़्यादा ही दिखाई दे रही थी जैसे बरसों से सोए नहीं हैं। आज सारी दोपहर बाऊजी सोए रहें। मैं पूरा दिन बाऊजी के पास बैठी रही, एकटक उन्हें निहारती रही। मन में विचार चल रहे थे, पता नहीं बाऊजी का साथ कितना बचा है। कभी बाऊजी हमें हमेशा के लिये छोड़कर चले गए तो... यह विचार मन में आते ही मेरा मन काँप जाता। बाऊजी के बिना जीवन की कल्पना ही नहीं कर सकते थे। मेरी आँखों से आँसू बहने लगे, ऐसी अवस्था में कितना समय निकल गया। जब माँ ने बाहर से आकर मेरे कंधे पर हाथ रखा तब जाकर मेरी तंद्रा टूटी। माँ को पास पाकर मैं उनसे लिपट गई। मेरे सर पर हाथ रखकर मुझे ढाढस बांधने लगी।

फिर पता नहीं, माँ खुद भी अपने आप को रोक नहीं पाई। उनकी आँखों से पानी बहने लगें। मेरे सर पर जब बूँद बनकर गिरा तब मुझे समझ आया कि माँ रो रही थीं। मैंने माँ को कसकर पकड़ लिया और धीरे से उनको ढाढस बँधाने लगी। माँ सब अच्छा होगा। मैं और पूरा परिवार आपके साथ हैं।

दशहरे से लेकर दिवाली तक हम सब सिर्फ़ बाऊजी की तबीयत को लेकर तनाव मे जी रहे थें। एक-दूसरे की तरफ़ देख तो रहे थें, पर कोई मुँह से कुछ नहीं कहता था। बाऊजी की परिस्थिति को सब समझ रहे थें। बाऊजी की हालत दिन-ब-दिन बिगड़ रही थीं। सुबह-शाम डॉक्टर अंकल आकर उन्हें देख रहे थें। वह भी हमें ढाडस बंधा कर चले जाते थें।

दिवाली नज़दीक आ रही थी। हमारे यहाँ पर किसी को भी होश नहीं था। हर कोई बस बाऊजी के तबीयत को लेकर तनाव में था। रात कब ख़त्म होकर दूसरा दिन भी निकल जाता था, किसी को कुछ नहीं पता चल रहा था। हमारे लिए तो जैसे समय रूक सा गया था। घर में किसी का कहीं मन नहीं लगता था। पूरे घर में हर समय सन्नाटा पसरा रहता। थोड़ी-थोड़ी देर में कोई न कोई बाऊजी के कमरे में जाकर बैठ जाता। बाऊजी आँखें खोल कर बस देख लेते। फिर अपनी आँखों को बंद कर लेते। यदि बाऊजी को किसी से कुछ कहना हो तो इशारे से पास बुला कर धीमी आवाज़ में पूछ लेते। यही सिलसिला रोज़ का हो गया था। मैं उनके पैरों के पास बैठकर उनके पैर दबाती रहती, जब वह मना करते तो सहलाने लग जाती। मुझे हॉस्टल से आए हुए पाँच से छह महीने हो गए थे। मेरा रिज़ल्ट भी आ गया था लेकिन मुझे कुछ भी होश नहीं। जब से आई हूँ, बाऊजी के पास ही बैठी हूँ। घर के बाहर तक नहीं गई। पुष्कर में बाहर कहाँ क्या हो रहा है, कुछ नहीं पता।

आज बाऊजी के पुराने दोस्त आए थे। वह बहुत दिनों से नागपुर में अपने बेटे के पास रह रहे थे। कल ही पुष्कर आए थे। जब उन्हें बाऊजी की

तबीयत की खबर मिली तो वह सुबह जल्दी ही आ गए। हमारे साथ ही उन्होंने चाय-नाश्ता किया। उनके रहते ही जोशी अंकल भी उस दिन घर पर आए। अचानक उन्हें देख कर बाऊजी उठकर बैठने लगे तो मैंने तकिये का सहारा देकर उन्हें बैठने में मदद की। जोशी अंकल भी बाऊजी की ऐसी हालत देखकर पहले तो संकोच करने लगे। उनके चेहरे पर संकोच के भाव स्पष्ट दिखाई दे रहे थे। बाऊजी भी समझ गए थे। आज एक बात अच्छी हुई थी कि बाऊजी की तबीयत में सुधार दिखाई दे रहा था। आज बाऊजी सबसे मज़ाक़ भी कर रहे थे। जोशी अंकल के लिए चाय-नाश्ता लेने मैं अंदर गई। जोशी अंकल बाऊजी से कुछ कह रहे थे। जब मैं ट्रे लेकर वापस कमरे में आकर अंकल जी को देने लगी तो उन्होंने मुझे कहा- रखो बेटा... तुम बैठो, मैं ले लूँगा। अपनी बात को जारी रखते हुए जोशी अंकल जी ने कहा- मेरे पास सुबह जयपुर से रवि के घर से खबर आई है। रवि के दोस्त अनुज का फ़ोन आया था। इतना सुनते ही मेरे हाथ-पाँव फूलने लगे कि पता नहीं अब रवि के माता-पिता ने क्या संदेशा भेजा है। बाऊजी की तबीयत ठीक नहीं है, ऐसे में यदि खबर अच्छी नहीं हुई, तो कहीं तबीयत ख़राब न हो जाए। जोशी अंकल जी से उम्र में छोटी होने के कारण मैं उन्हें रोक भी नहीं सकती थी। मन ही मन भगवान से प्रार्थना करने लगी कि जो भी हो, अच्छी खबर हो। जोशी अंकल ने आगे जो कहा वह सुनकर मैं तो क्या हम सब भौचक्के रह गए। अपनी बात जारी रखते हुए जोशी अंकल जी ने कहा- पिछले हफ़्ते रवि और अनुज दिल्ली गए थे, दोनों का इंटरव्यू था एम.एस के लिए... सुबह दस बजे दोनों इंटरव्यू देने के लिए निकल ही रहे थे कि रवि को घबराहट शुरू हो गई। वह पलंग पर लेट गया तो अनुज ने रवि से कहा- देर हो रही है, मेरे भाई चल उठ। तब रवि ने कहा- दस मिनट रूक... मुझे बहुत घबराहट हो रही है। तब अनुज ने हँसकर रवि से कहा- मेरे भाई इंटरव्यू के कारण है। चल उठ कर पानी पी, ठीक हो जाएगा। अनुज के इतना कहने भर से ही अनुज ने देखा, रवि अपने सीने पर हाथ रखकर जोर से दर्द के मारे

चिल्लाने लगा। अपने सीने पर हाथ रखकर तड़पने लगा। अनुज कुछ समझ पाता या किसी को आवाज़ लगाकर मदद के लिए बुलाता, उसके पहले ही रवि एकदम से चुप हो गया और उसकी गर्दन एक ओर लुढ़क गई। अनुज ने घबराकर नीचे होटल में मैनेजर को फ़ोन कर रवि की हालत बताई और एम्बुलेंस के लिए मदद माँगी। एम्बुलेंस आती, उसके पहले ही रवि ने होटल के कमरे में ही दम तोड़ दिया था। उसे जबरदस्त दिल का दौरा पड़ा था।

जोशी अंकल ने अपनी बात ख़त्म कर एकदम से चुप हो गए। कमरे में बाऊजी, मधुर अंकल (बाऊजी के दोस्त) और मैं हम चारों कुछ समय के लिए मौन हो गए। कमरे में कोई है, पता नहीं चल रहा था। क़रीब दस मिनट बाद जोशी अंकल ने कहा- अच्छा भाई साहब मैं चलता हूँ। आप अपना ध्यान रखिएगा। इतना कहकर जोशी अंकल उठकर बाहर की तरफ़ चल दिए। मेरी हिम्मत नहीं हुई कि जोशी अंकल जी को रोक कर चाय-नाश्ता, जो टेबल पर मैंने लाकर रखा था, जोशी अंकल जी से पूछूँ। चाय भी ठंडी हो गई थी। जोशी अंकल जी के जाने के बाद मैंने उठकर वापस ट्रे ले जाकर रसोई में रख दी। काकीसा ने ट्रे में चाय-नाश्ता ज्यों का त्यों देखा तो मुझे पूछने लगीं- गायत्री दूसरी चाय बना दूँ क्या? मैंने काकीसा को मना कर दिया। रसोई से निकल कर मैं बाऊजी के कमरे में चली गई। मधुर अंकल बाऊजी से कह रहे थे- अच्छा हुआ कृष्णा! अपनी गायत्री बेटी का रिश्ता रवि से तय नहीं हुआ था, नहीं तो बैठे-बिठाए का बिटिया पर मनहूसियत का लांछन लग जाता। भगवान जो करते हैं हमेशा हमारे अच्छे के लिये ही करते हैं। मुझे कमरे में ख़ाली हाथ आया देख अंकल ने कहा- अरे बिटिया चाय क्या रसोई में ही भूल आई? मेरे लिए तो चाय-नाश्ता ला... बहुत दिनों बाद आया हूँ। बिना चाय-नाश्ता किए बिना कहीं नहीं जाऊँगा। बाऊजी ने अंकल से कहा- अरे आया है, तब से खाए जा रहा है, और कितना खाएगा। इतना कहते ही बाऊजी अंकल दोनों हँस पड़े। मैंने मधुर अंकल जी से कहा- मैं आपके लिये चाय बना लाती हूँ। मैं जैसे ही

चाय लेने के लिए मुड़ी तभी मधुर अंकल ने मुझे रोक लिया। गायत्री बेटा! मत लाना... मैं तो माहौल को हल्का करने के लिए मज़ाक़ कर रहा था। चल भई कृष्णा, मैं भी निकलता हूँ! तेरी भाभी मेरी राह देख रही होगी। मधुर रूक ना... बहुत दिनों बाद तो तुम आए हो, मैं गायत्री बेटा से कह कर तेरे घर पर फ़ोन करवा देता हूँ कि तुम खाना आज मेरे साथ मेरे घर पर ही खाओगे। बाऊजी ने मेरी तरफ़ देख कर कहा- जा बेटा आंटी को फ़ोन करके कह दे। अच्छा एक काम और कर, रसोई में तेरी दोनों काकीसा को कह कर आज मधुर की पसंद का खाना बनाने को कह दे। मैंने बाऊजी की दोनों बातें सुनकर कमरे से बाहर आकर पहले फ़ोन पर मधुर अंकल के घर पर इत्तला कर दी। मुझे रसोई में जाकर आज मधुर अंकल बाऊजी के साथ घर पर ही खाना खाएँगे, काकीसा को भी बताना था। वह बता कर मैं अपने कमरे में चली गई। मुझे आज जयदेव की याद सताने लगी थी।

मधुर अंकल जी आज पूरा दिन बाऊजी के पास बैठ कर गप्पें मारते रहें। आज बहुत दिनों बाद बाऊजी भी लगातार बैठे रहें। उन्हें ज़रा भी थकान नहीं हुई थी। बाऊजी को बहुत दिनों बाद इतना ख़ुश देखा तो मन को तसल्ली हो गई थी कि अब बाऊजी की हालत में सुधार हो जाएगा। मधुर अंकल दोपहर के खाने के बाद चाय पीकर अपने घर चले गए। बाऊजी ने जाते जाते मधुर अंकल जी पर अपना फ़रमान जारी कर दिया- मधुर मुझसे वादा कर तू रोज़ दोपहर में मुझसे बात करने आएगा, तभी जाना... नहीं तो यहीं मेरे पास रह जा... बोल क्या बोलता है। मधुर अंकल जी ने बाऊजी से वादा किया- हाँ भाई रोज दोपहर अब तेरे यहाँ डेरा डालना है। कल रविवार है। मैं तेरी भाभी को भी लेकर आता हूँ। वह घर में सबसे मिल लेगी। आज ही जिद कर रही थी साथ आने के लिए पर बहू ने रोक लिया, घर पर काम था। मधुर ऐसा कर न... तुम दोनों सुबह जल्दी आ जाओ, नाश्ता और दोनों समय का खाना यहीं खाना, रात में चले जाना। तुम अपने बहू-बेटे से कहकर आना, निश्चिंत होकर हम बातें

करेंगे। कल दुकान की छुट्टी है तो तेरी भाभी भी पूरा दिन घर पर ही रहेगी। दोनों सहेलियाँ भी आपस में मुलाक़ात कर लेंगी। बाऊजी और मधुर अंकल जी ने अपनी बात ख़त्म की तो मधुर अंकल बाऊजी से विदा लेकर अपने घर पर जाने के लिए बाऊजी के कमरे से बाहर आकर सीधे रसोई में जाकर मेरी दोनों काकीसा से बात करने लगें। मेरी काकीसा के खाने की तारीफ़ कर वह कहने लगे- बहू कल क्या खाना बना रही हो, कल मैं तुम्हारी काकीसा के साथ दोनों वक़्त का खाना खाने आ रहा हूँ। मेरी छोटी काकीसा ने अंकल से कहा- हाँ भाईजी आप हुकुम करें, आपको जो पसंद है, वही बन जाएगा। अच्छा चलो ऐसा करो कल तुम दोनों अपनी पसंद का खाना बना कर खिलाना। वैसे भी मुझे तुम दोनों के हाथ का खाना पसंद है। इतना कहकर मधुर अंकल जी अपने घर चले गए। रात होने वाली थी। जब से बाऊजी की तबीयत बिगड़ने लगी थी माँ दुकान से एक घंटा पहले घर आ जाती थीं। माँ को बाऊजी की तबीयत को लेकर बहुत चिंता रहती थी। इस हफ़्ते बाऊजी की तबीयत में सुधार नहीं दिखाई दिया लेकिन बाऊजी घर पर सबसे बात करने लगे थे। लग रहा था जैसे बाऊजी अपने मन की बात कहना चाह रहे थें। बाऊजी घर के हर सदस्य को अपने पास बुलाकर उसे आशीर्वाद देकर उसे कुछ ना कुछ हिदायत भी दे रहे थें। तब तो मुझे समझ नहीं आया था कि बाऊजी ऐसा क्यों कर रहे हैं। एक हफ़्ते बाद एक दिन सुबह जब दिन चढ़ आया, बाऊजी नहीं उठे तो मैंने पास जाकर बाऊजी को उठाने के लिए जैसे ही नीचे झुकी, मुझे बाऊजी के हाथ एकदम से बर्फ़ से ज़्यादा ठंडे लगें। मैंने तुरंत ही बाऊजी के शरीर से चादर हटाई और बाऊजी की तरफ़ देखा तो उनकी आँखें खुली हुई थीं। वह एकटक छत को निहार रहे थे। घबरा कर मैंने बाऊजी को आवाज़ लगाई। कोई जवाब न पाकर मैं बाऊजी को हिलाने लगी और मेरी आवाज़ सुन कर काकासा दौड़कर कमरे में आएं- क्या हुआ गायत्री बेटा! मैंने कहा- काकासा देखो न बाऊजी उठ नहीं रहे हैं। उन्होंने मुझे परे हटाकर सबसे पहले बाऊजी की आँखों पर हाथ रखकर

उन्हें बंद किया और दौड़कर डॉक्टर साहब को बुलाने उनके घर पर चले गए। माँ, मेरी दोनों काकीसा ने भी जब मेरे रोने की आवाज़ सुनी तो वह भी रसोई से गैस बंद कर बाऊजी के कमरे में दौड़ी चली आईं। घर पर सब बड़ों को इस बात का अंदेशा था। बाऊजी की हालत घर में किसी से भी छुपी नहीं थी। एक दिन अचानक यह होना था। सबने अपने मन को इस दुखद घटना के लिए तैयार कर लिया था। माँ ने भी अपने मन को इस परिस्थिति के लिए तैयार कर लिया था। इतनी जल्दी बाऊजी माँ को अकेला छोड़ कर चले जाएँगे, माँ ने यह उम्मीद नहीं की थी।

मेरे काकासा डॉक्टर साहब को लेकर बाऊजी के कमरे में आए। डॉक्टर साहब ने अंदर आकर सबको बाहर जाने का कहा। बस मेरे दोनों काकासा को डॉक्टर साहब ने कमरे में रूकने को कहा। दस मिनट तक हम सब बाहर खड़े होकर उम्मीद लगाए हुए थे। डॉक्टर साहब आ गए हैं तो बाऊजी को हर बार की तरह इंजेक्शन लगा देंगे तो बाऊजी ठीक हो जाएँगे। डॉक्टर साहब ने दस मिनट तक बाऊजी को पूरी तरह से जाँच-पड़ताल करने के बाद मेरे काकासा को हाथ के इशारे से बताया कि कुछ नहीं बचा। बाऊजी हम सब को छोड़ कर परलोक सिधार गए थे। डॉक्टर साहब बाऊजी के कमरे से बाहर आकर माँ के सामने हाथ जोड़कर कहने लगें- भाभीजी हिम्मत रखिएगा। आपको सबको सँभालना है। इतना कहते ही डॉक्टर अंकल भी अपने आपको संभाल नहीं पाए। उनकी आँखों से भी आँसू बहने लगें। हमारे परिवार से डॉक्टर अंकल के परिवार के संबंध बहुत पुराने और घनिष्ठ थे। मैं माँ के पास ही माँ का हाथ पकड़ कर खड़ी थी। डॉक्टर अंकल ने मेरे सर पर प्यार से हाथ फेरते हुए कहा- बेटा माँ का ख़्याल रखना। डॉक्टर अंकल के जाने के बाद हम सब बाऊजी के पास आकर बैठ गए। सबकी आँखों से आँसू बह रहे थें। कौन किसको सांत्वना दे, बस चुपचाप सब अपने आँसू को पोंछ रहे थें। हम सब बच्चों को कुछ समझ नहीं आ रहा था। मैंने होश संभाला तब से घर में पहली

बार ऐसा देखा है। मेरे बड़े भाई जी को तो भी मालूम है क्योंकि समाज में वह कई बार ऐसे मौक़े पर गए थें। बड़े भाई जी ने फ़ोन से समाज में और परिवार के सब के रिश्तेदारों को दुखद समाचार दिया। धीरे-धीरे खबर पूरे पुष्कर में आग की तरह फैल गई। मेरे बाऊजी का पुष्कर में सब सम्मान करते थें। बाऊजी को नहलाकर आंगन में लाया गया। एक घंटे में बहुत से परिचित, अड़ोस-पड़ोस के सभी एक-एक कर इकट्ठा होने लगें। घर की सारी महिलाओं के लिए अंदर के बैठक में ही बैठने की व्यवस्था की थी। माँ को घेरकर मेरी बुआसा, काकीसा, मैं, मेरी दोनों बहनें हम सब बैठ गए थें। माँ की आँखों से आँसू लगातार बह रहे थें। माँ मेरी बहुत सहनशील हैं। अपने आपको सँभालने की पूरी कोशिश कर रही थीं। तीन घंटे बाद बाऊजी की अर्थी की तैयारी कर उन्हें अंतिम विदाई देने के लिए सब मिलकर उनकी अर्थी को उठाकर ले जाने लगें। बैठक में आकर माँ को मेरे काकासा ने बताया और कहा- भाभीसा आप भाई जी के अंतिम दर्शन कर लें। परिवार के हम सब बच्चों से लेकर बड़ों ने बारी-बारी से बाऊजी के पैर छूकर उन्हें अंतिम विदाई दी। मेरे दोनों काकासा, भाईयों ने कंधा देकर बाऊजी की अर्थी को उठाया और दरवाज़े से बाहर सड़क पर ले गए। उनके पीछे हमारे जान-पहचान व रिश्तेदार सम्मिलित होकर आगे बढ़ गए। बाऊजी की अर्थी जब आगे बढ़ गई तो घर पर की हम सब महिलाएँ और बच्चे बाहर आकर, जब तक बाऊजी की अर्थी आँखों से ओझल नहीं हो गई, सड़क पर खड़े होकर देखते रहें। उसके बाद हम सब घर के सदस्य आंगन में ही बैठ गए। कुछ समय बाद बाऊजी के अंतिम विदाई के लिए पुष्कर से जितनी भी महिलाएं आई थीं, वह एक-एक कर उठकर माँ से हाथ जोड़कर विदा लेकर अपने घर चली गईं मेरी बुआसा ने माँ से कहा- भाभीजी आप भी स्नान कर लें, यह कपड़े उतार कर अलग रख देना। कल किसी महारिन को दे देंगे। काकीसा और बच्चों को भी बुआसा ने कहा कि तुम सब भी नहा लो।

क़रीब तीन बजे काकासा, भाई जी बाऊजी का अंतिम संस्कार कर घर में दाखिल हुए। घर के अंदर आते ही सब एक-दूसरे के गले लग कर रोने लगें। माँ, मैं, काकीसा हम सब बच्चों ने भी जब उन्हें रोते हुए देखा तो हम सब भी रोने लगें। आधा घंटे तक किसी को भी होश नहीं था। सब रोए जा रहे थें। मैंने पहली बार मेरे दोनों काकासा, भाईयों को रोते हुए देखा था। माँ और बुआसा ने आगे बढ़कर उन सबको चुप कराया। ढाढस बँधाया तब कहीं जाकर वह सब चुप हुए। घर के अंदर जाने की किसी की हिम्मत नहीं हो रही थी। सभी आंगन में बैठे रहें। तभी बाहर से मधुर अंकल जी आएं। उनके साथ उनके बेटे हाथ में कुछ खाने का सामान व चाय लेकर आए थें। हम सबको कहा- हिम्मत रखो... गया जाने वाला। चलो तुम सब घर के अंदर और मैं चाय लाया हूँ। हम सब मिलकर पीते हैं। रोना नहीं है, मेरे दोस्त को तकलीफ़ होगी। अंकल ने हक से और डाँटते हुए हम सब को आदेश दिया। दुख तो उन्हें भी हुआ था। मधुर अंकल जी बहुत समझदार और हिम्मत वाले थे।

इतना कहकर मधुर अंकल जी भी रोने लगे। बाऊजी और मधुर अंकल जी की दोस्ती गहरी थी। जबसे दोनों ने होश संभाला तब से दोनों साथ थे। मेरे बाऊजी और अंकल दोनों ने एक स्कूल-कॉलेज में ही पढ़ाई की थी। मेरे बड़े काकासा ने आगे बढ़कर मधुर अंकल जी को पानी का ग्लास हाथ में देकर चुप कराया। हम सब अंदर बैठक में आकर बैठ गए। मैंने, मेरी दोनों बहनों ने मिलकर रसोई में जाकर चाय कप में डालकर लाकर सबको दी। रात होने वाली थी। अंकल खाना लेकर आए थे। किसी का कुछ खाने का भी मन नहीं था। मधुर अंकल जी, आंटीजी, उनके बहू-बेटे ने हम सबको कहा- मन नहीं है तो भी कुछ तो खा लीजिए। उनका मान रखने के लिए हम सबने थोड़ा-थोड़ा सा खा लिया। आज भी पूरी रात घर में कोई नहीं सोया था। हम सब बैठक में ही बैठे रहें। बाऊजी की कही बातें याद करते रहें। बीच-बीच में हममें से कोई न कोई रो देता। सुबह के चार बज गए। जो जहां बैठा था, वह वहीं लुढ़ककर सो

गया। आठ बजे बुआसा ने आकर सबको जगाया और नहाने भेजा। बाऊजी का उठवाना से लेकर तेरहवाँ सब कुछ अच्छे से हुआ था।

आज बाऊजी को गए हुए पूरे दो महीने बीत गए थे। घर पर बाऊजी की कमी सबको महसूस होती थी। बात-बात में हम बाऊजी को याद करते थें। रसोई में उनके पसंद की कोई सब्ज़ी बने या फिर कोई नमकीन या मिठाई, बाऊजी को याद किए बिना कोई नहीं रहता था। सुबह जब मैं उठी तो पेपर वाले ने मेरे हाथ में पेपर थमा दिया। पहले जब बाऊजी थे तो सबसे पहले पेपर वही पढ़ते थें। मैंने भी आदतन पेपर लिया और बाऊजी के कमरे में जाकर उन्हें देने लगी। बाऊजी के कमरे में जाकर मुझे याद आया बाऊजी तो रहे नहीं, मैं किसे पेपर देने के लिए लाई। कुछ देर के लिए मैं बाऊजी के बिस्तर पर ही बैठ गई। मुझे बाऊजी के बिस्तर पर बैठे देख माँ ने पास आकर पूछा- बाऊजी की याद आ रही है। मैं माँ से लिपट कर रो दी। माँ ने मुझे ढाढस बँधाया और कहा- बेटा संभाल अपने आप को। गायत्री बेटा तुमने आगे क्या करने का सोचा है। लम्बी सी श्वास लेकर मैंने माँ से कहा- माँ अभी तो कुछ नहीं सोचा है। मुझे जयपुर में नौकरी मिल जाती है तो मैं करना चाहती हूँ। मेरा मन पुष्कर में नहीं लगता है। मै रोज़ पेपर में देख रही हूँ। आप का क्या विचार है। माँ ने कहा- ठीक है मैं तेरे दोनों काकासा से भी बात करती हूँ।

माँ मुझसे कह कर तैयार होकर दुकान चली गई थीं। मुझे भी अब घर में अच्छा नहीं लगता था। सारा दिन अपने कमरे में बैठ कर बस जयदेव के बारे में ही सोचती रहती थी। बाऊजी की देहलोक सिधारने की खबर तो जयदेव के माँ को लगी होगी। बाऊजी के अंतिम विदाई वाले दिन से लेकर तेरहवी तक जयदेव के घर से कोई नहीं आया था। मैंने कई बार खिड़की पर खड़े हुए भी जयदेव की राह देखी पर वह मुझे कभी दिखाई नहीं दिया। पेपर मेरे हाथ में ही था। मैंने पेपर खोलकर पढ़ना शुरू किया। सबसे पहले मैंने पेपर के बीच वाले

पन्ने को खोला जहां पर नौकरी के लिए विज्ञापन आता है। शायद नौकरी के लिए कोई कंपनी ने अपना विज्ञापन दिया हो! मेरी नजर एक कंपनी के विज्ञापन पर गई। उन्हें अपनी कंपनी में एम.कॉम लड़कियों की ज़रूरत थी। कैंची लेकर मैंने वह विज्ञापन की कटिंग को काट कर निकाल लिया। रात में माँ आती हैं तो उनसे चर्चा कर मैं अगले हफ़्ते ही जयपुर के लिए निकल जाऊँगी। एक जनवरी से मुझे ज्वाइन करना था। आज दिसंबर की बीस तारीख़ ही हुई है। मन में नया उत्साह था नौकरी करने का। मेरे मन ने फ़ैसला कर लिया था। मुझे पुष्कर से निकलना होगा। यहाँ रहूँगी तो जयदेव के बारे में ही सोचती रहूँगी। रात में माँ दुकान से आईं तो आज मैंने उन्हें परेशान देखा। मेरी हिम्मत नहीं हुई उनसे जयपुर में नौकरी के लिए जाने की अनुमति लेने की, सोचा सुबह जब वह दुकान के लिए निकलेंगी उसके पहले मैं उनसे बात कर लूँगी। मैं कभी-कभी रात में अपने कमरे में न सोकर यहीं नीचे माँ के पास सो जाती थी। आज भी मैं नीचे माँ के कमरे में ही सो गई थी। माँ खाना खाने के बाद जब कमरे में आई तो मेरी नींद लग गई थी। माँ ने हल्के से मेरे सर पर प्यार से हाथ फिराया। माँ के स्पर्श से मेरी नींद खुल गई। मैंने लेटे हुए ही माँ से पूछा- आपने खाना खा लिया। माँ ने 'हाँ' कहा। वह कमरे की अलमारी में से फाइलों को निकाल कर पास पड़ी कुर्सी पर बैठ कर फ़ाइलों को देखती रहीं। आज मुझे माँ को देख कर लग रहा था बाऊजी के बिना माँ बहुत अकेली पड़ गई थीं। मेरे दोनों काकासा और उनके बेटे माँ की बहुत इज़्ज़त करते थे। बाऊजी के जाने के बाद भी हमारे यहाँ कुछ नहीं बदला था। सब वैसे ही मिल-जुलकर अपनी-अपनी ज़िम्मेदारी उठा रहे थे। शायद इनकम टैक्स विभाग से कोई नोटिस आया था। माँ, काकासा सब उसी बात को लेकर चिंतित थे।

सुबह जब मैं उठी तो कमरे में मुझे माँ दिखाई नहीं दी। मुझे पहले लगा कि वह स्नान करने गई हैं। बहुत देर हो गई जब माँ कमरे में नहीं आई तो मैंने सोचा उठ कर देखती हूँ। माँ के कमरे से बाहर आकर मैंने सबसे पहले रसोई में

जाकर देखा, माँ वहाँ भी नहीं थीं। मेरी काकीसा ने मुझे रसोई में आया देख कर पूछा- गायत्री किसे ढूँढ रही है, तुम्हें कुछ चाहिए क्या? मैंने काकीसा से पूछा- आपने माँ को देखा क्या, आज सुबह जल्दी उठ कर वह कहाँ चली गईं। काकीसा ने कहा- अरे बेटा तेरे काकासा और माँ दोनों वक़ील साहब से मिलने उनके घर गए हैं। नौ बजे तक आएँगे।

मैंने काकीसा से कहा- ठीक है मैं तब तक नहाकर आती हूँ। रसोई में मेरे लिए कुछ काम हो तो बता देना, मैं कर कर दूँगी। इतना कहकर मैं अपने कमरे में जाकर बीस मिनट में नहाकर वापस नीचे रसोई में आ गई। घड़ी की तरफ़ देखा तो अभी साढ़े आठ ही बजे थे। माँ को आने में समय है तब तक नाश्ता बनाने में मैं काकीसा की मदद कर माँ और काकासा के लिए गर्म चाय और नाश्ता तैयार कर रख देती हूँ। जल्दबाज़ी में माँ बिना नाश्ता करे दुकान न निकल जाएं। नाश्ता बना कर मैंने फिर से घड़ी की तरफ़ देखा तो साढ़े नौ बज गए थे। मेरी काकीसा ने मुझे परेशान देखा तो पूछ लिया- क्या हुआ है गायत्री बेटा, परेशान लग रही है! मैंने काकीसा से कहा- माँ और काकासा अभी तक नहीं आए हैं। मैंने चाय-नाश्ता तैयार कर रखा है। काकी सा ने हँसकर कहा- अरे बेटा तेरी माँ और काकासा दोनों वकील साहब के घर से सीधे दुकान चले गए होंगे। तुम जानती नहीं हो दोनों को, वे अपने समय के कितने पाबंद हैं। एक काम कर तू यह नाश्ता-चाय दुकान लेकर चली जा। तेरी माँ और काकासा ने सुबह से कुछ नहीं खाया है। चाय तक नहीं पी है। जा गायत्री बेटा ले जा। मैं काकीसा की बात से सहमत थी इसलिए मैंने नाश्ता और चाय थर्मस मे डाली और दुकान के लिए निकल पड़ी।

जल्दी में मैं घर से निकल तो गई पर जैसे ही मैं अपने घर से दुकान जाने के लिए आगे बढ़ी, जयदेव का घर उसी रास्ते पर है, यह तो मैंने सोचा नहीं था। जयदेव का घर आते ही मेरे कदम रूक गए, मन किया अंदर जाकर

एक बार जयदेव की माँ से पुछूँ कि क्या गलती हुई है मुझसे जो आपने मुझे और जयदेव को एक-दूसरे से अलग कर दिया है। बुत बनी मैं जयदेव के घर के पास खड़ी रही। सामने से यदि मुझे मेरे भाई आवाज़ नहीं लगाते तो पता नहीं कब तक मैं वहाँ पर यूँ ही खड़े होकर सोचती रहती। भाई ने आकर मेरे कंधे पर हाथ रखकर मुझे झकझोर कर पूछा- गायत्री क्या हुआ यहाँ क्यों खड़ी हो... कुछ भुल गई हो क्या? मैंने जल्दी से उन्हें कहा- नहीं भाई! मैं दुकान जा रही हूँ... माँ, काकासा के लिए नाश्ता-चाय लेकर। भाई ने कहा- मैं भी घर पर चाय-नाश्ता लेने ही जा रहा था। गायत्री तुम एक काम कर... तुम ही ले जाओ। मैं घर पर से कुछ फाइलें लानी हैं, वह लेकर आता हूँ। भाई के इतना कहने पर मैंने अपने कदम आगे बढाए। दुकान पर पहुँची तो काकासा मुझे दुकान के बाहर ही मिल गए। मुझे देख कर बोले- आज सूरज किधर से निकला है। आज दुकान में एक भी ग्राहक नहीं था। मैंने काकासा से कहा- जहां से आप कहो, वहाँ से सूरज निकल जाता है। मैंने दुकान के अंदर जाकर माँ से कहा- आप दोनों के लिए नाश्ता-चाय लाई हूँ। नाश्ता-चाय लेकर मैं सीधे दुकान के पिछले हिस्से, जहां गोदाम है, वहीं पर दो कमरे अलग से हैं, जहाँ पर टेबल-कुर्सी, दोपहर में आराम करने के लिए एक पलंग लगा हुआ था, अंदर कमरे में जाकर टेबल पर नाश्ता-चाय रख दी। माँ और काकासा के नाश्ता-चाय करने के बाद माँ ने मुझसे पूछा- गायत्री बेटा तुम कुछ कहना चाहती हो तो कहो। मैंने हिम्मत करके माँ को कल वाली पेपर की कटिंग दिखाई। माँ ने हाथ में लेकर पढ़कर पूछा- तुम जाना चाहती हो... ठीक है, एक काम करो, बाहर दुकान से तुम्हारे दोनों काकासा को बुला लाओ। मैं अभी तुम्हारे सामने बात कर लेती हूँ। दुकान में जाकर मैंने काकासा को कहा- माँ आपको बुला रही हैं। माँ ने जब मेरे जयपुर जाकर नौकरी करने की बात बताई तो मेरे छोटे काकासा ने कोई आपत्ति नहीं जताई पर बीच वाले काकासा ने तटस्थ होकर कह दिया- भाभीजी आपको सही लगता है तो ठीक है। इतना कहकर वह दुकान में चले गए। माँ ने मुझसे

कहा- ठीक है... तुम जाने की तैयारी करो, बाक़ी बातें मैं रात में घर पर आकर करती हूँ।

मुझे घर पर वापस जयदेव के घर के सामने से ही जाना होगा। क्या करूँ समझ नहीं आ रहा था। माँ ने मुझसे कहा- गायत्री बेटा अपनी कार बाहर खड़ी है, तुम उसमें घर चली जाना। रमेश को मैंने रोक रखा है। माँ ने जब कार में जाने की बात की तब मुझे तसल्ली मिली। जयदेव के घर के सामने से नहीं जाना पड़ेगा। जयदेव के घर के सामने वाला रास्ता बहुत संकरा है। वहाँ से कार नहीं निकल सकती थी। कार दूसरे रास्ते से जाती थी। रमेश भाई जी ने मुझे आवाज़ लगा कर बुलाया- दीदी चलो मैं घर पर कुछ सामान लेने जा रहा हूँ। हाँ रमेश भाई जी बस दो मिनिट... मैं आ रही हूँ। चाय-नास्ते के ख़ाली बर्तन मैंने समेट कर रमेश भाई जी को दिए और मैं कार में बैठ गई। घर पहुँच कर मैं अपने कमरे में जाकर जयपुर जाने की तैयारी में लग गई। मुझे हमेशा के लिये पुष्कर छोड़कर जाना होगा। मुझे और जयदेव को अलग रहकर अपने-अपने कर्मों का लेखा-जोखा पूरा करना होगा। जयदेव और मेरी शादी नहीं होगी, पुष्कर में रहकर मैं क्या करूँगी। हाँ पर मैं इतना ज़रूर जानती हूँ कि मैं और जयदेव चाहे कितना भी दूर हो जाएं, हम हमेशा एक-दूसरे के लिए बने हैं। हम दोनों के शरीर को एक-दूसरे से अलग कर सकते हैं पर हम दोनों की आत्मा कभी भी अलग नहीं कर सकते हैं। मुझे तो हमेशा से ही यह अहसास होता है जयदेव मेरे आस-पास ही है। उसका स्पर्श मुझे अपने शरीर पर महसूस होता है... कुदरत ने स्वयं हमें ऐसा बनाया है तो वही हमें इस जन्म में मिलाएगी। मुझे कुदरत पर भरोसा है। मेरा और जयदेव का इस जन्म के कर्मों का लेन-देन पूरा हो जाएगा, हमें एक होने से कोई नहीं रोक सकता है।

रात में माँ ने आकर मुझसे एक बार फिर पूछा- गायत्री बेटा! सच में तुम अपने घर-परिवार, शहर को हमेशा के लिये छोड़ कर जाना चाहती हो?

माँ मुझे अच्छे से समझती थी। मेरे जयपुर जाने के फ़ैसले को भी वह समझ गई कि मुझे पुष्कर में नहीं रहना है। मैंने माँ से कहा- हाँ माँ... बस आपकी चिंता रहेगी। माँ ने कहा- बेटा मेरी चिंता मत करो, घर पर सब हैं। तेरा भाई है, वह हमेशा मेरा ख़याल रखता है। तुम निश्चिंत होकर जाओ। अगले रविवार जाना है न... मैं रमेश से कह दूँगी, वह सुबह तुम्हें जल्दी छोड़ आएगा।

यह समय भी निकल गया। रविवार की सुबह मुझे जाना था। मैंने पूरे हफ़्ता अपने कमरे में से, ज़्यादातर सामान निकाल कर बाहर फेंक दिया। कपड़े, जो मैं नहीं पहनती थी, वह निकाल कर काकीसा को दे दिए। कॉपी-किताबें रद्दी में बेच दीं। बुआसा ने मुझे कमरे में सब सफ़ाई करते देखा तो कहा- बेटा मत जाओ, यहीं पर रहकर दुकान में तुम सबका हाथ बंटा सकती हो। किसी और के यहाँ काम करने से तो अच्छा है तुम कल से अपनी दुकान का हिसाब-किताब देख लिया करो। मैंने बुआसा से कहा- मुझे पुष्कर मे नहीं रहना है। मेरा मन नहीं लगता है यहाँ पर, मुझे जाना होगा। बुआसा ने कहा- ठीक है बेटा! तुम्हें जहां ख़ुशी मिले, वहाँ जाओ पर पुष्कर हमसे मिलने आती रहना... जयपुर जाकर हमें भूल मत जाना। अरे नहीं बुआसा अपनों को कौन भूल सकता है। कभी-कभी मैं पुष्कर आऊँगी। ख़ासकर दिवाली की छुट्टियाँ में तो ज़रूर आऊँगी।

आज मुझे लग रहा था कि हमेशा के लिये यह शहर मुझसे छूट रहा था। पुष्कर को अंतिम विदाई देनी थी। फिर कभी लौट कर नहीं आऊँगी। सुबह कार में बैठने से पहले मैं अपने कमरे में जाकर बैठ गई। कमरे की हर एक सामान को छूकर अलविदा कहा। नीचे आकर मंदिर में जाकर भगवान का आशीर्वाद लिया। माँ, काकीसा, काकासा, सब बड़ों के पैर छूकर माफ़ी माँगी, उनका आशीर्वाद लिया। बच्चों को गले लगाकर उन्हें प्यार कर, मैं कार मे बैठ गई। पलट कर पीछे देख नहीं पाई।

पुष्कर में मेरा आख़िरी दिन था। अलविदा पुष्कर !

आगे जारी है.... अध्याय २,३

लेखिका की बात

मुझे जब गायत्री मिली तब उसके जीवन का तीसरा अध्याय चल रहा था। गायत्री ने अपने दूसरे अध्याय के कुछ पन्ने मेरे सामने खोले हैं।

मुझे डायन, चुड़ैल, स्वार्थी, कुतीया, कुलटा, बला न और न जाने किन-किन नामो से संबोधित किया गया है। क्या मेरा अपना नाम, जो मेरे जन्म के समय मुझे दिया गया है, वह अधूरा है या वह मुझे सही मायने में व्यक्त नहीं कर रहा है।।।

अभिलाष

लेखिका परिचय

एक सरल व्यक्तित्व वाली 67 वर्षीय,

कुशल गृह संचालक, नई चीज़े सीखने की शौकीन, ग्रैंड रेकी मास्टर एवम् न्यूमेरोलॉजी की जानकार, लेखिका अभिलाष का जन्म और पालन-पोषण बुरहानपुर, मध्य प्रदेश में हुआ। वह वर्तमान में मुंबई शहर में रहती हैं।

आधा साझा उनका पहला उपन्यास है।

www.ingramcontent.com/pod-product-compliance
Lightning Source LLC
LaVergne TN
LVHW041948070526
838199LV00051BA/2947